U0137527

你好，
1987–2022
旧时光

回不去的小时候

1

八月长安

著

湖南文艺出版社
HUNAN LITERATURE AND ART PUBLISHING HOUSE
博集天卷
CS·BOOKY

文学的作用，很重要的一点是引起人心灵的共鸣。

这不是一本哗众取宠的读物，文字很朴素，记录了一代人的成长。成长故事是很有价值的，时代的印记一定会留在成长中的年轻人的生命里，留在生活的细节中。

记录下个体生命的履痕，从某种意义上说，比记录重大事件更有价值。

——赵长天

CONTENTS

目 录

1

3

5

美好之一
小时候的角色扮演游戏

· 一代又一代人，生命就像往复的陀螺，兜兜转转。

· 世界上最好的安慰，并不是告诉对方"一切都会好起来的"，而是苦着脸说："哭个屁，你看，我比你还惨。"

· 余周周后来才知道，她这一辈子最初的谎言，就是拜动画片所赐。她相信了很多错误的东西，还深信不疑。

· 每当误会消除、冰释前嫌的时候，故事就距离结尾不远了。

1

余周周小朋友的个人秀第一幕

六岁的小女孩余周周窝在床角，脸上带着与年龄不符的悲情。她正学着动画片《魔神英雄传》里面的场景自娱自乐，一人分饰多角，口中念念有词：

"你……你怎么样？你流了好多血！"

"西米克，这个瓶子，你先拿走！"

"不要，我不要丢下你，我不要一个人走！"

"快，快，时间来不及了……"

余周周卧倒在床上，白嫩嫩胖乎乎的小手揪着床单，勉强用左胳膊撑起身子，抬眼看着假想中正在哭泣的西米克，摆出了一个自认为很凄美又很壮烈的微笑。

这时候要是能吐血就好了。

余周周愣了两秒钟，翻身爬起来，光着脚丫吧唧吧唧跑到客厅里，使劲提起暖水瓶给自己倒了一杯温水，喝了一小口含在嘴里。然后转身吧唧吧唧跑回小屋，跳到床上再次卧倒，继续用很痛苦的表情抓着床单，把上面的牡丹花纹揪出了汗涔涔的褶皱，然后仰脸继续凄美地微笑，掌控着力道，让温水缓缓地从右嘴角流出来。

眼前的西米克惊恐地瞪大了眼睛，但是说不出话来——自然说不出话来，因为西米克也是需要余周周来配音的，而她正含着一口水。

于是余周周只能在脑海中模拟着西米克的声音："你不要死，不要死！"

"鲜红的血"流到了下巴上，滴答滴答落在床单上。

死定了，忘记床单会被浸湿，妈妈一定会骂她的。

于是她决定吐这点儿"血"意思一下就可以了，赶紧把剩下的小半口咽了下去，伸手拽过瓶子，推到根本不存在的西米克面前。"一定要……一定要……送到……"

眼睛里的神采渐渐隐去，只留下一片干枯黯然。

余周周无力地垂下头，安静地"死"在了战火纷飞的修罗场上。

两秒钟后，她腾地跃起来，转了个方向跪在床上，用左手捂住嘴巴，努力地瞪大眼睛，一副不敢相信的神情。

"你醒醒……你不要吓唬我啊……你醒醒啊，醒醒！"

现在她是西米克了。

西米克伏在地上，摇着头，含着泪，一遍遍地哭喊着："我不信，我不信，我不信，你是骗我的，你是骗我的！"

…………

余妈妈端着热乎乎的高乐高，推门的手停在了半空，嘴角抽动许久，最终还是叹了口气，转身离开了。她走到余周周外婆的房间，看着铁架上的输液瓶说："妈，五分钟以后差不多就能拔针头了。"

外婆点点头："周周呢？"

"正在犯病。"

西米克终于从悲痛中走了出来，她用左手拽过身边的瓶子，泪眼蒙眬却又无比坚强地攥紧了小拳头："我发誓，一定会把圣水带给他们的！"

所谓圣水，就是装在外婆曾用过的输液瓶里面，用胶塞封存着的自来水。

4

高举着瓶子，余周周把右眼贴近圆柱状的瓶身，初春三月的阳光从窗外照进来，透过瓶子，在她眼底铺陈出一大片明晃晃却又不刺眼的灿烂春光。

"我看到了光明。"她深情地说。

门外路过的妈妈闻声绊在了门槛上。

西米克搂紧了瓶子，警惕地看着四周。她忽而匍匐在床上靠四肢缓慢爬行，忽而鱼跃起身，贴近墙壁屏住呼吸。在不大的屋子里面，她穿越了魔界的千山万水。

"西米克西米克，米克米克变！"

她灵巧地施展魔法，变成了一只小兔子。余周周用板牙咬住下嘴唇，然后努力将上嘴唇翘起来，做出兔子脸，然后在床上一蹦一蹦，越过脑海中一望无际的大草原。

"终于……到了。"

她站直身体，毫不畏惧地看着眼前青面獠牙、一脸狞笑的大魔王，然后转个身，双手叉腰，腆着肚子绽开一脸狞笑："哈哈哈哈，我丧尽天良的诡计竟然被你发现了。不过没关系，你的死期已经到了，哇哈哈哈……"

一个称自己丧尽天良的、颇为谦虚的大魔王。

再转身，她从床上捡起瓶子，搂在怀里："你……你……你……你去死吧！"

好像不大对。

"你……"余周周放下瓶子皱着眉头开始认真思考，作为一个孤胆英雄，此时她应该说些什么。

"你为所欲为的日子已经到头了，觉悟吧！看我替天行道！"门外忽然响起妈妈的声音。

余周周笑起来，眼睛眯成好看的月牙，说："谢谢妈妈。"

"……不客气。"

"哈，你为所欲为的日子已经到头了，你觉悟吧，看我替天行道！！"

余周周大喊着，抬腿使出了漂亮的回旋踢，然后与机器人合体，做出驾驶的姿势，躲避、侧摔、跳跃、俯身……

小屋里回荡着诡异的声声闷响。

最后，她跳起来从墙上的挂钩上取下鸡毛掸子，双手握住，像日本武士一般，先是在空中画了一圈，用剑尖舞出了一个圆，然后深吸一口气，劈头砍下！

做完这个动作，她立刻转过身，捂住额头跪在床上，不敢相信地大喊："怎么会？怎么会输给你？我不信，我不信，我——不——信——"

……………

妈妈给外婆拔下针头，听到了小屋里最后一声沉重的闷响。

等她给外婆喂完米粥，端着碗准备去厨房刷干净的时候，路过小屋，听到里面传来凄厉的哭声。

不是打败大魔王了吗，怎么又哭？她停下来，把耳朵贴近门，悄悄地听。

"女侠，女侠，你不要死……"

"我……从今天开始，武林盟主之位，你不要再去争。那个位子，沾满了鲜血啊……"

妈妈叹了口气，不能让余周周再这样没节制地看电视剧了——都是些什么乱七八糟的东西。

"总舵主，总舵主！"粗粗的"男声"。

"总舵主！"尖利的"女声"。

余周周一口气模仿了四五种声音，造成一种万民同哭的架势。

刚才不还是女侠吗，怎么又成了总舵主？妈妈皱着眉头，继续听。

"刀是什么样的刀？金丝大环刀！

"剑是什么样的剑？闭月羞光剑！

"招是什么样的招？天地阴阳招！

"人是什么样的人？飞檐走壁的人！

"情是什么样的情？美女爱英雄！

"哈哈哈哈……"

《白眉大侠》片头曲。

不能再听了，再等一会儿，估计余周周连片尾曲之后的广告都要演一遍。妈妈摇着头，走到厨房，拧开水龙头。水声淹没了余周周的小剧场，之后就什么都听不到了。

这样的年纪，连幼儿园都不能去，也不能跟小朋友一起玩。

可是没办法。

没办法，周周，妈妈也没办法，不要怪妈妈。

余妈妈这样想着，眼泪就掉了下来，混进水池里，和余周周的片尾曲一同消失在排水口的漩涡里，转啊转。

一代又一代人，生命就像往复的陀螺，兜兜转转。

2

余周周小朋友的个人秀第二幕

"无论怎样，我都不会把圣蛋交给你的！"雅典娜坚贞不屈，高昂着头，任长发在背后飘啊飘。

余周周版的雅典娜此刻正紧紧地搂着怀里的"圣蛋"——从厨房偷出来的白皮鸡蛋。

她费了好长时间才从一筐红皮鸡蛋里面挑出了一个白皮的，虽然上面沾着一点儿鸡屎，但是她认真地洗干净了。白色的鸡蛋比红色的鸡蛋高贵，她想。

在余周周的词典中，如果想要让一件东西显得高贵，只要在其名字前面加上一个"圣"字就可以了，比如圣斗士，比如圣水，比如……

圣蛋。

她脑海中，英俊的魔王露出一脸不忍："雅典娜，不要逼我伤害你……"

夏天的夜晚，窗外草丛里的蛐蛐儿叫得正欢。妈妈还没回来，余周周自己在家，也不开灯，就在昏暗的房间里面上演着属于她自己的悲喜剧。

此时余周周所编写的剧本里，大魔王早就不再是单纯的邪恶面孔了。动画片中那个爱上雅典娜却求而不得，最终被迫在圣殿中放水一点点淹死女神的英俊魔王波塞冬，让她不知不觉地脸红心跳起来。

她一面对着魔王脸红，却又在心里一遍遍坚定地告诉自己：不，我爱的是星矢。

而且那些圣斗士，这样拼死地保护我，难道不是因为他们都爱着我吗？

余周周版的雅典娜捧着自己的脸蛋，突然因为这样的感情困局而惊恐不已。

她从很小的时候就明白，爱情是很恐怖很难缠的——即使她并不知道爱情到底是什么。

妈妈去照顾外婆了，留下她在这所位于城郊的平房里。房子是自己家动迁之后临时租的，很简陋，只有一个房间。厨房是几家公用的，而厕所则是室外公厕，又脏又臭又恐怖，余周周从来都不敢自己去。

她很想住在外婆家，外婆家在市中心的楼房里，位于大学的家属区。她喜欢外婆家的小屋，那是她的小舞台，她只有在那个小舞台上才会充满灵感，挥洒自如。

可是外婆家还住着三舅一家和小舅舅一家，四间房，一个客厅，住了七个人，没有留给她和妈妈的地方了。

但是，优秀的雅典娜女神是不会在乎恶劣环境的。屋子潮湿发霉，惨不忍睹，她也可以不开灯啊。漆黑一片的时候，连房间都不再有边界：它一会儿是金碧辉煌的圣殿，一会儿是幽暗的小牢房，有时候还是圣洁的雪山和宁静的高原湖泊……

心有多大，舞台就有多大——余周周早就懂得了这一点。

余周周站在地上，一动不动，却能听到假想的水流声——是的，波塞冬正一刻不停地让水流入大殿，现在已经没过脚踝，而她一步也动不了，因为她被锁住了。

雅典娜轻轻地握着圣蛋，焦急担忧地想念着那些英俊的圣斗士。

再糟糕的场景，也会有勇士前来，一定会。

每个女孩都是雅典娜，只要我们不放弃。

正想着，她突然听到窗外有人大喊："余周周！"

她吓得手一哆嗦，鸡蛋就磕在了桌子角上，紧接着就感觉到左手中指和食指上有冰凉而黏稠的液体流过。

闯祸了，这可怎么办?!

窗外的声音一点儿都没消停。

"余周周，余周周，你在家吧? 你又不理我！"

稚嫩怯懦的声音，一听就知道是奔奔。

他虽然声音不是很大，但是喊起来没完没了。余周周正惶恐地盘算着如何处理磕破了的"圣蛋"，来不及应答，一时间焦头烂额。

"余周周，余——"

"别喊啦！我闯祸了！"

很多很多年之后，当余周周想起那颗"夭折"的白皮鸡蛋，都会百思不得其解——一个鸡蛋而已，为什么自己当时竟然那样惶恐，仿佛天塌了一样。

她从抽屉里面拿出钥匙挂在脖子上，然后出了门，手里还颤悠悠地捧着那颗鸡蛋，每走一步都会晃出一点点蛋清，弄得满手滑溜溜的。

"怎么了?"奔奔好奇地凑过来。

"圣……鸡蛋碎了。"

"那就扔掉呗。"

对呀，毁尸灭迹不就得了？她赧然一笑，只是手上的蛋清不知道该怎么处理。那个年代在这个地方，面巾纸这种东西还不常见，她不敢往衣服上抹，于是情急之下，抹到了脸上。

反正一会儿洗脸就是了。

可惜看起来小小的鸡蛋，蛋清居然那么多，她一张小脸蛋都抹遍了，中指和食指上还有不少。余周周盯着自己的手愣了几秒钟，果断地伸出手——抹到了奔奔的脸上。

"你干吗?!"

"借地方用用。"

奔奔脸红了。门口的橙色灯泡下飞蛾萦绕，灯光昏暗得连他的脸都照不清，余周周自然看不到他羞红却又不情愿的表情，只有一双眼睛格外亮，像是傍晚时西方那颗孤零零的星星。

"你来找我做什么？"余周周抹干净了手，拉着他走到自己家窗台外，心想这样不光能跟他说话，还能注意到屋子里的响动，顺便看家。

余周周从小就坚信她很聪明——她是圣女雅典娜嘛。

"你爸又喝多了……"余周周的询问仿佛拧开了奔奔眼睛里的水龙头，他哭起来都不需要酝酿，然而因为蛋清在脸上风干之后紧绷绷的，他咧不开嘴巴，只能噼里啪啦地往下掉眼泪，说出来的半截话也带着浓浓的哭腔。

唉，没出息。余周周在心里说着，又觉得很焦急，不知道怎么才能让眼前这个漂亮小孩不再哭下去。

奔奔和父亲也是到城郊租便宜房子的动迁户。余周周并不知道奔奔究竟叫什么名字，大家都唤他的小名，连他父亲也总说他的大名很拗口，又难写，还不如直接把小名奔奔改成大名算了。余周周听说的时候还很诧异，如果觉得名字拗口，为什么当初不给他起一个简单点儿的名字呢？

后来，她无意间听到那些邻居的闲言碎语，以及从大人延展开去的，孩子们之间有样学样的闲言碎语——奔奔并不是他父亲的亲生儿子。奔奔的养父母不孕，养父对他亲生父母有救命之恩，于是他亲生父母就把他这个小儿子过继给了他们。

于是邻居们又说："你看，一定是有背景的人家，敢大大方方地生好几个孩子。"他们都这样说，说奔奔亲生父母家里很有钱，并不住在省城，而是在东边那个发展得很快的港口城市。奔奔的养父喝醉的时候就会打他。安静的夜里，许多人家都没有睡，可是他们都只是听着奔奔哭号，没有人去劝。

奔奔的养父打得红了眼，总是会破口大骂，含含糊糊，声音却很大。

他说奔奔是丧门星，说奔奔的亲生父母恩将仇报，他为了他们断了两根指头，他们却送来一个丧门星克死了他老婆，今年又让他丢了工作，连动迁拆房子算面积的时候都被拆迁办给糊弄了……

"你哭，你接着哭啊，你他妈有种去找你爹娘啊，他们不是有钱吗?!"

很多次，余周周坐在床上盯着远处小平房昏暗的灯光，怎么也睡不着。她耳边是奔奔的哭喊声、男人的叫骂声，还有躺在身边的妈妈无奈的叹息声。

她从来没有求过妈妈去拉架。尽管她还很小，可是她懵懵懂懂地知道，妈妈和她是孤儿寡母的身份，甚至说得难听点儿，她根本是个私生子。当年外公外婆好不容易才托人找关系给她上了户口，否则直到今天她还是个黑户，要还是那样，她明年连小学都没办法上。

邻居的闲言碎语其实是让孩子成长的最温和妥善的办法。无论余周周听到什么，她都不会像电视剧里面的人一样，瞬间脸色苍白，把手里端着的碗或者花瓶或者汽水瓶等东西失手摔在地上，然后转身哭着跑开……她不会，她只是捏着捡来的冰棍棍儿在土地上一道道地画画玩，躲在别人看不到的地方，将他们所说的话悉数记住，慢慢咀嚼。

即使有许多话她都听不懂，也没关系，只要先记住就好，记住了之后，她就可以等待。

等待长大。

因为妈妈总说："长大了你就明白了。"

所以她什么都不问。孩子简单敏锐的直觉告诉她，很多问题如果问出口，会带来很深的伤害。

夏日夜晚清凉的风撩动着余周周额前的刘海儿，奔奔一直抽抽搭搭地跟她讲述父亲有多可怕，他有多恐惧，多么不敢回家……余周周轻轻挠着左胳膊上刚刚被毒蚊子叮的巨大肿块，开口说："陪我玩吧。"

奔奔的哭声戛然而止。

"什么？"

"陪我玩吧，别哭了。"余周周也不知道自己在说些什么，"一个男孩子，哭起来没完没了的……"

曾经有些很八婆的邻居很粗俗也很传神地说过，对奔奔来说，余周周放个屁都是圣旨。

于是纯良的奔奔听了余周周的话，开始真心地为自己的哭泣而自责难堪。

"我们玩什么？天都黑了。我看到月月他们在围墙那边摸黑玩'红灯绿灯小白灯'，我们……"

"就我们两个，不去找他们。"

"哦？"

"我们来玩'圣斗士星矢'。"余周周下定决心，轻声说。

那时候，奔奔并不明白，这种莫名其妙的戏剧表演是余周周珍贵私密的个人世界，她邀请他加入，这实际上是无比大的让步。

余周周窘迫地跟他形容了游戏的基本规则，奔奔一拍脑袋，好像茅塞顿开，说："那么你是雅典娜？"

他笑逐颜开，余周周摇摇头："不，我是星矢，你是雅典娜。"

"我是男的！"

"这跟男女没关系。"余周周一副小大人的样子，朝他摇摇头。

雅典娜和星矢从来都不只是男女之分那么简单。

那是一种保护与被保护的关系。她是星矢，于是她是保护者。

雅典娜是奔奔，也是妈妈，是病弱的外婆，是很多很多。星矢需要一个人去扛，所以他不断爆发小宇宙，他可能会暂时倒下，但是永远不死。

当然，余周周自然并没有想清楚这些。那时候，她心里只有一种说不清道不明的英雄主义情结，义薄云天。

于是那个夏天的夜晚，孩子们的嬉闹声和大人们打牌的呼喝声都显得很遥远。奔奔懵懵懂懂地被带入了余周周的世界，看着她的一双眼睛像宝石一般闪烁，听着她激昂地说："殿下，你快走，这里有我！"

自始至终，奔奔版的雅典娜只知道沉默，任余周周捏着冰棍棍儿和周围的杂草搏斗得鸡飞狗跳，天马流星拳四处飞射。他很想问问她，那个无影无形却又无处不在的大魔王，到底什么时候才会被打倒。

战斗太漫长，他都已经犯困了。

奔奔不知道，命运这个东西，不是天马流星拳能够解决得了的。

3

小飞虫

余周周常说，奔奔这个名字很好。

那时候电视上正在播放一部动画片，里面的主角是一辆长得像碰碰车的黄色小汽车，扁扁的，仿佛是气球吹起来的一般可爱。那辆小汽车也叫奔奔。小汽车和一个男孩子做伴，一同走过了世界上很多很多地方，目的是找妈妈。

余周周不知道有多糊涂的母亲才能把自己的孩子弄丢，所以她很同情奔奔。那几乎是第一次，她觉得动画片真能胡扯。

　　她看看正在给自己钉扣子的妈妈，心想，你看，妈妈会永远在身边的。这样想着，她就很庆幸地拍拍胸口，仿佛劫后余生般珍惜起自己的幸福来。

　　可是后来她真的认识了一个奔奔，一个被自己的妈妈故意弄丢了的男孩子。

　　那部动画片有了大团圆结局的时候，她高兴地跑去告诉奔奔："你也会找到妈妈的，一定。"

　　小时候余周周总是认为，动画片里面悲惨的事情都是胡扯的，比如奔奔被妈妈弄丢；美好的事情一定都是真的，比如奔奔最终找到了妈妈，在一片花海中笑得灿烂。

　　长大了，她才知道，这种认知，颠倒过来才是对的。

　　那些悲伤失望的家伙，总是编造出很多美好的事情来骗人。

　　奔奔总是很灰心。他认为，自己可能一辈子都不会摆脱他的酒鬼爸爸了。余周周笑他，问他怎么会知道一辈子那么长的事情。

　　一辈子很长吗？奔奔脸上浮现出一个跟他的年龄一点儿都不相符的、非常沧桑的苦笑。那一瞬间余周周愣住了，说不出为什么，她喜欢他的那个笑容，好像很有担当、很像大人，然而仔细想想，她又觉得，奔奔还是哭比较好——像个小孩子一样哭。

　　"一辈子没那么长吧。我被他推了一把，大腿磕在桌子角上，第二天一看都发紫了，过几天就变成黑色，再过几天又是紫红，最后一点点变成浅黄色，然后就没了。"

　　余周周不解："什么意思？"

　　"就是说，我这样数着瘀青一点点消失的日子，上一批还没数完，下一批又挂到身上了。我就靠着这个数日子，发现日子过得挺快的。一辈子很长吗？"

　　余周周后来几乎忘记了奔奔的长相，但是她永远记得，有一个男孩子告诉她，时间的流逝并不仅仅是靠日历、台历、挂历来计算的。

　　时间也能够以一块伤疤痊愈的周期为单位来标记。

余周周看着奔奔，有些忧伤地想——如果她那时候明白自己的情绪叫作忧伤的话——动画片多美好，汽车奔奔想要找妈妈，立刻就可以动身，环游世界，有朋友，不愁吃喝，不愁没有汽油，不愁路途遥远，不用坐火车（因为它自己就是一辆车啊）……

以前听到大舅家的乔哥哥说过什么"生活是一张迷离的网"，余周周听不大懂，只是这一刻，抬头看到房檐角落那张薄薄的蜘蛛网，她想，生活是蜘蛛网，那么他们是什么？是被粘在网上动弹不得，只能等待被吃掉的小虫子吗？

"我爸爸妈妈也总吵架，吵得特别凶，还互相扔东西，墨水瓶都往我脑袋上砸。嗯。"

余周周鬼使神差地说出了这么一段话。其实她只见过她爸爸两三次，其中只有一次是爸爸妈妈同时出现的，而这一次就是吵架。两个人打得好像要拆房子，她不知道原来文静温柔的妈妈也可以有那么大的力气。她小时候看电视学会了两个词，一个叫作歇斯底里，一个叫作丧心病狂，她觉得可以把这两个词分别送给那一天的妈妈和爸爸。

余周周自然没有被墨水瓶砸到，否则她也活不到现在。但是她认真地，甚至有些骄傲地大声说出来，只是想要安慰奔奔。

世界上最好的安慰，并不是告诉对方"一切都会好起来的"，而是苦着脸说："哭个屁，你看，我比你还惨。"

于是被成功治愈的奔奔很诚恳地说："周周，我不要妈妈，我要你。"

两个纯洁美好的六岁小孩子自然听不出这句话有多么别扭。

余周周继续义薄云天地拍着他的肩膀，信誓旦旦："我永远在你身边。"

这句话也是从动画片里学来的。他们都被自己和对方感动了，友情正盛，气氛好得不像话。

我永远不离开你，这是多么美好而忧伤的谎言。

余周周后来才知道，她这一辈子最初的谎言，就是拜动画片所赐。她相信了很多错误的东西，还深信不疑。

大杂院的生活，就这样一日日地安然度过。余周周仍然每天规规矩矩待在家里，每天晚上六点到七点是雷打不动的动画片时间，周末去外婆家，偶尔也会在妈妈在家的晚上出门去跟小朋友们一起疯玩。

剩下的时间，她活在自己脑内的小剧场里。有时候幻想到头痛，素材告罄，就赶紧看几篇故事积累新的灵感。她家里只有三套书：《安徒生全集》《格林童话》《伊索寓言》。

文字完整版，没有插图。余周周认识很多字，都是看电视的时候跟着下面的字幕顺下来的，基本上只是眼熟。她看故事书的时候连蒙带猜，囫囵吞枣，倒也看得十分开心。

文字而非连环画，反倒成全了她的想象力。没有前人的图画框梏，她刻苦钻研着《柳树下的梦》和《小意达的花儿》里面大段大段的景物描写，给那些从没听说过的植物和食品描绘出版权只属于余周周的形象……

所以在小学六年级时，当她在林杨家里看迪士尼《白雪公主》的时候，她盯着屏幕上短发蓝裙明眸皓齿的白雪公主，失神地说："不对，不对。"

"哪里不对？"林杨啃着苹果，扬眉问她。

"她长得不像白雪公主。"

"哈，"林杨笑了，"难道你见过活的？"

她盯着屏幕，不到十三岁的小丫头，竟然一脸无奈的疲态。

总之，她心里的白雪公主，不是那个样子。

林杨咯吱咯吱啃着苹果，像只小耗子。她的心里也有只小耗子，咯吱咯吱啃噬着那个只属于她的秘密花园。

六岁时候的余周周所遇到的最严重的危机，就是市电视台和省电视台同时在六点钟播放两部她同样喜欢的动画片。她除了频繁折腾遥控器换台别无他法，痛苦极了。

长大后，听说好朋友脚踩两只船，她第一个想起来的就是六岁时频繁切换的电视屏幕。

美好的生活在那一年入秋时结束了。

最西边那家人的小女儿死了。

尸体是在大杂院不远处的水沟边被发现的，据说是被勒死的。当然，余周周也听到那些女人表情诡秘地窃窃私语，说人死的时候是光着身子的，啧啧，啧啧……

余周周不明白，坏人为什么要抢走她的衣服。

关于那个小阿姨，她记得的最后一幕就是几天前那个很漂亮的女人穿着新买的喇叭牛仔裤，烫了发，走到余周周家门口的时候还对她妈妈笑了笑。妈妈说，穿得真漂亮。她也并不假意谦虚，呵呵一笑，鲜红的嘴唇在阳光下亮晶晶的。

的确很漂亮，余周周想。

那时候，余周周已经懂得了欣赏其他美丽的女人。而很小很小的时候，她听到妈妈和舅舅夸赞路过的某个女人打扮得时髦好看时，还会不甘寂寞地扭动着走到她们面前，假装自己也是个路人，然后扭过头指着自己对妈妈说："妈妈妈妈，你快说，这个女人真好看。"

小阿姨的家人并没有大张旗鼓地治丧，连哭泣都很压抑，仿佛这是一件很丢人的事情。

后来开豆腐铺子的陈婆婆家又被撬了，抽屉里面的两百元钱被人偷走了。这个大杂院里一下子变得人心惶惶，不知道是外来流窜犯还是院子里面有内鬼，大家都很恐慌。妈妈再也不敢将余周周独自留在家里面了，白天的时候她工作，就一直将孩子带在身边。

余周周的妈妈当年高考失利，只考上了省医学院的专科，读中医专业。后来经历了一系列变故，很早就失业下岗了，自己开了一家中医推拿针灸的小诊所，其实里里外外只有她自己一个人在忙。给顾客做理疗推拿的时候往往需要独自一人跑到顾客家里上门服务，所以她每天大部分时间都骑着自行车在这个城市里奔波。

现在，自行车后座上多了一个余周周。

她的妈妈总是非常非常愧疚于让自己的女儿过早地跟着自己奔波劳碌，女儿童年的惨淡都将折射为母亲的自责。然而余周周其实是开心不已的。她觉得自己像是脱离了蜘蛛网重新飞起来的小虫子，见到了不一样的世界。

三教九流，这个世界这样大。

她学会了乖巧地跟大人打交道，该讲话的时候讲话，该沉默的时候沉默。有时候顾客会担心她一个人闷着无聊，总会找些玩具或连环画给她，有时候也有水果点心吃。但是他们都不知道，她一点儿都不觉得闷。每一间不同的房子里住着的不同的人，都能给她崭新的灵感。她没有办法再嚣张地表演，就只能安静地窝在角落里，将驰骋的想象力内化，然后再随着它们神游到天外。

到了冬天，北方的路面总是结着厚厚的一层冰。除了主干道能及时清雪，很多小街上的雪都已经被来往车辆轧得很密实了，穿着防滑鞋走路都得小心翼翼，何况是骑自行车。余周周开始跟着妈妈步行，挤公交车，有时候被挤得双脚离地一路悬在空中。不过她喜欢步行，因为每每路过喷香的煎饼果子摊位或者卖冰糖葫芦的小推车，妈妈总会给她买点儿什么。

她觉得这是意外收获，而妈妈把这当作补偿。

那一年，余周周走过了人生最漫长的一段路，路的尽头，她遇见了陈桉。

4

蓝水

余周周记得那是 1993 年冬至。妈妈说，晚上回家包饺子吃。

铺天盖地的大雪阻塞了交通，左等右等，公交车就是不来，距离和顾客约定的时间还有四十五分钟。余周周感觉到妈妈拉着她的手紧了紧，然后仿佛终于下定决心了一样，低头问她："周周，咱们走着去好不好？"

"好！"她其实很想走着去，可以一路踩着已经没过脚面的、崭新柔软的雪。

踏雪兼程虽然有趣，可过了二十分钟，她的脸已经被北风吹得麻木，脚也时而麻木时而疼痛。想把围巾往上拉，外围却已经因为她呼出的热气而冻了一圈硬邦邦的碎冰，贴在脸上反而更凉。

她抬头，看到妈妈的眼圈红了。

今天要去的人家，好像格外远呢。

走到僻静处，只有母女两人嘎吱嘎吱踩雪的声音。

"周周？"

妈妈唤了她一声，等了一会儿却没有回应，低头一看，自己家的傻丫头正目光茫然，盯紧了前方某一个点傻乐。

确切地说，余周周正在和她的两个好朋友——兔子公爵和兔子子爵聊天。之前路过骨科医院的时候，她远远看见一楼窗口有人往外递箱子，不知怎的，她好像突然看到了天空中盘旋着一架橘黄色的小飞机，冒着烟栽下来一头扎进了窗子里。

余周周的灵魂飞离了她的身体，兀自飘过去，从里面拽出了两只兔子。它们穿着蓝色西装，打着红领结，没有穿裤子，露出短短的毛茸茸的尾巴。

"你好小姐，"大兔子笑着，露出两颗大板牙，"我是外星来的客人，格里格里公爵，这是我儿子，克里克里子爵。"

余周周非常有地球人的风度，她微笑着说："你好，公爵大人。"

只是她并不知道自己当时傻乎乎的笑容吓到了骨科医院门口的一位坐轮椅的老奶奶，对方傻愣愣地看着目光空茫、挂着一脸诡异的笑容渐行渐远的自己。

余周周一路都没有闲着，兔子公爵一直在问她问题。它们俩指着汽车大叫，又问余周周房子怎么才能盖得像望江宾馆那么高，还有，烟囱里面烧的是什么？卖冰糖葫芦的小贩晚上睡觉的时候都住在自己的板车上吗？她耐心地给它们解释着，两只兔子被她的优雅和善良打动了，诚挚地邀请她到自己的国家做女王……

余周周大骇，连忙推辞。

"我们国家需要的就是你这样仁爱美丽的女王陛下，请答应我们吧！"

余周周红了脸，傻笑着，有些难为情，又觉得人家这可不是胡乱奉承。她很矜持委婉地再次拒绝。

也许是精神太过集中，她不由得把脑内剧场再一次表演了出来。

于是陈桉第一眼看到的余周周，就是一个被红色的围巾和帽子包裹得只露出一双美丽眼睛的小姑娘，对着小区右边的草丛笑得眉眼弯弯，稚嫩地说："谢谢你们的好意，可是我必须留在地球上。"

北风萧瑟地吹过，妈妈忍着笑，拍拍她的头。余周周这才清醒过来，慌乱地看了一眼眼前的人。穿着白色羽绒服、耳朵冻得通红的男孩，笑容温和，比自己高了一个头。

"对不起，等半天了吧？"

"没，我也刚下来。阿姨，您快进来吧。"

他的声音很好听，虽然也是小孩子的声音，可是比余周周住的大杂院里面那些野孩子的破锣嗓子好听不知道多少倍。

她们在陈桉的带领下进了保险门。陈桉家住在十二楼，余周周有生以来第一次坐了电梯。在电梯启动身体超重的那一刻，她因为这种神奇的体验而笑了起来。陈桉回头看看她，也笑了。这样的经历让余周周后来连续好几天的白日梦都脱离了冷兵器时代和魔法世界，充满了电梯、飞船等高科技机械。

陈桉的家是复式住宅，余周周第一次看到这样大的房子，楼梯居然在房间里面，这简直太神奇了，就像皇宫一样！很多年后上政治课，老师开玩笑地问起大家穷人富人所住的房子有什么区别，余周周的回答是，那要看楼梯在屋子外面还是里面。

妈妈去给陈桉半身不遂的祖母做推拿，陈桉的妈妈只是跟她们打了个招呼就独自回房间了，留下陈桉照顾余周周。不知为什么，一直都落落大方、内心安定的余周周那天只有表面上还维持着淡定，实际上却很紧张。

自然是紧张的——今天的这里不再是舞台，这里是真正的宫殿，眼前的，是真正的王子。

只是余周周忘记携带水晶鞋了。那本来应该是所有小小灰姑娘的认证码。

当然，这只是女人的天性，虽然她只有六岁。不过与爱情无关——毕竟她只有六岁。

陈桉穿着毛茸茸的白色马海毛拖鞋，浅蓝色毛衣也是毛茸茸的，衬得他一张脸格外白皙。他给余周周倒了一杯热牛奶，保姆端来了一个蓝色水晶盘，盛满了水果和奶糖。余周周坐在沙发上，大气也不敢出，不过还是微笑乖巧地对保姆和陈桉说："谢谢。"

陈桉笑了，亲昵地揉揉她的头发："叫什么名字，多大了？"

"余周周，六岁了。"停顿了一会儿，"你呢？"

"我叫陈桉，十二岁。"

"怎么写？"

"嗯？"

"chén，ān，怎么写？"

陈桉愣了一下，反应过来，站起身跑到书房拿出一沓原稿纸，用圆珠笔在上面写"陈桉"。然后笑着问她："认识吗？你识字？"

余周周点点头，又摇摇头，指着"桉"字说："这个不认识。念'ān'？"

陈桉挠挠后脑勺："呃，是，这是桉树的桉。我爸爸妈妈就是在这种树下认识的，所以我叫陈桉。这种树北方没有。不过，你给我写你的名字吧，余周周这个名字真好听。"

其实人家只是客气一下，不过余周周还是脸红了，拿起笔，用无比稚嫩的字体写下"余周周"。这三个歪瓜裂枣的字摆在俊秀飘逸的"陈

21

桉"二字下面，让她觉得很挫败。

"写得真好看。"陈桉说。

余周周跟着妈妈"走南闯北"，见过很多的人家，对各种各样的人说"你好"，听过各种各样或真心或假意的夸奖和客套，但是从来没有人能像陈桉一样将客套表现得如此诚挚——好像他说的都是实话一样。

"看动画片吧。"陈桉收起桌子上的绿色原稿纸，伸手按了一下遥控器。余周周盯着蓝屏，看着他将录像带塞进一台黑色机器中，熟练地按着各种按钮。

"我昨天看到大结局就去睡了，等我把最后两集看完了，咱们就看《猫和老鼠》好不好？"

陈桉播放的动画片里有个皮肤黑黑的短发女孩，一个皮肤白白的眼镜男孩。很多年之后，余周周才知道，那部动画片的名字叫作《不可思议的海之娜蒂亚》，改编自《海底两万里》，是制作 EVA（《新世纪福音战士》）的庵野秀明监制的。当时余周周并不知道这个故事的剧情，她直接随着陈桉一起看大结局。

反派大 BOSS（老大）控制了女主角，胁迫其他主人公。眼镜男孩十分勇敢，可是被反派一枪打中。终于恢复神志的女主人公娜蒂亚决定用自己佩戴的那颗具有神奇力量的蓝宝石"蓝水"救回男孩子的命，但被自己的妈妈提醒，如果这样做，她就再也不能依靠"蓝水"去见神明了。

娜蒂亚自然毫不犹豫地放弃了会见神明的机会，流着泪救回了男主人公。

大结局。

陈桉揉了揉眼睛，似乎对于这样的结果感觉有点儿索然无味，他退出了录像带，拿起另一盘，塞进机器里。

"很无聊吧？"他笑着把果盘推到余周周面前，"吃个苹果吧。"

余周周摇摇头："不用了……也不无聊。"

陈桉笑得很好看，他总是笑得很好看，好像对面的余周周是个小婴儿一样。余周周想起同样是十二三岁，却总是跟着同学跑到游戏厅打游戏，对自己的存在一百二十分不耐烦的乔哥哥，第一次觉得，人和人的差距真是大。

"明知道这种大团圆结局很无聊，不过还是想看，看完了又觉得更无聊。"

余周周歪着头："'蓝水'这个名字很好听。"

她不明白，为什么自己说什么都能让他笑。

"嗯，是，我也喜欢这个名字。"

于是她很开心，好像受到了鼓励一样，胆子大了一些，继续说："如果是你，你会放弃见上帝的机会，去救那个男孩吗？"

陈桉瞪圆了眼睛，看得她很不好意思，只能低下头。当然她并不知道"见上帝"是一句让人很无语的话。

陈桉这次没有像糊弄小孩一样回答她，而是想了很久，久到余周周低头低得脖子都酸了。

"不会。"

他回答。

余周周无法形容自己那一刻的开心。那一刻直觉告诉她，她得到了一次很认真的对待，因为对方给出了一个真实而有缺陷的回答。

"你呢？"

余周周闻声开始认真思考，很认真地思考。她的思维还不能像陈桉一样从利弊的角度去衡量这个问题，于是只能用最传统的办法——闭上眼睛，将周围模拟到和刚刚的动画片背景一样，看着那个眼镜男孩在枪响之后慢动作一点点地倒下去。

只是这一次，眼镜男孩的脸变成了奔奔的脸。余周周对这个眼镜男孩没有感觉，不过既然他是娜蒂亚的好朋友，那么就换成奔奔好了。她张开眼睛，看着用手托着下巴的陈桉说："我会的。"

他好像早就猜到了她的答案，笑："善良的小丫头。"

她摇头，干巴巴地解释："如果我爱他，就会。不爱，就不会。"

如果我爱他。

陈桉这次大笑起来，使劲揉着她的头发。余周周窘迫极了，并不知道在陈桉眼里，一个六岁女孩的爱情听起来究竟有多天真可笑。自然，余周周所谓的爱，多半来自动画片的教育，对她来说，动画片中的好朋友们都是相爱的。所以，她和奔奔也是相爱的，为了爱，牺牲"蓝水"是理所应当的。但是如果死掉的是跟她没什么感情的乔哥哥，她就不会放弃与神明见面的机会。

就这么简单。孩童简单至极的世界观。

他们两个继续一起看《猫和老鼠》。还是猫和老鼠比较好，你不用担心这两个小家伙会死，也不用担心会出现左右为难的生死抉择，那个世界里面只有阳光明媚的快乐。

"你刚才闭着眼睛，在想什么？"

汤姆死死按住杰瑞的尾巴的那一刻，陈桉忽然没头没脑地问。

"我在想……"她觉得很难为情，"如果我是娜蒂亚。"

"那刚才在楼下，你是不是在跟外星人说话，所以才会大义凛然地说自己必须留在地球上？"陈桉突然对她产生了很大的兴趣，像是看着一件新奇的小玩具。

被猜中了。余周周无比艰难地点了一下头。

陈桉仰头靠在沙发上，笑得极为开心。但是在余周周眼里，他即使是这样的大笑，仍然是优雅的，多了几分豪爽意味的优雅。

就在这时，妈妈和保姆一起下楼了。她从衣架上拎起余周周的黑色呢绒大衣和红色围巾，朝陈桉笑笑，说："麻烦你照顾她了。周周过来，穿上外套，咱们该走了。"

没有人听到余周周心里那一声轻微的叹息。

陈桉将动画片暂停，站起来送她。看到余周周盯着桌子上那张写了他们名字的原稿纸，他笑起来，将纸拿起来对折两次，叠成小方块，塞到她手里。

保险门"嘭"的一声将陈桉的笑容关在远处。余周周牵着妈妈的手踏入雪中，蓝黑的天幕下一片雪白的苍茫，全世界一起沉默。

她把手伸到口袋里面，纸片的尖角扎得手心痒痒的。妈妈问她："动画片好看吗？"

余周周点头："很好看。'蓝水'很漂亮。"

陈桉哥哥也很漂亮。她在心里说。

5

生活在别处

到家的时候已经六点了，妈妈坐在桌边包饺子，余周周打开电视机看动画片。

"今天冻坏了吧，走了那么远的路。"

"没。"她摇头。她自己都想不起来那一路是怎么走过去的，一点儿都不疲惫，脑海中只有两只兔子的大板牙。

妈妈并不知道她的女儿为了自己而放弃了做女王的机会，面对荣华富贵岿然不动。

"最近这附近太不安全了，要不然也不会大冬天的让你跟着我东跑西颠，周周，对不起。"妈妈拇指食指一齐捏合着饺子的边，眼圈又有点儿红了，"这附近也没有托儿所，当年要是能上省政府幼儿园就好了。"

每次一提到省政府幼儿园，余周周就很难为情也很自责。记得当时幼儿园招生，妈妈领着她过去，很多很多的家长和小朋友排着队去见负责招生的三位阿姨。轮到她的时候，一个圆脸阿姨问她："小朋友，有什么特长啊？"

"特长？"

"就是你都会些什么啊？"

余周周淡定地想了一会儿，她刚才看到好几个女孩子表演唱歌跳舞了，唱歌倒是可以，跳舞她实在做不来，不过那些才艺都太普通了，她想做些特别的。

"我会武术。"

妈妈还愣着呢，就看到自己的女儿已经蹲着马步挥舞双手，"嘿""哈"地对着人家老师出手了……

后来自然没有被录取。一代女侠余周周自此退隐江湖，深以为耻。

其实她并不知道，这些所谓"面试"都只是走过场，真正的面试看的是家长的背景和礼金，她被刷掉并不是因为面试的老师看不上她的武艺。

对于这件事，余周周和她的妈妈因为不同的心思而各自愧疚。只是余周周并不觉得很遗憾，虽然路过幼儿园看到院子里那些漂亮的小滑梯，还有漂亮的小孩子坐在彩色的小桌前比赛谁吃饭吃得又快又多，她也不是不羡慕，但是一听说幼儿园里的小孩每天中午必须强制午睡，她就庆幸不已。

只是她不知道，有次妈妈带着她去某家工厂的宿舍上门做推拿，她抱着人家厂房里的流浪猫窝在锅炉边睡得很香，而妈妈看着熟睡的她，想到没有本事让她上一个好些的幼儿园，愧疚地哽咽了很久。

许多年后，当她长大了，她所记得的，却是身为女战士的自己与圣兽坐骑（那只猫）在恶魔火山（锅炉）与大 BOSS 搏斗的情景。那一切都是快乐的，丝毫没有艰辛的印记。

对幼年的余周周来说，生活从来都不是辛苦的。漫长的路途、风雪、骄阳……这些都能够被幻化成某种神奇的背景，而她早已脱离了真实的世界，以某种特别的身份活在另一个国度里。

幻想是她的自卫结界。她生活在别处，一个瑰丽精彩的"别处"，什么都无法伤害到她。

哪怕有时候会遇到鄙夷侮辱的目光——比如那次路过漂亮的乐器行，妈妈指着一架白色钢琴问价钱，而服务员则用赤裸裸的目光将母女俩从头到脚打量了个彻底，冷笑着报出了一个让人畏惧的价格——余周周也能够将女服务员的脸牢牢记住，再把她的面皮挂在大魔王的脸上，提起希亚之剑将她打个落花流水。

然后她安然地坐在桌边，将桌子想象成漂亮的白色三角钢琴，轻抬双手，学着电视上的理查德·克莱德曼，用最优雅的姿态胡乱地敲着桌子边，最后站起身，提起根本不存在的裙角，微微屈膝，笑容完美。

余周周很快乐。

只是偶尔也会觉得寂寞，有时候格里格里公爵和克里克里子爵也不讲话，雅典娜与星矢一同沉默，三眼神童连嘴巴都被贴上了十字胶布，她的想象力也有失效的时候。

就在难得袭来的寂寞中，她惊喜地发现，下午竟然也能看得到月亮。

每个月都有几天，能在下午湛蓝的天空中看到半轮月亮，边缘并不清晰，仿佛半透明，苍白模糊，好像是纯蓝画布上面一不小心抹上去的白色水彩。

"奔奔你来看，天上有一抹月亮。"

"一抹"是六岁的余周周发明的量词，后来小学三年级她在作文里面用过"一抹月亮"这个短语，被老师圈出来，当作错别字修改了。

当余周周感觉到幼小的寂寞时，她会和奔奔聊天，虽说是聊天，但实际上只有她自己说话，怯生生的奔奔只懂得在一边安静地聆听。她给奔奔讲许多许多故事，有些脱胎于动画片，有些干脆是她胡乱编造的。那些故事从心灵的小洞钻出去，释放了年少的忧郁。

不知怎的，有一天忽然就讲到了那架白色钢琴。

一直在一旁讷讷地沉默着的奔奔突然开口说："我让我妈妈给你买。"

"你妈妈？"

不过奔奔不知道她在哪里。他想，没有关系，虽然从来没有想过像余周周描述的动画片里那样去寻找妈妈，但如果是为了余周周，他愿意去找妈妈，不求妈妈收留他，只求她能给余周周买一架白色钢琴。

他们不是都说他妈妈很有钱吗？

余周周很感动地捏捏奔奔的脸，说："嗯，我相信你。"

她想，自己和奔奔果然是相爱的，她可以为了他放弃"蓝水"，他可以为了她去求一个不知道在哪里的妈妈。

不过，她和奔奔的"感情"也不是没有出现过危机。

那时候已经是 1994 年初春了，二月春风似剪刀——刮在脸上冰凉疼痛，比寒冬的北风还要冷。不过这些孩子已经等不及了，在家里猫过一个漫长的冬天，纷纷迫不及待地跑出家门，在还未消融的雪地里面玩耍，"玻璃丝传电""红灯绿灯小白灯""两面城""真假地雷"……各种各样的简陋游戏，让他们在冷风里跑得满脸通红，在湛蓝天幕下发出最清脆的笑声。

玩累了，就一起坐到和《机器猫》里面一样的水泥管子上，大家乖乖地听着余周周讲故事。余周周在这一群年龄参差不齐的小朋友中拥有极高的威信，尽管她不常出现和他们一起玩，而且小朋友内部也分很多不同的帮派，私底下争斗不已，但余周周一出现，他们都愿意围绕着她，听她讲故事。

她给他们讲了为拯救深爱的人而偷偷下凡剪掉一头金发最终死去的小天使的故事，还有安徒生的《柳树下的梦》《小杉树》《海的女儿》……只是这些故事在她讲出来的时候，结尾都被篡改成了大团圆，误会消除，死而复生。

她记得陈桉说，大团圆结局很无聊。

可是余周周喜欢大团圆。生活已经不团圆了，故事就不必再破碎了吧？

讲故事讲到口干舌燥，大家却意犹未尽。余周周忽然灵光一现，激动地对他们说："我们来玩白娘子的游戏吧！"

全体肃然。

她劈手一指，对两个小女孩说："现在你们是白娘子和小青。"又指向奔奔："你是许仙。"然后指着年纪最大，块头也最大的男生说："你是法海！"

除了主要人物，其他的人分别是"姐姐""姐夫""府台大人""小厮""青楼女子"……余周周给他们编排剧情，小孩子们很快疯起来，不再需要她指导也能够表演得风起云涌。余周周独自托腮坐在水泥管子上，看着他们在自己眼前兴高采烈地表演着毫无逻辑的剧情，甚至常常发生抢戏的情景，每个人都自说自话，不甘寂寞。

只有她安静地看着，只有她最甘于寂寞。那一刻，她忽然发现，原来寂寞可以给人一种居高临下的姿态。她突然觉得自己与众不同，更清醒，更无奈，这清醒无奈中有着不合年龄的清高，让她欲罢不能。

水泥管子附近仿佛是露天精神病院，上演着群魔乱舞不知所谓的舞台剧。天色渐晚，天上的那轮月亮沉下去了，却愈加清晰。家长们下班了，一个个路过精神病院把"病人"们接走。舞台慢慢冷清下来，最终只剩下了奔奔和余周周，还有一个叫丹丹的小姑娘。

"周周，走，我有话跟你说。"丹丹亲昵地贴过来，挽起余周周的胳膊，对奔奔恶狠狠地说，"离周周远点儿，小心我咒你烂脚丫！"

余周周不明就里被丹丹拖走，回头看到奔奔羞红了脸，孤零零地站在原地。

她们走到丹丹家门口，丹丹鬼鬼祟祟地看了看四周，这才小声对余周周说："周周，你喜欢奔奔吗？"

余周周不知道应该点头还是摇头：她很想说喜欢——她的确喜欢，然而也懵懵懂懂地明白，这些小朋友所说的"喜欢"其实跟自己的喜欢不是同一个意思。

丹丹所说的喜欢，是大人的那种喜欢。余周周知道奔奔长得很好看，许多小丫头都喜欢跟他一起玩，而且他和那些男孩子不一样，他不说脏话，也不欺负人。但是这恰恰让他处境更艰难——女孩子们因为喜欢他，所以故意装作讨厌他，只要有别人在场，她们就不跟他说话；男孩子们则把他的礼貌当成娘娘腔，认为他不配和他们一起玩。

余周周的孤独来自她的臆想，奔奔的孤独却是真实的。

丹丹有点儿焦急地又问了一遍："你到底是不是喜欢奔奔啊？"

最终余周周还是摇摇头："不是。"丹丹闻声长出一口气，好像终于放心了一样，继续眼珠子滴溜儿乱转地小声说："我告诉你一件事情，你可千万别告诉别人哟。"

余周周心想，胡扯，肯定是大家都已经知道的事情，每个人都会对另一个人说："你不要告诉别人哟。"

"我有天去找月月玩，结果你猜我看见什么了？"

"什么？"

"月月和奔奔……"丹丹颇难为情地停顿了一会儿，"他们两个在床上，什么都没穿！"

余周周张大了嘴巴，盯着神神道道的丹丹。尽管他们这些小孩子其实都对"性"这种东西不甚了解，余周周甚至连"接吻"是什么都不知道，对"自己是被爸爸妈妈从垃圾站捡回来的"这种说法深信不疑；然而，他们都懵懵懂懂地知道，一男一女光着身子在一起，绝对是一件让人觉得羞耻的事情，是很坏很坏的事情。

丹丹的小嘴哇啦哇啦说个没完，诸如"月月一直都喜欢奔奔"啦，"月月自以为长得漂亮，有时候还搽着妈妈的口红往外面跑"啦，"大家以为你喜欢奔奔，所以一直不敢告诉你这件事情"啦，"你怎么还能让月月跟奔奔一起演白娘子和许仙呢"……

余周周独自一人往家走，正好看到奔奔怯生生地站在门口，眼神闪烁，仿佛知道丹丹对余周周讲了什么一样。

一种从来没有过的生疏和尴尬滋生于面面相觑的两个人之间。

余周周低下头，绕过奔奔，直接敲门朝屋里喊："妈妈，我回来了。"

妈妈开门后看到傻站在门口的奔奔，笑着说："奔奔也来啦，进来看会儿电视吧。"

奔奔一直低着头，右脚尖一下下地磕着地面硬实的积雪，戳出一个个半月形状的小洞，小声地说："不用了，阿姨我回去了。"

妈妈进门后看着坐在床边看电视的余周周，有点儿担心地问："跟奔奔吵架啦？"

余周周茫然地摇摇头，仿佛魂魄离体，转身继续去看广告。

第一次，她不知道应该怎么用幻想来排遣心里的烦躁。

就好像听到雅典娜对星矢说："对不起星矢，我喜欢的是一辉。"

6

芳草碧连天

后来余周周自己都没想到，她会和奔奔冷战那么长时间。

她仍然陪着妈妈四处走，偶尔也会和小朋友们一起玩。每到那个时候，她就会把奔奔划为背景，好像他长着一张和其他人一样毫无特点的脸，好像他不是奔奔，好像根本没有看到他沉默孤独的注视。

其实她并不是生他的气，她也不知道自己是怎么回事。她心里有一个困惑而难为情的问题，只是不知道应该怎样开口问妈妈，于是索性无视。

天气越来越暖，妈妈开始整理冬衣，从周周的黑色大衣里面掏出了一张折叠好的原稿纸，上面只有两个名字。

陈桉，余周周。

妈妈有些疑惑，举着纸片问周周："这是什么？"

余周周突然觉得很害羞，不同于听说月月与奔奔的事情的难堪。她努力装作非常镇定、非常轻松的样子说："我也不知道。"

为什么撒谎呢？她不知道。

妈妈并没有很在意她的表情："那我就扔了。"

"别！"她尖声喊起来，吓了妈妈一大跳。

"你要干什么？"妈妈皱着眉头，看到女儿一蹦三尺高从自己手里夺过那张纸片，重新折好，低头自言自语地不知道在说什么。

余周周盯着手里的纸片，突然感觉到心底有种异样。那是一种属于六岁的惆怅，好像是突然意识到自己并不是只有现在和未来，还有一种名叫过去的东西，它就像陈桉的笑容，惊鸿一瞥，却只存在于背后。

她蹲下，从床底拖出她的铁皮饼干盒，将这张纸和她的小玩意儿一起小心翼翼地放进去。

"对了，周周，咱们下个月就能搬回外婆家了。"妈妈突然笑着说。

余周周惊骇地抬起头。

"高兴不高兴？"

"高兴。"

其实，不高兴。

她怯怯地问："妈妈，不是说外婆家没有空房间吗？"

妈妈抚摸着她的头："现在你玲玲姐和婷婷姐都跟大人住一个房间，她们俩的房间就空出来给咱们了。"

"为什么现在空出来？"

"因为今年九月你就要上小学了呀，外婆家距离你的学校最近。"妈妈笑起来，很高兴，"外婆托人好不容易给你报上名了，你今年九月就要去师大附小了，全市最好的小学，高不高兴？"

妈妈的语气中有些终于弥补了幼儿园缺憾的喜悦感，余周周并没有听出来，她担心的是，玲玲姐姐和婷婷姐姐一定恨死她了。

现在已经是 24 号，下个月，好像很快就是下个月了。

余周周仿佛能看到奔奔忧伤地看着自己，看到他一点点淡化成天上那一抹半透明的月亮，看到他和陈桉一样，在离别后归属到名为"过去"的那个铁皮饼干盒子里面去……

她回头望着窗外，瓢泼大雨中，远处奔奔家的小房子孤零零站在那里，就像每一次余周周讲故事时用余光看到的奔奔，总是站得离人群很远。

1994 年 5 月 24 日，还没有过七岁生日的余周周突然懂得了一个道理：把握现在。

雨刚停，她就冲出门，跑到奔奔家门口敲门。他们这些孩子都特别害怕奔奔的酒鬼爸爸，连余周周也从来不敢到奔奔家里去找他，每次都是奔奔主动到周周家找她玩。但是这次她忘了害怕，只顾着一路飞奔。

谢天谢地，开门的刚好是奔奔。

余周周几乎瞬间飙出眼泪，对奔奔说："我要走了，所以来道歉。"

没想到，奔奔的眼泪比她还汹涌。"真好。"他说。

余周周愣住，伸手捏住他的耳朵，横眉立目地大吼："你什么意思?!"

奔奔浑然不觉，泪眼蒙眬地说："你终于肯理我了，真好。"

只需要一分钟，星矢就找回了自己的雅典娜。

屁股下垫着塑料袋，他们肩并肩坐在雨后潮湿的水泥管子上，看着渐渐明朗的天空。

"喂喂，"余周周激动地拽着奔奔的袖子，"你看，彩虹！"

城郊的平房区没有高楼遮蔽，一半阴云一半清澈的天空中，硕大的彩虹让世界变得虚幻。余周周仰望着那样盛大的美好，嘴角一再地上扬，她仿佛看到了魔界山就在眼前，而自己即将和西米克一起坐着彩虹前往更高的一层。

"真好看。"奔奔说。

余周周在彩虹的鼓舞下，终于有勇气问出那句话："你和……你和月月……"

奔奔瞬间脸红，低头用几乎听不清的声音问："啊？"

"你和月月……"余周周再次抬头对着彩虹汲取力量，"大冬天的不穿衣服，不冷吗？"

"……"

终于，在奔奔无比娇羞而又颠三倒四的叙述中，余周周弄清楚了事情的来龙去脉。

被月月邀请到家里去玩的奔奔，在她的央求下迫不得已陪她玩"公主和强盗的故事"。月月说电视上就是那样演的，于是他只是按照她的指示脱了衣服——奔奔一再对余周周强调，其实还是穿了小裤裤的——然后就被丹丹看到了。

最后，奔奔艰难地加上了一句总结陈词："……的确把我给冻坏了。"

余周周大笑起来，虽然她仍然觉得奔奔的做法很丢脸，可是既然他说他是被迫的，她为什么不原谅他呢？

"不过，月月家的电视上演的是什么啊？公主和强盗的故事？"

余周周和奔奔都很困惑。那个时候，幼小的他们还不知道，世界上有一种东西，叫作三级片。

每当误会消除、冰释前嫌的时候，故事就距离结尾不远了。终于余周周还是抱着自己的饼干盒子，茫然地看着舅舅请来的一群同事在妈妈的指挥下，将家里的东西都搬上了蓝色的卡车。奔奔站在她身边，什么话都没有说，甚至都不曾提醒她，"别忘了我"。

也许他相信余周周不会忘记他；也许他相信余周周对他说过的，"我永远在你身边"。

最后妈妈喊她上车的时候，余周周只是含着眼泪，轻轻地捏了捏奔奔的手。

总是哭鼻子的奔奔却没有哭，相反，他一直在微笑。

他微笑着说："周周，你以后一定能成为特别了不起的人。"

余周周很诧异，她心想，我已经是很了不起的人了啊。

她是星矢，是西米克，是女王，是三眼神童暗恋的女生，是大侠，是⋯⋯

奔奔像个小大人一样，非常严肃地摇头："我是说，真正了不起的人，就是别人眼里也很了不起的那种。"

余周周直到被妈妈抱着坐到副驾驶的位子上，仍然频频回头。土道上，奔奔的小身影越来越远，她忽然慌张地"哇哇"大哭起来，视野中一片模糊，只有一个小黑点，安静地看着她离去。

卡车引擎的巨大声响一点点远去，奔奔始终没有离开，甚至在卡车拐弯消失后也没有。

他是唯一曾经走入余周周小世界里面的人，自然知道余周周在其中的威风八面。其实，他也的确真心地认为她很了不起，可是不知怎的，他就是相信，有一天她的小世界终究会把所有人都包围进去，她会成为一个真正的女侠。

那么他会和那些小朋友一起看着她，一脸羡慕地给她叫好。

希望那个时候，当她神采飞扬的目光投射到人海中，还能一眼认出他的脸。

美好之二
那些生命中曾出现过的男孩

· 原来让一个人变强大的最好方式，就是拥有一个想要保护的人。

· 妈妈说，笑容这个东西永远是展示给对自己有用的人看的。

· "永远"就像一个咒语，"永远在一起""永远爱你""永远是好朋友""永远相信你"……这样的咒语，专门用来召唤"分离""变心""背叛""怀疑"。

· 所以，永远不要说永远。

· 最美好的幸福就是一无所知。

1

谁没有秘密

在外婆家的新生活一切顺利。妈妈找到了新的工作，在外婆老同事的安排下，她开始在一家化妆品进出口公司跑业务。这个工作听起来比上门做推拿理疗要高级得多，然而余周周并不喜欢她的新工作，因为她能感觉到妈妈越来越忙碌，也越来越不快乐。

更重要的是，余周周在外婆家有了一种寄人篱下的感觉。三舅妈和小舅妈虽然很少说什么，但是那种不冷不热的态度在敏感懂事的余周周眼里，显得格外刺眼。

更不用说因为房间被占用而愤懑不已的两个姐姐。

玲玲姐十二岁，婷婷姐七岁。戴着红领巾每天都要上学放学的玲玲姐对余周周来说是一个神明一样的存在——她是小学生，上帝啊，她是小学生。这个身份让余周周对她肃然起敬，何况她偷看过玲玲做作业，满篇的乘除法就像动画片中开启宝箱的神秘符号，让余周周骇然。

她好厉害。

余周周痴迷地看着她坐在客厅的圆桌前，手持粉色的 Kiki&Coco 自动铅笔，一边转笔一边皱眉思考的样子。雪白的书皮，干净平整的算术作业本，还有华丽的铁皮铅笔盒……

　　然而玲玲对她很不耐烦，每当她看到余周周愣愣地盯着她时，都会皱着眉头呵斥："别烦我！"余周周自然不是没骨气的小孩，笑话，她可是女侠！所以被呵斥过两次之后，她再也不会表现出来对文具一丝一毫的兴趣，甚至每每路过玲玲的学习桌时也目不斜视。这反而让玲玲更烦躁，来自一个六岁小屁孩的鄙视，还有什么是比这更让人感到挫败的吗？

　　所以当她合上作业本，开始摆弄自己铺了一床的十几个毛绒玩具与洋娃娃的时候，她就恶声恶气地喊正在低头看书的余周周："你，过来！"

　　余周周贴着墙边挪过去，做好了随时逃跑的准备。她告诉自己，即使她是一代女侠，是星矢转世，有时候也需要经历一些磨难，被打得遍体鳞伤，然后再爆发小宇宙一举灭敌。

　　而眼下，看来不是一举灭敌的好机会；相反，迎接她的应该是遍体鳞伤。

　　余玲玲把三只最丑的熊推到她面前，粗声粗气地说："玩吧！"

　　让她玩最丑的玩具，这就是余玲玲能想到的最好的惩罚措施。当玲玲正忙着给自己的洋娃娃换装的时候，她忽然发现余周周一直动也不动地盯着床沿，而自己交到她手里的那三只熊——一白两棕，被她排列成了一条线，沿着床尾肩并肩地坐着，面朝墙壁，和余周周一同沉默，不知道在做什么。

　　"你干吗呢？"余玲玲从床的另一头爬过来。

　　余周周抬头，轻轻地叹口气，指着白熊说："小雪不知道她应该跟谁走。"

　　余玲玲沉默了一会儿，伸手把三只熊都搂进怀里，指着门口说："离我远点儿。"

　　余周周十分淡定地站起身，什么都没说就离开了。玲玲在床上呆坐了一会儿，突然尖叫起来，把娃娃扔得满地都是。

　　当天晚上，她就郑重地对余婷婷说，千万不要理余周周，余周周是个精神病。

虽然她也不喜欢余婷婷——一个从小就又虚荣又喜欢卖乖讨巧的小姑娘，可是至少和余婷婷一起住了好几年，而且也知道怎么对付她，但余周周是个类似外星人的存在，她到现在都没有把握收服这个家伙。

所以，在余周周的生活中，"姐姐"从来就不是一个温柔美好的词语。在她在外婆家的少年时光中，这个词基本上等同于"大魔王"。

有时候余玲玲猛地推开余周周的房门，就会看到她把各色纱巾、枕套、床单围得满身都是，从头巾到面纱再到披肩长裙，然后在屋子里面摆出孔雀舞的姿势，露出傲视群雄的眼神，这种眼神甚至在她闯入的那一刻仍然没有惊慌，而是凌厉地扫射过来。

余玲玲听到她大喝："哒！妖怪哪里逃?!"

于是自此玲玲知道，这个妹妹不仅仅是外星人，而且还是对地球人很不友好的那种。

不过很快，她们没有办法再维持井水不犯河水的关系了。

当心慌不已的余玲玲四处寻找不知道被她落在哪里的日记时，她看到了正窝在客厅的墙角盘腿坐在地毯上翻着自己的粉色日记本读得津津有味的余周周。

"啊——"余玲玲尖叫起来，吓得外婆急急忙忙从房间里赶到客厅。"怎么了你，想吓死我啊？谁踩到你尾巴啦?!"

"奶奶，她……"余玲玲劈手一指，突然想起来那本日记里有很私密的内容，绝对不能让奶奶知道，于是连忙吞下后半句，摆摆手说，"没事，没事。"

好不容易把外婆哄走，余玲玲气急败坏地冲到余周周面前夺走日记本，指着她，连语调都变了："你你你你……你怎么能偷看我的日记？"

"那个东西不可以看吗？"余周周歪头，"我在茶几下面捡到的。"

"日记本是不可以看的！"这孩子怎么什么都不懂啊，余玲玲压低声音尖叫，"这里面有秘密，秘密！"

秘密？余周周摊手，秘密是什么？

是不是"林志荣，其实我不是讨厌你，我比她们还喜欢你，可是我不愿意看到你堕落，不愿意看到你上课不好好听讲"？

或者是"劳技老师简直就是个大三八，讨厌死人了"？

还是"今天考生字的时候，我和乔喜儿一起在底下翻书来着，那个死老太婆根本看不见我们"？

可是她没有问，直觉告诉她，问了会有大麻烦。

"我没看。"她摇头。

"我都抓住你了，你还跟我撒谎？你没看？"余玲玲简直要抓狂了。

"我不识字。"她继续摇头。

余玲玲转身从书柜上抽出余周周带来的那本《伊索寓言》："你骗鬼啊?！"

这次，轮到余周周不耐烦了："我说我不认字，是为了安慰你，你有完没完？"

许多年后，余玲玲终于披上婚纱，甚至早已想不起来林志荣、乔喜儿、劳技老师的长相，然而看着站在身边穿着伴娘服的余周周，她仍然会忆起彼时眼前的小不点儿。纵使伴娘余周周再怎么清丽温婉地笑，她仍然心有余悸，耳边始终回荡着那句无比淡定的话："我……是为了安慰你。"

很长很长时间的沉默之后，余玲玲才做梦一般地嘱咐道："总之，你不能告诉别人，谁都不能说，这是秘密！"

想到这个丫头很可能高叫着"玲玲姐姐喜欢林志荣"，她就觉得浑身起鸡皮疙瘩。

余周周摇头："我不会说的。"

这句话几乎等同于"我什么都知道了"，杀伤力更大。余玲玲颓败地夺门而出。

然而，坐在原地的余周周开始认真地思考起"秘密"的意思了。似乎，秘密是一种很微妙的存在，往往关乎一些比较阴暗的东西，比如骂老师，比如作弊……只是，为什么喜欢一个人也是秘密呢？

只要是不想告诉别人的，都是秘密吗？

那么余周周有秘密吗？她托着下巴思考了很久，她似乎没有什么别人不知道的事情，至少，妈妈全都知道。

等等！她激动地站了起来，是的，有一件事情，妈妈并不知道。

那张躺在饼干盒子里面的原稿纸，上面的两个名字：陈桉，余周周。

余周周握紧了小拳头，告诉自己：周周，从今天起，你也有秘密了。

2

再见四皇妃

八月最热的时候，余周周迎来了七岁的生日。

然而那天不是星期天，她的妈妈仍然要上班。作为补偿，妈妈说今天可以不让她自己待在外婆家，于是将她带到了工作单位。不过，余周周并没有跟着妈妈一起进门，而是被托付给了对门省政府幼儿园的一个阿姨。

"李姨，麻烦你了，今天帮我看她一天，我下班就来接她。"

原来，这就是当初那个瞧不起自己高超武功的省政府幼儿园的老师。余周周双手叉腰瞪着金底黑字的大牌匾，眉头拧成了麻花。

喊。

上午小朋友们都要上课，学拼音、算术、画画、唱歌……余周周听着远处传来的歌声，安分地和那位年纪很大的婆婆一起坐在收发室里面打发时间。李婆婆给她拿来水果和连环画，还告诉她现在可以一个人去小院子里面玩滑梯、荡秋千，这个时间没有人和她抢。

可是余周周盯着滑梯，早就神游到外太空了。

眼前的滑梯成了瀑布，她被名为"省政府幼儿园"的邪教帮派所追赶，当年面试三人组里面的圆脸阿姨横眉立目地拎着九环大砍刀在她背后呼喝着，重伤的女侠余周周被逼退到悬崖边，走投无路，只好顺着瀑布纵身一跳！

李婆婆看到的余周周，就是挂着这样一副痛苦而正义凛然的表情从滑梯上滑下来的。

一天的时间过得很快，下午四点钟，从痛苦的午饭和午睡中解脱出来的小朋友们纷纷聚到小院里面做游戏。天气很热，许多小朋友都愿意待在有电扇的图书室画画或者唱歌，只有十几个小孩子愿意待在外面。

李婆婆光顾着自己低头打毛衣，余周周坐在花坛边，看着男孩子们在滑梯上爬来爬去，女孩子们为了三架秋千吵闹不休。

太阳已经有西斜的趋势了，余周周双手托腮，无聊地眯起眼睛打了个哈欠。

再睁开眼睛的时候，面前已经多出了一个人。

一个清秀的小男孩。他穿着白色 T 恤浅灰色短裤，T 恤上画着一只米老鼠。他抱着橙色小皮球，因为奔跑而汗流浃背，仿佛是一只冒着热气的包子。

"你是谁？"他的声音也很好听，里面有奔奔所不具有的活力和勇气。

"余周周。"

"我不是问你这个……"他用空着的那只手挠挠后脑勺，有点儿为难地皱起眉头。

"那你想问什么？"余周周控制不住，又打了一个哈欠。

被藐视的小男孩有些不爽，他大声地质问着眼前这个外来者："你从哪儿来？"

"我家。"余周周懒洋洋地说。

其实她知道这种答案等于废话，可是不知道为什么，第一眼看见这个男孩，她就很想跟他对着干。他的表情越难看，她就越高兴。

"你你你！"男孩把球往地上一扔，也不在乎它蹦蹦跳跳地跑远了，自顾自地朝余周周前进了一大步。

"你干吗？！"余周周警惕地抬起头，狠狠地瞪着他。

"林杨！"他们正对峙的时候，从不远处跑来了一个小女孩。她穿着粉红色的公主裙，梳着两条羊角辫，拎着一大本和她身高差不多的挂历飞奔而来，"杨老师把挂历送给咱们了！"

小朋友们纷纷围过来，翻动那本彩色挂历。余周周瞥见上面的画——20世纪90年代的挂历大多是风景、名车、动物和美女。她记得奔奔家的挂历是穿着泳装的美女，每次她看到的时候都会有点儿脸红。

现在这个小姑娘手里的挂历上的照片是古装美女，穿着长裙，戴着金钗，飘逸极了。大家纷纷"哇哇"地赞叹着，小姑娘则笑吟吟地带着期待的眼神紧盯着那个叫林杨的男孩，有点儿得意地说："你不是说这本挂历好看吗？你看，我从老师那儿给你要来了！"

林杨的兴趣显然还在余周周身上，他回过头，看了一眼小姑娘："我要它做什么？"

小姑娘愣了一下，撇撇嘴，突然一跺脚："你不要，那我就给大家分了！"

"那就分了吧。"

余周周甚至有些同情那个献宝的小姑娘了，可是林杨仍然对她穷追不舍："喂，你来我们幼儿园干什么？"

小姑娘在一旁用力地将挂历一页页地扯下来分给周围欢呼的小女孩们，一边扯一边愤恨地瞪着林杨的后脑勺。余周周看着一张张纷飞的美女图，不由得叹息。

"还剩最后一张了，你真不要？"小姑娘不死心地放低姿态，最后问了一遍林杨。余周周看到后扬起眉毛——那张刚好是被人挑剩下的八月，而被大家嫌弃的原因，恐怕是因为上面的青衣美女只有一个背影。

"给她！"林杨似乎看出了余周周的心思，伸手一指，仍然摆着一张臭脸。

小姑娘扭过头"哼"的一声将滑溜溜的挂历纸塞到余周周怀里，转身跑掉了。余周周打量了一下那张纸，把刚才林杨回答小姑娘的话原封不动地还给了他："我要它做什么？"

林杨还没来得及发作，远处就有个小男孩扯着嗓子喊他："林杨你干吗呢？你到底玩不玩了？"

林杨气鼓鼓地一把扯住余周周的手，将她从花坛上拽了起来。

"你干吗？"

"你……"他指着挂历上面的美女背影说，"现在这个就是你的画像。"

"呃？"

"你……你现在就是朕的四皇妃了！"

"……"

余周周才知道，原来他们一直在玩"皇宫"的游戏。而林杨一直都是皇帝，羊角辫小姑娘是皇后；周围其他的女孩子，有的是皇贵妃，有的是公主；而男孩子，有的是王爷，有的是侍卫，以及大臣。虽然做游戏的过程有些混乱，但是无论如何，这个游戏远比"公主和强盗"高级得多。

小姑娘的怒气似乎传染到了周围不少人身上，没有人愿意搭理"四皇妃"余周周小朋友，皇后大人直接一纸诏书将她打入了冷宫。余周周拎着纸片坐到秋千上，继续看着她们拎着挂历纸在风里跑来跑去，做出飘逸的样子，让挂历纸发出哗啦哗啦的声响。

而皇帝大人则一直气鼓鼓地瞪着她，好像她不是四皇妃，而是刺客。

终于，大臣们和侍卫联合起来，发动了宫廷政变。余周周看着皇后和一干嫔妃做出嘤嘤哭泣的样子，而林杨则被两个男生一左一右架着胳膊准备送往大牢，她终于忍不住扑哧笑了出来。

所有人都盯着她这个不招人待见的冷宫娘娘，于是她再也笑不出来了。

人群中又跑出两个侍卫，作势要抓她，这让余周周体内一直压抑着的女侠情结再次爆发——"省政府幼儿园"这个魔教竟然敢迫害她，这还了得?! 她直接使出一招"天马流星拳"，推开那几个侍卫，抓起林杨的胳膊就跑！

"给我追！"皇后尖声叫道，于是一群妃子和大臣群起而攻之，杂乱的脚步声嗵嗵嗵，十几张挂历纸在风里哗啦哗啦地响……

余周周也不知道自己是不是吃错药了，她干吗抓着皇帝一起跑？

然而被她拉着的小男孩，不再是一张臭脸，他的表情从懵懂到笑容的转变只有一秒，紧接着就握紧了她的手，和她一起迎着和煦温柔的夕阳，大步地跑了起来。

抬起头，就能看到粉紫色的天空中铺排着的云，高远宁静，像奶油冰激凌一样柔软美好。

老师的出现打断了他们的宫廷政变，快要放学了，他们必须回教室去。小朋友们纷纷朝门口跑过去，羊角辫小姑娘也走过来，白了一眼余周周，看着正气喘吁吁的林杨说："你走不走？"

林杨笑着问余周周："你明天还来不？"

余周周摇头："不。"

眼前男孩失望的神情让余周周心里一软，她想了想，说："好，我来。"

林杨瞬间展开一脸比花儿还灿烂的笑容："好，我等你！"

她站在原地，看着他们挨个儿离开。林杨一步三回头，一个劲地喊："说好了哟，你不许说话不算话！"

余周周笑着点头。

低下头，看到手中已经被自己抓出五指印的挂历美女，她突然觉得今天的夕阳格外美丽。

妈妈再三谢了李姨，牵着她去买生日蛋糕，然后一起去下馆子。

"那是什么？"妈妈打量着她手里被卷成一个长纸筒的挂历纸。

"这是四皇妃。"她郑重其事地说。

"四皇妃是什么？"妈妈啼笑皆非。

余周周低头想了想，然后小脑袋一歪，笑得眼睛弯弯。"这是秘密。"

3

低到尘埃里

可是第二天，余周周并没能如约再次潜入省政府幼儿园。

毕竟，妈妈不方便再次麻烦收发室的李婆婆。余周周在家里面惴惴不安地等待了一天，连她自己也不知道究竟在担心什么，整颗心都悬在嗓子眼里，跳得一点儿都不规律。

也许是不想看到林杨失望的表情。她喜欢看他臭臭的耍脾气的脸，但不是失望的脸——就像听到自己说"不"的时候，摆出的那张眼角和嘴角一起下垂的脸。

但是她说不清楚为什么。明明和陈桉一样是萍水相逢，余周周却并没有觉得林杨会和他一样被放进那个名为"过去"的饼干盒子里面。她的心虚甚至有很大一部分是来自于对林杨发脾气的恐惧——再见面的时候，这个家伙一定会冲她大吼的，死定了。

这种年少的、没有原因的相信。

七岁生日仿佛是一道分水岭，余周周女侠的人生就像是过山车一般，倏忽跌下最高点，一路俯冲，拦都拦不住。

命数的急转直下来自一个咒语，两个低沉狠绝的字眼。

"野种"。

中央百货一层香喷喷的化妆品专区，是整个商场最为明亮精致的区域。余周周感觉到灼热的视线，扭头的时候看到的就是女人半蹲着身子在小男孩耳边轻声说着什么，嘴角的弧线美丽而恶毒。

他们朝着余周周走过来。那一刻余周周才发现，世界上真的有巫婆，也真的有"定身咒"这种东西。她仿佛被踩住了尾巴，动弹不得，甚至没有办法跑到不远处，呼叫正提着新品牌试用品跟专柜柜员交谈的妈妈。

擦身而过，只留下沉甸甸的咒语，伴随着一串飘忽的笑声。

好像周围明亮又柔和的射灯集体失明，余周周仿佛又回到了三岁时候的那个漆黑夜晚。她一个人蹲在因为动迁而被清空的家门口，看着妈妈徒劳地哭泣争辩，看着一群不认识的人又笑又骂地将妈妈好不容易拾掇起来的行李、报纸、木材、杂物通通砸烂点燃。火苗燃起来的时候，她的目光穿过被火焰灼烧变形的空气，看到了一张扭曲的女人的脸，抱着一个和她差不多大的男孩子，像一个终于将黑暗覆盖了世界每个角落的魔王一样，笑得那么开心。

余周周认识他们，他们是她爸爸的妻子和儿子。

多么别扭的关系。

她突然转过身，看着两个刚刚走开几步的摇曳背影，声音不大不小地说："你胖了。"

女人回过头，脸上的惊讶一闪即逝，似乎不明白余周周话里有什么含意，不知道应该如何回应。

小男孩倒是气势高昂地为妈妈回嘴："你才胖了呢！"

毫无杀伤力的话，余周周根本没有看他，只是用她清凌凌的大眼睛安静地注视着那个女人，说："我记得你。"

周围的几个闲散人员都凑过来，看着站在原地久久不动的这三个古怪的人。女人只好"哼"了一声，拉起儿子的手大步离开，扔下一句："跟你妈一样，长大了也是个贱货！"

余周周面无表情，注视着她离去，然后对准周围所有好奇的目光，一个个地看过去，直到她们通通别开目光。

当妈妈和柜台小姐交代完新的试用品的特性和回扣返券种种事宜之后，回头看到的就是从远处慢慢走来的余周周——面无表情，目光如炬，好像奔赴刑场的江姐。

"周周？"妈妈疑惑地看着她。

"没事，"她乖巧地摇摇头，"可以回家了吗？"

在那之后的第二天就是星期六，晚上全家人一齐出门，去海鲜酒家的包房和已经去世的外公的老同事一家聚会。余周周的情绪似乎一直都没有从前一天的偶遇中摆脱出来，确切地说，她根本就没有任何情绪，心情与表情同样一片木然。

无聊的家庭聚会在索然无味的时候，总会把小孩子们拖出来逗弄暖场。这样的场合中如何表现，永远都是孩子们最头痛的难题。向来爱出风头的余婷婷先站出来，高高兴兴地唱了一首《小小少年》，清亮的童声博得满堂彩。她正在一边笑一边和自己的爸爸妈妈撒娇，没想到另一家的小孙女也不甘示弱，《七色光》《小背篓》联唱，一看就是学过声乐的，毫不费力地把余周周的耳膜震爆了。

自然大人们又要笑着夸奖一番，为了表示礼貌，余婷婷的爸爸妈妈还认真地说："专业的就是专业的，比我们婷婷唱得好听多了，她也就只能糊弄糊弄我们家里人……"

大人眼里原本毫无意义的客套，在小孩子听来无异于天塌了。余婷婷呼地站起身，眨巴眨巴眼睛，却在对方小丫头摇头晃脑的鄙视下无话可说，于是情急之下，伸手指向余周周："那她呢?!"

硕大的圆形饭桌上突然一片安静，二十二个人面面相觑，终于还是妈妈低下头轻轻地问："周周，你想唱歌吗?"

余周周兀自沉浸在一片虚无中，猛地惊醒，这才连忙摇头："我不会。"

"唱一个嘛!"余婷婷还是不放过她。

妈妈笑着替女儿推托，她能感觉得到，自己的女儿不高兴，很不高兴。然而专业小童星的妈妈，那个在饭桌上也不肯摘下墨镜的女人，带着讪鄙的口气笑着说："孩子嘛，就得让她锻炼，要有外场，要大大方方的，不能老是护在怀里，你这样教育孩子可不行。"

如果说，每个人都有逆鳞，那么余周周的那一片，一定是她爱的人。不能让他们受欺负，不能让他们被伤害。

比如妈妈。

她一下子站起来，继续用江姐奔赴刑场的表情环视四周，说："好，我唱。"

原来让一个人变强大的最好方式，就是拥有一个想要保护的人。怪不得动画片里面，星矢每次爆发小宇宙，都是为了雅典娜和同伴们。

只可惜，余周周并没能像动画片或者电影中的主人公一样，被逼到绝路，奋起反击，然后一鸣惊人，守得云开见月明。

她从来就不善于唱歌，虽然不跑调，可是就要求清澈明亮的童声而言，她的嗓音实在是不出众，在金碧辉煌的包房里，面对着一群长辈唱

《小小少年》，心有余而力不足。

至少，她开口唱了，就算副歌处险些破音。

让余周周最为反感的，是大人们虚情假意的夸奖，明褒暗贬，笑意盎然却总有点儿勉强，而且明明白白地把这种勉强表现出来，非让你知道不可。

她坐下，低头，嘴角不经意地就扬了上去。那是余周周这一生中学会的第一个嘲讽的微笑。

原来，有些 BOSS，是星矢无论如何努力地爆发小宇宙都没有办法打倒的。

余周周第一次对自己的小世界里奉行的准则产生了怀疑。

然而抬头的时候，她看到大舅家的乔哥哥正朝自己挤眉弄眼，她愣了一下，随即笑出来。这让乔哥哥松了一口气。余周周不明白为什么他会努力逗自己开心，他不是最烦她的吗？

"我觉得周周唱得好听，"乔哥哥很大声地说，夹了一口陈醋凉拌海蜇放到嘴里，"这年头，谁还声嘶力竭地使劲吼啊，真俗。"

饭桌上有一瞬间的凝滞，余玲玲慌乱地看了周周一眼，又看了余乔一眼，心想坏菜了坏菜了，余乔哥哥又开始挑事了。没想到，余乔竟然笑得更邪恶，明知故问，耸耸肩膀环顾四周："我说得不对吗？喊着唱歌多累啊。"

话没说完，余周周就看到大舅一招空手夺白刃夺下他的筷子，狠狠地拍了他后脑勺一下："没规矩！"

"怎么就没规矩了？"余乔还在唯恐天下不乱，还在咧着嘴笑，"许你们夸她俩，就不许我夸周周啊？周周，听你乔哥哥的，别跟她们学，嗓子都喊坏了。"

大舅气得七窍生烟，饭桌上一时乌烟瘴气，劝架的，做和事佬的，火上浇油的……余周周在一片混乱中朝余乔笑了笑，余乔则亲昵地朝她眨眨眼。

那顿饭在这群大人的勉强努力下，终于磕磕绊绊地恢复了和谐融洽，但是没多久就散了。余周周注意到，外婆一直坐在一边笑得意味深长，目光从所有人的脸上扫过去，不知道在观察或者等待什么。散席的那一刻，余乔闪身躲过他老爸的铁砂掌，灵巧地蹿到余周周身边，对周周妈笑得极灿烂："小姑姑，今天晚上我爸去单位值夜班，让周周到我家住吧。我和她打游戏机，好不好？"

余周周不知道他葫芦里卖的什么药——怎么突然这样亲密，实打实的手足情深。

等到余周周洗完澡，穿着小白兔睡衣坐在余乔床上，看着他和超级马里奥共度欢乐今宵的时候，才想起来问："乔哥哥，你今天吃错药了吧？"

余乔按下暂停键，拎起椅垫回身就把余周周抽了个四脚朝天："屁，你懂什么？"

"那你干吗对我这么好？还叫我一起到你家打游戏机。"

"我那是怕我爸在路上就揍我，所以才拽着你的！"

"那……那你干吗夸我唱歌好听？"

"不是你唱得好听，是她们俩唱得实在太难听了……"

余周周淡定地跳下床，拔下了红白机的电源线。

"死丫头你是不是活腻了，我好不容易才打到第七大关，出门去吃饭之前连游戏机都不敢关，你你你……我跟你没完！"

鸡飞狗跳的追逐战。七岁的余周周哪里是十四岁的余乔的对手，很快就被提着领子拎在半空中，晃来荡去了。

"我真想现在就把你从楼上扔下去！"

余周周"嘿嘿"傻笑，一脸谄媚，求饶了半天，终于被余乔放了下来。

"想玩什么？"

"魂斗罗吧。"

"你会玩吗？"

"你会就行呗。"

的确印证了这句话。余乔无耻地将武器调到最高级别，同时每个人三十条命，然而余周周的水平让余乔咬牙切齿。等到了第四关，他们两个需要同步向上跳，可是余周周笨拙而誓不罢休地拖着余乔的后腿。终于余乔哭丧着脸哀号道："周周，算我求你，你赶紧把三十条命死光了算了，真的。"

余周周不再跟他闹，也没有说话，直接操纵着自己手里的蓝色小战士朝悬崖下跳。新的一条命刚刚显现在屏幕上，她就干脆地再次跳崖。

很快就死了个干净。余乔却不再玩，按了暂停键，有点儿慌张地问她："周周，生气啦？"

"没。"

余周周低着头，眼泪却吧嗒地在浅蓝色的床单上打下了深蓝色的印记。好像在化妆品专柜前丢失的情绪在这一刻悉数返程归家，她揪着床单一句话也不说，只是掉眼泪，像是没有关好的水龙头。

"我错了还不行吗？你等着，我现在就去自杀！"余乔连忙学着余周周的样子，把自己的三十条小命通通贡献给了悬崖，屏幕上出现"GAME OVER（游戏结束）"的字样。他献宝一般指着屏幕说："你看，这回咱们都死干净了。"

余周周的表情能力在这一天突飞猛进，她不仅学会了讥笑，还学会了苦笑。

因为自己是那么无能为力。她只懂得对着空气中的大魔王张牙舞爪，也只懂得在假象的世界里逞英雄。面对真正强大的对手，她只能在他们的恶毒攻击下沉默，即使她出手，就像今晚，也只能让事情变得更糟糕，从来都不会有力挽狂澜的可能。

甚至连玩游戏机，都只会拖累人。

余周周并不是为了自己的无能而哭泣。

她是为了自己假装强大而难堪。

她不敢再面对格里格里公爵和克里克里子爵——他们还会接受这样一个可笑的小女王吗？

4

时间轴上的快进键

于是余乔抱着一个水龙头睡了一晚上。

他不知道余周周怎么那么能哭，而且一声不吭，光掉眼泪，这样反而比小孩子的号啕大哭还让他心烦。

"我的小姑奶奶，我这辈子再也不玩魂斗罗了，咱不哭了成吗？"

夏天晚上的电风扇呜呜地吹，余乔万分遗憾地想，难得他喜欢这个不黏人的丫头，呆呆的却又有鬼心眼，而且最重要的是，她跟自己小时候一样不受待见，这简直就是命运的轮回啊。自己看中了一个如此有前途的接班人，刚刚起步的培育计划就因为区区女人的眼泪而夭折了。

女人啊，永远不要因为年龄而轻视一个女人。

余乔三岁的时候，爸爸妈妈离婚了，原本应该作为"长房长孙"而受到疼爱的他，被妈妈带到了外婆家，禁止他见奶奶家的人。在外婆家的众多孩子中，他因为自己离婚的妈妈而沦为二等公民。等到十一岁，终于和外公外婆培养出一点儿感情来了，妈妈又要再婚。当初那个死活争夺孩子抚养权的伟大母亲终于在现实面前妥协，于是他又被送回了爸爸家。他才知道，当初最疼自己的爷爷，已经去世三年了。

他和那个做工会主席的、永远忙碌永远暴躁永远黑着脸的父亲，就像两个刚刚认识的陌生人。

十一岁与四十一岁。

青春期的萌芽遭遇壮年期的落幕。

三年的时间，如果是麻利爽快的情侣，可能连孩子都快能打酱油了，然而他和他老爸还是"不大熟"。

怀里的小家伙呼吸慢慢平稳，余乔想，她长到十四岁的时候，会是什么样子呢？

反正不会比自己更差了吧？

如果说入睡前余乔的心里还有那么一丝丝的愧疚和温柔，第二天早上醒来的时候，他气炸了的肺就让他忘记了昨夜的所有感慨。女人，真是麻烦。

是的，他必须给余周周梳头，最简单的马尾辫，他已经梳了快三十分钟。余周周鄙视的眼神通过镜子反射到他眼底，明晃晃、赤裸裸的一片。"如果以后我有女儿，"余乔阴阳怪气地说，"等她一长出头发，我立马掐死她！"

余周周十二分认真地问："你觉得会有人愿意和你生孩子吗？"

告别余乔的时候，余周周突然觉得心里面有些不解。乔哥哥在她心里的形象一直是模糊的，他比她大那么多，整整七岁，比陈桉都大。可是举手投足，却没有陈桉的那种优雅沉稳。余周周见到的他，要么是在冲自己龇牙咧嘴挤眉弄眼，要么是恶声恶气地说"别烦我"，要么就是被大舅当着大家的面呵斥修理，然后摆出一副水泼不进的顽劣表情，松松垮垮地站在角落，用天生的嘲讽表情看着所有人，好像活着是一件可笑的事情似的。

然而现在，乔哥哥开始成为除了妈妈、奔奔，她的第三个亲人。

第三个，可以让她为了对方的生命而放弃"蓝水"的人。

时间总是倏忽溜走，夏天的下午是闷热黏腻的，然而当时觉得那样难挨的漫长下午，却在回头看的时候，让余周周费解，她到底都用这些时光做了什么？

它们就这样不见了。

余周周在剩下的那段时间里，很少再见到公爵和子爵了，雅典娜与她的魔王大人同样从她的世界隐身。她前所未有地想念奔奔。

我希望一转身，就能看到你怯生生地用纯净的眼睛看着我，唤我周周。

所以我不停地转身，直到晕头转向，你还是没出现。

余周周惆怅地想，原来，这就是思念。

余周周女侠尚未从之前的几次打击中恢复过来，八月就走到了尾巴。

九月来了，她背上新买的黑色书包，去上学了。

余周周朝外婆和余婷婷挥挥手，头也不回地从后操场的大门迈步进入校园。

刚才被外婆牵着在早市熙熙攘攘的人群中穿梭时，手心还在冒汗，道别之后变成独自一人，余周周反倒不怕了。入学日学校有特殊规定，新生家长可以陪同孩子参加升旗仪式，所以许多小孩子都是被爸爸妈妈领着进入大门的，但是在外婆问她需不需要陪伴的时候，她急切地摇了摇头。

外婆甚至能看到她在用眼睛说"求你，赶紧走赶紧走"。

那次饭局之后，余周周留下了一个后遗症。

那就是，她只在熟人面前才会紧张。这个"熟人"是包括外婆在内的全部亲戚，以及和她的亲戚相关联的所有看起来长得都一样的叔叔阿姨爷爷奶奶。

当然，直系亲属不在场的话，后面那些附属关联人也通通算作陌生人，所以这时再面对他们，她就不紧张了。

这种后遗症的发作条件，形容起来的确很复杂。简而言之，就是她恐惧，恐惧自己会在关键时刻在自己家亲戚面前掉链子、怯场、烂泥扶不上墙……

不过，余周周有她自己的解释。

她认为，她只是太善良了。如果她不是太害怕亲人因为自己而觉得丢脸难堪，如果不是她不希望看到他们对自己期望过高导致失望难过，她才不会紧张。

当时外婆悠然道："这跟掉链子其实不矛盾。你解释的是原因，而我说的是结果。"

余周周愣了几秒钟，笑容僵硬地说："反正……我就是善良。"

外婆挑着眉看了她许久，好像憋着笑，说："哦，看出来了。"

那是开学前三天的晚上，天都快黑了，独自下楼跑到外面玩的余周周还没有回家。外婆下楼去寻她，看到的是那群常年搬着自家小凳子坐在花坛前一起晒太阳的老太太围成了一个圈，中间站着的正是她的小外孙女余周周，对着一群高龄歌迷声情并茂地演唱《潇洒走一回》，享受着她们给自己参差不齐地鼓掌打拍子，兴奋得满脸通红。

"他余婶，你家这小外孙女真是个活宝啊，又聪明又漂亮，大大方方的，唱歌还好听……"

这个又聪明又漂亮又落落大方的外孙女前一天刚刚在她的老干部活动中心联欢晚会上面，当着她的面把《潇洒走一回》唱得像初秋垂死挣扎的蚊子，嗡嗡嗡，嗡嗡嗡，一边唱还一边低着头羞红了脸，左脚尖点地钻啊钻，好像底下有石油似的。

外婆似乎发现了余周周的这种恐惧后遗症，所以她越是紧张，自己就越要把她推到台前去。

余周周跟着外婆上楼的时候，信誓旦旦地说："这，这才是我的真实水平。"

只是她没有办法解释，为什么她的真实水平和她的善良无法共存。

今天也一样，外婆点点头放她自己进校门，然后留下跟她同一年入学却没有分在同一班的余婷婷，打算亲自送过去。

外婆抬头就看见余周周昂首挺胸的背影，马尾辫随着步伐一跳一跳，瘦小的身板竟然带着一种"而今迈步从头越"的豪情。

外婆不知道，就在昨天晚上入睡前，余周周忽然领会到，她不可以再这样消沉下去。从来没有看过《乱世佳人》的她握紧了拳头，闭着眼睛躺在被窝中默默地告诉自己，明天又是崭新的一天。

连幼儿园都没有上过的余周周其实对于学校没有任何概念。她只是觉得，那是一个有很多陌生人的地方。想到这一点，她就兴奋得无法自持，再也不是那个在亲戚朋友家的孩子唱歌跳舞要宝讨喜的时候，缩在角落讷讷无语的呆瓜余周周了。

今天就是崭新的一天。

余周周的一腔热血在满操场熙熙攘攘的人潮中渐渐冷却。

她忘记自己被分到哪个班了。

外婆告诉过她好多次，可是她左耳朵进右耳朵出。余周周心里咯噔一下，后背呼的一下冒出细细密密的汗珠，她转身开始朝大铁门飞奔，外婆外婆，你千万别走……

后来余周周每次回忆起这一段的时候都会奇怪是谁给了自己神奇的上帝视角——她好像站在一旁看到了自己的左脚陷进操场柏油路面上的小坑，惯性作用下整个上身向前扑去，右手拎着的网兜脱手而出在空中画出长长的弧线……

她扑倒在地上，手掌和膝盖先着地，擦破了一大片皮，沾满灰尘的创口渗出丝丝血迹，同时，装着铝饭盒和小鸭子水壶的网兜"咣当"一声撞到某个人头上。她只是听见稀里哗啦一片噪声，好像是网兜散了，现在午饭一定已经撒了一地。

余周周忍耐了半天，鼻子还是酸了，刚撇撇嘴眼泪就吧嗒打在地面上。

疼啊，真是疼。

她记不清是谁扶着自己站起来，总之她把身体的全部重量都依靠在架着她的胳膊扶她起来的人身上。她的双腿都是软的，根本无法支撑她站立起来。

她泪眼蒙眬地抬起头，看到一个穿着正装套裙和黑色高跟鞋的阿姨正表情复杂地看着自己——一种有点儿懊恼，却又因为不能对一个小丫头发火而憋得很难受的表情。

扶着她的人在她头顶上方温和地说："小姑娘，没事吧？"

余周周突然觉得非常非常恐惧，这时候她才看到自己早就应该注意到的——前方五米处，一个小男孩的白衬衫后背被泼上了菜汤，四周弥漫着西红柿炒鸡蛋的味道。而那个阿姨此刻正一边拿面巾纸给他擦拭，一边用目光冷冷地看着自己这个赶着投胎的小鬼。

余周周觉得万念俱灰。众人的目光让她下意识地低下头躲到那个扶起她的叔叔背后，那位叔叔安慰性地拍了拍她的肩膀，朝那个阿姨说："爱兰，杨杨没砸伤吧？"

"没，就是……够狼狈的。"阿姨叹口气，也不再追究余周周的责任了。

然后叔叔低下头，轻轻地问她："你是哪个班的，叫什么名字？升旗仪式先别参加了，一会儿找个老师陪你去医务室吧，都破皮了，得清理一下。"

余周周泪水涟涟地点头。

"傻孩子，光点头干什么啊，我问你是哪个班的？"

余周周很多年后想起这一幕仍然觉得脸颊发烫，她都能听见自己的声音在发颤。

"我……忘……了……"

听到她声音的小男孩突然回头，一瞬间的愣怔过后，他就挂着一身西红柿鸡蛋汤冲了过来。余周周心想完了完了，他要跟自己算账了，他……

没想到，对方只是狠狠地揪着她的领子，咬牙切齿地一个字一个字地说：

"你第二天为什么没有来？！"

5

无处可逃

余周周坐在林杨家的沙发上，呆呆地看着林杨妈妈在她眼前放下白色的医药箱，拿出医用棉花撕扯成小块备用。

"谢谢阿姨。"她轻声说。

"忍着点儿，可能有点儿疼。"棉花浸了酒精，敷在破皮的伤口上的时候，余周周仿佛触电了一样，从头发梢到脚趾尖都颤抖了一遍。

"活该！"

换了天蓝色 T 恤的林杨出现在客厅门口，看到余周周左手手掌和膝盖上涂满了红药水十二分狼狈的样子，依然恶狠狠地瞪着她。

林杨爸爸朝余周周抱歉地笑笑，然后低头严肃地压低了声音说："杨杨，胡说什么？怎么那么没礼貌？！"

余周周忽然想，如果说这话的是乔哥哥，恐怕早就被大舅一掌拍倒吐血不止了吧？这个叔叔真是温柔，就像……就像陈桉。

总之，和自己周围的所有人都不属于一个世界。

她从进门的那一刻就遵循着妈妈一直以来的教导，绝不四处乱看。可是，她仍然能感觉到林杨家里的"高档"，并不像陈桉家里一样奢华，只是简洁明快而已。但是空气中飘浮着的水果清香和衣物柔顺剂的味道交织在一起，那是一种称得上温馨的味道。

余周周抬头朝温柔儒雅的林杨爸爸微笑了一下，乖巧地说："是我不好，对不起。"

这句话让站在一旁的林杨眼珠子都要掉下来了。装的，这个家伙肯定是装的！

他动动嘴巴不知道想说点儿什么回敬她，然而一看到余周周略低下头盯着白色木桌上的马克杯微笑的样子，心里忽然像是被一片温柔的羽毛拂过一样。

罢了罢了，这次饶了她。

他并不知道，余周周盯着桌子上画着唐老鸭的马克杯，一直在腹诽。凭什么他家里这么大，凭什么他爸爸这么温柔这么英俊这么优雅，凭什么凭什么凭什么……

余周周兀自伤神，那股名叫"温馨"的香气一阵阵侵袭着她强装镇定的神经，她必须低头盯着马克杯，否则她会哭的。

"所以你才是活该呢，活该被我用饭盒砸。"

余周周心想，姑且算是替天行道。

他们重新坐上林杨家的车，朝着学校的方向开过去。林杨妈妈坐在副驾驶的位置上叹口气："这么一折腾，升旗仪式就结束了。"

余周周再次局促地低下头去："对不起。"

　　林杨妈妈回过头，笑笑："没事，腿还疼不疼？"

　　她摇摇头，眼泪差点儿就掉下来，感情正在酝酿喷薄中，突然被旁边的林杨狠狠扯住了袖子。她侧过脸，看到他恶狠狠的表情，诧异地等待了一会儿，没想到，他只是凶巴巴地说："我才不想参加什么升旗仪式呢，哼。"

　　呃？余周周愣愣地看着他。

　　正在开车的林杨爸爸无声地笑了起来。自己家的宝贝儿子怎么变得这么别扭了？连安慰别人都这么别扭。

　　林杨妈妈却微皱眉头，有些担忧地叹了口气。

　　刚刚和林杨的班主任打过招呼了，缺席升旗仪式并不是什么大事，只是这毕竟是开学第一天，有些可惜。原本打算把小姑娘送到医务室去之后，就赶紧带着林杨回家换衣服，然而医务室的老师还没有上班。自己家的小祖宗叫嚷着，要把这个"无家可归"的小姑娘也带回去顺便上药。她不是没犹豫，这个余周周的家长不在身边，他们贸然将孩子带走，毕竟是不妥的。

　　小姑娘余周周看起来也是很敏感懂事的孩子，发现他们的顾虑，就说自己的伤口没关系，不用急着上药，一再道歉，又劝他们赶紧带着林杨回家换衣服。

　　结果没想到，自家儿子突然大声地冒出一句："你又想跑？没门，你把我衣服弄脏了，你得对我负责，跟我回家！"

　　林杨妈妈想到这里，不由得再次回头打量起后座上正在被自己儿子骚扰的小姑娘，哭笑不得地叹了口气。

　　"对了，你是哪个班的？"林杨瞪着圆圆的眼睛，带着一脸期待的表情问。

　　余周周哑然，如果说自己忘记了，肯定会被这个家伙笑话吧？于是她摆出不耐烦的表情说："不告诉你。"

　　林杨笑得有些阴险："哈，你忘了，我知道。"

　　余周周攥紧了小拳头，抬眼看了看坐在前排的林杨父母，心想："我忍，我忍，君子报仇，好几年都不晚。"

"我是一班的，你也是一班的吧？"

"不是。"

"瞎说，你根本就不知道自己是哪个班的。"

"我虽然……我虽然不知道，但是我记得不是一班也不是二班。"

林杨咬着嘴唇，好像被人拔了电源线一样，安分地坐好不再说话。

林杨的家距离学校其实很近，不到五分钟的时间就到了学校后门。升旗仪式还没有结束，国旗升上去了，但是学生和老师还都在后操场上站着聆听德育主任的讲话，之后值周生还要宣布新的卫生纪律评比标准……

教导主任远远地看见了他们，笑着迎了过来。余周周安然站在一边，看着他们寒暄。林杨妈妈一把将林杨推到主任面前，几个人边说边笑，貌似主任在担保一定照顾好林杨。

他们都笑得很假很僵硬，余周周歪着脑袋想。

记得妈妈说，笑容这个东西永远是展示给对自己有用的人看的。所以，看主任笑得那么卖力，可见林杨的爸爸妈妈一定是很有用的人吧？

而对林杨来说，主任显然不是一个很有用的人，因为林杨连笑都不笑，甚至有点儿不耐烦。主任回头喊了一声："小张，来来来，这是你们班的新学生。"

于是另一张微笑的假面具迎风飘了过来。

林杨却在这时候指着余周周仰头对主任说："老师，她是哪个班的？"

主任好像这时候才看到余周周，愣了一下，问："孩子你叫什么？"

"余周周。"

主任长出一口气，又转过身："小于，你们班丢了的那个学生在这儿呢！"

余周周大窘，讷讷地看着一个穿着深灰色正装的年轻女人朝自己走过来。她朝主任点点头，却并没有像余周周想象的那样牵起自己的手或者蹲下身子问一句"小朋友你怎么受伤了啊"……这个于老师什么都没有问，也不笑，只是声音平平地说了一句："跟我走吧。"

余周周正要跟上去，余光突然看到林杨惊慌的脸。那些大人还在其乐融融地笑着，被围在中间的主角却扭着头执拗地看着她。余周周忽然感觉到心底很柔软。所有人都拿她当空气，只有他好像眼里只有她一个人似的。

她仰头，用最乖巧甜美的声音问："于老师，我是哪个班的？对不起，我忘记了。"

于老师冷冰冰的脸上渗出了一丝笑意，低头看了她一眼："七班。"

一年级一共七个班，他在头，她在尾。

余周周立刻转过头，看到林杨一副要从大人环绕中突围的架势，一脸"妖怪哪里逃"的急躁。她不由得笑起来，大声说："我是七班的！"

大人们被她清凌凌的喊声吓了一跳，都不再交谈，略带诧异地齐刷刷看向她。

余周周脸腾地红了，扭过头追上于老师的步伐落荒而逃。

只听见背后传来一声带着喜悦却仍然别别扭扭的喊叫："哈，我知道了，看你这回往哪儿跑！"

余周周那时候对林杨的嚣张很是不屑。也许因为她彼时并不明白，命中注定的人，的确是无处可逃的。

一个老师走过来，在主任和班主任小张老师的耳边说了几句话，她们两个就朝林杨父母笑笑说："稍等，张老师班里有点儿事，我去接个电话马上回来。"

老师一走开，林杨就长长地松了一口气。林杨爸爸把手放在他毛茸茸的脑袋上，笑着问："就那么不耐烦？到了学校可就和家里还有在幼儿园的时候不一样了，你得规规矩矩的，好好听话！"

林杨点点头，突然听到背后又尖又肉麻的喊声："呀，爱兰，我就说今天肯定能碰见你们嘛。"

林杨在心里哀号一声，迎面走过来两个女人，一个是凌翔茜妈妈，一个是蒋川妈妈。

他最受不了的两个人的妈妈。

"我刚才还和蒋川妈妈说呢，把一班的队伍从头到尾看了好几遍也没找到你们，怎么才来啊？"两个女人和自己的妈妈凑到一起就开始叽叽喳喳，林杨抬头，看到连爸爸的嘴角都有点儿抽搐。

林杨妈妈叹口气，看了他一眼："我们家宝贝儿子缠上一个小美女。"

另两位妈妈闻言笑起来，咯咯咯，咯咯咯，仿佛两只下不出蛋的母鸡。就是这种笑声，最让他想要咬人的笑声。

林杨妈妈简单地讲了一下早上发生的事情的来龙去脉，凌翔茜妈妈惊讶地掩住了嘴巴："谁家小孩啊，这么不小心，杨杨没被砸坏吧？真是的，怎么这么冒冒失失的！"

林杨抬头剜了她一眼，要你管。

蒋川妈妈反而笑得很诡异："我告诉你，小男孩都这样，我家蒋川也是，见到好看的小姑娘就走不动道了。今天黏这个，明天黏那个，谁好看就赖着谁。"

三个妈妈又开始一齐诡异地笑起来。林杨低头轻声嘟囔一句："喊，谁跟蒋川一样啊！"

一直沉默的林杨爸爸蹲下身子问他："你刚才说什么？"

他很认真地看着父亲的眼睛说："我跟蒋川才不一样呢。"

"哦？哪里不一样？"

林杨想了想，声音稚气却百分之百地郑重："男人必须专一。"

林杨父亲大笑起来，一把将他搂进怀里。

"嗯，好儿子，说得对。"

6

我不是小甜甜

余周周后来才知道，世界上再微不足道的事情都有可能别有深意，比如……分座位。

倒数第二排和正数第二排有很大区别吗？

小学生和大学生的答案是不一样的。

余周周坐在倒数第二排，一直在困惑着于老师刚才按照大小个儿排队时的眼光。明明那个小男孩比那个小女孩要高得多，然而他还是排在了人家前面。余周周侧过头好奇地看着眼前横看成岭侧成峰的队伍，不自觉地笑了起来。

结果得到的是于老师冷冷的一瞥。

她安分地缩回了脑袋。妈妈说，不能惹老师生气。

长大后她才知道，奥运会有 VIP 和普通席，酒店有总统套房和标间，所以一个小学教室里面前排与后排的猫腻，实在算不上什么值得注意的问题。但是，奥运会观众席也好，酒店也好，剧场也好，都会赤裸裸地将等级划分开，毫不粉饰，然而于老师会在排队的时候告诉大家，她是按照大小个儿排列的，她是公平的。

世界上最让人难过的不是高低之分，而是欺骗。

不过这一切都是她回头的时候才看懂的。当年的余周周只是摆正眼前的白色铅笔盒，满心欢喜地坐在倒数第二排的角落里，连膝盖都不觉得痛了。

只不过……他们还要这样坐多久？

余周周上学后学习的第一课，就是静坐。背脊挺直，目视前方，双手背在后面，按要求左手背贴在右手心上。于老师在讲台前示范了一遍，背对他们演示如何将两只手叠放好，然后转过来说："现在我们坐好，十分钟后休息。"

小学三年级的时候，余周周在语文作文课上学会了如何形容此刻的情景。

"教室里面安静得仿佛连一根针掉在地上的声音都能听得一清二楚。"

她很想问老师，我们为什么要坐着呢？难道我们不应该学除法吗？就是余玲玲一直在本子上写的那个好看的符号。

不过，这样的时光对余周周来说绝对不是很难熬的，她努力地集中精神盯着于老师冷冰冰的脸，然而过不了多久就神思恍惚了。

转眼间自己已经站在了悬崖边，手掌和膝盖都擦破了，血流成河。眼前却是林杨狰狞的笑脸："哈，女侠，你也有今天？你以为把蚀骨散泼了我一身就能为民除害了吗？想得美！今天我也不难为你，你从这悬崖上跳下去，我们就一了百了！"

怎么办？余周周正皱着眉头兀自纠结，突然觉得眼前罩上了一大片阴影，慌忙抬起头，于老师正居高临下用鼻孔看着自己。

怎么了？余周周不明就里地抬头看她。

"你笑什么？"

"嗯？"

余周周不知道因为自己一人分饰两角，所以不经意间将林杨的狰狞笑容也摆在了脸上。一屋子屏息静气、表情严肃的小朋友，只有她一个人一脸生动，格外显眼。

于老师白了她一眼，皱起眉头来。周围霎时出现了好几道责难的目光。老师就是神明，惹老师生气就是渎神，余周周死定了。

十分钟的静坐终于结束了，她趴在桌子上打了一个哈欠，这才转过头打量自己的同桌。那是一张基本没有什么特点的脸，不大不小的眼睛，不高不矮的鼻子，不黑不白的肤色。

"你叫什么名字？"

"李晓智。"

"我叫余周周。"

然后彼此无话。余周周觉得无聊，把自己的白色铅笔盒打开又关上，关上再打开，重复了好几遍，发出咔嗒咔嗒的声响，然后又说："真没劲，我们为什么要这么干坐着啊？"

李晓智的脸上终于出现了些可以称为表情的变化："什么为什么，你幼儿园的时候没有背着手坐过吗？"

"我没上过幼儿园。你们在幼儿园还要背手坐着吗？"

"对啊，老师说这样对脊柱好，这样坐着脊柱就不会长弯了，而且也能培养我们的纪律性。"

余周周看向李晓智的目光有了点儿崇拜的意味："是这样啊……脊柱是什么？"

李晓智有点儿难堪地低下头："……我也不知道。"

这毕竟是个比较复杂的专业词语，何况李晓智把"脊柱"念成了"鸡柱"。

第三次"静坐十分钟"过后，于老师终于笑了一下，说："咱们可以下课了。操场小，为了大家的安全，我们避开高年级的同学，他们上课的时候我们再下课。现在从靠门那一组开始，两个两个走出去，到门口站好等我。不许讲话，不许跑跳，听见了没有？"

"听——见——了！"

不拉长音会死啊？余周周带着一脸稚嫩的鄙夷，心里暗道，真是幼稚的小孩子。

操场上，大家并没有很撒欢地到处跑，于老师号召大家好好相处，互相自我介绍。于是余周周一马当先，开心地跑来跑去跟很多人说："我叫余周周，你叫什么？"

一圈下来，大家都记住了那个一身红药水的女孩子叫余周周，可是别人的名字，余周周一个也没记住。

很快就觉得无聊了。学校里面的孩子没有大杂院的小孩那么活泼，好像都怯生生地在害怕着什么似的，余周周独自一人坐到小花坛边，背对着大家开始进行她自己的游戏。

背靠花坛，笑容满面，轻轻地一甩头发，很小声地喊："玛丽贝尔的花魔法，变！"

动画片中金色长发笑容迷人擅长花魔法的玛丽贝尔也是余周周的偶像，她觉得玛丽贝尔又漂亮又有能力，而且还有妈妈贝尔爸爸贝尔爷爷贝尔奶奶贝尔的宠爱，简直是过着完美的生活。余周周喜欢一切能够变身而又完美的大人物，如果不是因为超人内裤外穿而且颜色搭配很不协调，那么她也一定会喜欢超人。

她正拎着冰棍棍儿当作花魔杖挥舞着，突然听见背后一阵掌声。

甚至有那么一瞬间，她有点儿脸红，以为自己被发现了。

然而回过头的时候才看到，一直零零散散地站在操场各处的呆大头们都会聚到了一起，在背对自己的花坛另一侧不知道围观着什么。她发现只有自己孤零零地站在外面，突然有些窘迫，赶紧也跑了过去。

还没有靠近人群，余周周就听到诗朗诵的声音。

请让我采撷最清澈的一滴露珠，

请让我衔取最明媚的一缕晨光，

请让我掬一捧最和煦的风，

请让我拈一片最灿烂的霞，

可是啊可是，

这些，都不能将我的心意完全诉说……

余周周被女孩子温柔深情的清脆声音所吸引，站在原地动弹不得，好像被摄住了魂魄一般。

……情诗吗？就像童话里面王子写给公主的那种？

写得多美的情诗。

余周周还在恍惚中，就听见了点题的最后一句。

这样的日子，只能化作一句最简单的祝福：老师，谢谢您。

原来不是情诗啊……

噼里啪啦的掌声再次响起来，余周周才走到人群的外围，听到刚才柔情优美的女声恢复了正常的语气，很谦虚地说："其实这首诗是去年参加省电视台教师节十佳教师评选表彰大会的串联词，我有点儿记不清楚了。"

"记不清楚了还朗诵得那么好啊，你那么小就在省台大型活动做主持了？真是小童星，真厉害。"

现在这个说话的人，是那个冷冰冰的于老师吗？她的声音多温柔啊，简直像某个温柔的妈妈一样。

人家不是常说老师就是我们的妈妈吗？果然没说错。

余周周正在一边自问自答，突然看到身边站着的正是讷讷的李晓智。她刚才做了一圈自我介绍，最后认识的人还是只有一个李晓智。

"李晓智，刚才朗诵的人是谁？"

李晓智带着一点儿惊讶的表情问："啊，你不认识她？她是詹燕飞啊，就是小燕子啊。"

"小燕子？"

李晓智更惊讶了："难道你不看《小红帽》吗？你不知道《小红帽》的主持人是谁吗？"

"主持人？"余周周歪着脑袋想了想，"难道是小红帽和大灰狼？"

如果这两个一起主持节目，应该就是电视上说的世界大同吧……

李晓智并没有如她想象的一样朝她翻白眼，而是很认真地纠正她："没有大灰狼。"

余周周后来才知道，詹燕飞，艺名叫小燕子。而《小红帽》则是省台最有名的一档儿童节目，一档让余周周恨得咬牙切齿的节目——每周二和周四晚上六点播出，占用了动画片的时间。所以原本可以一星期播放七集的动画片，因为《小红帽》的存在，就只能播五集。小燕子就是这档节目的三个主持人之一，也是年龄最小的那个小童星。另外两个，是三十岁女人戴上假发扮演的"外婆"，还有十一岁女孩子扮演的"小红帽"。

果然没有大灰狼。

余周周对这档节目很没有好感，所以从来没看过，以至于连它的名字都不清楚，自然不会知道詹燕飞是多么多么有名气的小孩子。

于老师站起来宣布大家列队，该回教室上课了。人群散去，余周周这才看到了詹燕飞的模样。

像个娃娃，瓷娃娃。她梳着两条小辫子，脸上有胖乎乎的婴儿肥，眼睛黑亮黑亮的。她穿着鹅黄的公主裙、黑色小皮鞋，干净优雅，像是个极惹人怜爱的小洋娃娃。

余周周低头看看自己身上惨兮兮的红药水，撇撇嘴，才发现"花魔杖"冰棍棍儿还握在手里，连忙松手丢掉，然后低着头混进了队伍里面。

回到班级后又是静坐，但是于老师趁这个时间公布了班干部的名单。

詹燕飞是班长。

徐艳艳是副班长。此外还有"委员"若干，以及负责眼保健操的卫生员一名，小组长四人。

自然都跟余周周没关系。

于老师说，等到大家加入了少先队，还会有中队长的职务。中队长是班级里面最大的官，到时候会根据小朋友们的表现选出来。至于这些班干部，都是代职，如果表现得好会晋升，至少从一道杠升为两道杠。如果表现得不好，则可能被撤职。大家要好好配合班干部的工作。

"大家听懂了没有？"

"听——懂——了！"

还在恍惚中的余周周这一次并没有对大家的拉长音发表任何评论。

她满脑子都只有一个名字。

小燕子。

第二次下课的时候，大家已经不再像离群的呆头鹅。他们都聚到了詹燕飞身边，听她讲电视台的事情，还有许许多多的省里文艺圈的名人笑星的故事……余周周挤不进去，而且她也不知道为什么有点儿憋闷，一点儿都不想挤进去，就和李晓智游离在外围，却又因为好奇而忍不住偷听。

她忽然想起来，当时奔奔是怎样对她说的。

他希望她成为一个了不起的人。

余周周忽然有些怅然。她对所有人都做了自我介绍，可是他们未必都能记得她，然而詹燕飞什么都没说，却让他们都围在了她身边。

余周周抬起头望向邈远的天空，在心里告诉自己，他们都不知道，余周周其实也很厉害。詹燕飞变身之后是小燕子，余周周变身之后……

还是余周周。

她踱步坐到花坛边，托起自己的小脑袋，低头看着自己的雪青色凉鞋，脑海中一遍遍地回放着《我是小甜甜》里面小优变身的一系列动作。变身成为小甜甜的小优，站在舞台上唱着好听的歌曲，光芒万丈，拥有数不尽的支持者。连俊夫喜欢的，也是那样的小甜甜。

在余周周孤独地对自己进行"我是小甜甜"的催眠活动时，她并没有意识到，自己好像失去了某种笃定的快乐。而且，小甜甜不是雅典娜，不是女王，也不是女侠。她只是一个博取目光的凡人，而余周周对于这样一个凡人的渴望，竟然远远超过了做女神。

突然感觉到马尾辫被别人拽了一下，她张开眼睛，眼前出现的竟然是林杨的脸。

"我们班也下课了，就看见你自己坐在这儿，哈，是不是没人理你？"

……被说中了。

余周周白了他一眼，但是心里有点儿高兴，她终于遇见了一个熟人，可以不那么孤单了。她刚想跟他说点儿什么，就听到远处几个男孩子喊："林杨，快点儿过来啊！"

才半天，他就有新的小伙伴一起玩了。余周周在心里叹了一口气，突然觉得很沮丧。

于是她竟然很乖巧地说："你的小伙伴在找你，快去吧。"

林杨又一次扬眉，瞪圆了眼睛，一脸"你吃错药了吧"的表情。他愣了一会儿，就转身对那些孩子喊道："你们先玩，一会儿我就过去！"

他说完就走过来坐到了余周周身边，歪着脑袋看她："你怎么了？腿还疼吗？"

"不疼了。"

"你不高兴？"

余周周缓缓地叹了一口气："林杨，我心情不好。"

林杨张大嘴巴看着她，心里惊异极了。他一直觉得余周周跟别人不一样，包括他自己，要是不高兴，也许会哭，会胡闹，会躺在地上打滚儿，会要这要那，但是绝对不会像大人一样叹气，说"我心情不好"。

"为什么？"他也决定在她面前表现得深沉点儿。

"我也不知道。"

他们肩并肩坐着，用同样的动作，手肘撑在膝盖上，然后用双手撑住小下巴，一边茫然地目视前方，一边晃荡着悬在半空的腿。

"我说，你看过《小红帽》吗？"

林杨摇摇头："那是什么？"

余周周忽然有点儿开心，你看，并不是所有人都看过《小红帽》的。

"我们班的班长，是《小红帽》的主持人。"

林杨的语气没有什么变化："《小红帽》的主持人……是大灰狼吗？"

他做好了被她翻白眼或者痛骂的准备，可是没想到，余周周竟然在对他笑，眉眼弯弯，嘴角上扬，像是傍晚的月亮。他有点儿局促地偏过头不看她，咳嗽了一声说："班长有什么了不起啊，我也是我们班的班长啊！"

余周周并没有如他料想地嘲讽他，而是很认真地说："真好。好好表现，我们老师说，表现不好会被撤职的。"

林杨一下子虚荣心极度膨胀，他骄傲地拍拍胸脯大声说："喊，撤职？我以后会做大队长的！当了大队长，除了校长，谁都得听我的！"

余周周眯起眼睛笑："嗯，我相信你。"

林杨一生都不会忘记开学第一天。那是一个沉闷的阴天，无聊，漫长，但是在他的记忆里，他觉得光芒耀眼。升旗仪式上有那么多人，她的饭盒偏偏砸中了他。

这就是电视里面说的命中注定吧？

一阵风刮过，余周周的头发被吹起，拂到他右耳侧，痒痒的。林杨不知道该说些什么，只好抬起头，看着阴沉的灰色云朵，听着远处伴随翅膀拍击响起的鸽哨声，轻轻地对余周周说："我一定会当上大队长的。"

很多年后，余周周才在某本言情小说里面看到，男主角一世枭雄，却温柔深情地看着女主角说："你看，我要把这天下都送到你眼前。"

然而这样的江山和美人，永远都不会有一个好结局。

7

Lonely Walk

那天晚上，家里的晚饭餐桌成了余婷婷一个人的舞台。

余婷婷成了他们班的文艺委员。

"我们班班长是林杨，副班长是凌翔茜，学习委员是张铭，生活委员是徐佳迪，体育委员是……"她一口气说完，咽下嘴里的豆角，继续说道，"文艺委员是我！嗯，还有一些小组长什么的，我记不清楚了。"

基层干部果然不受重视。

然而，余周周还不如余婷婷——她只记住了一个小燕子。

"张老师说，明天开始我们就学握笔姿势和坐姿，这些我在幼儿园都学过了。"

"张老师说，我们一班是全年级最好的班级。"

"张老师说，一年级的小朋友不许自己一个人去楼下的小卖部买吃的。"

"张老师说，在走廊里面跑跳喧哗是会被值周生抓的，给班级扣分抹黑，会被批评的。"

"张老师说……"

因为父亲值班来不及做饭而到奶奶家蹭饭的余乔，此刻突然放下碗筷大笑起来。余婷婷突然被打断，气得眼睛圆睁，但是她和余玲玲都很害怕阴阳怪气的乔哥哥，所以平常十分伶俐的小嘴只能倔强地抿起来，什么都没有说。

"我说，老师这种东西啊……"余乔笑到一半，上气不接下气地说。

"余乔！闭嘴！"大舅劈手又是一掌。

余乔捂着脑袋盯着墙上的挂钟："爸，你该走了，要不就迟到了。"

"我走了，你就能胡说八道了是吧？"

"您没走，我不也一直胡说八道吗？关键是，您觉得只要我开口说话，那就一定都是胡说八道。"

"小兔崽子你——"

余周周抱着碗低头偷笑，听到外婆轻咳了一声，饭桌上再次恢复了安静，只有筷子和盘子清脆的敲击声。

"周周啊，今天过得怎么样啊？……除了把腿磕破了。"外婆说完，余乔就朝她做了个鬼脸。

"嗯，挺好的。"她点点头，夹了一筷子酱牛肉，"……一切……都挺好的。"

余婷婷扬眉，半笑不笑地说："我知道你是怎么摔倒的，你没跟奶奶说实话。你中午没吃饭吧？因为你用饭盒把我们班长给砸了！"

余周周心里一惊，她只是告诉外婆自己在操场上玩的时候把腿摔坏了，并没有提到林杨的事情。正在忐忑不安的时候，她突然听见余乔的惊呼。

"我果然没看错人，不愧是我的接班人啊，我开学第一天都没你这么英勇，砸班长？牛！你要打土豪闹革命吗？作为前辈，我可以给你传授经验啊！"

余周周狠狠地瞪着光顾着火上浇油的余乔，狠狠地扒了几口饭，没有说话。

外婆停下了筷子："到底怎么回事？你把人家给砸伤了？"

余周周还没来得及摇头，就听见余婷婷气愤的声音："可不是嘛，她砸得可准了！虽然我没看见，但是听同学说，她把我们班长都砸回家看病去了，升旗仪式都没参加！我们班长……"

"他都没急，你急什么？"

余周周轻描淡写的一句话仿佛是在余婷婷嘴里塞了一整个馒头，她张着嘴巴愣了许久，被打断后不知道怎么继续，于是只好转头去看外婆。

"真的没事？用不用跟你们老师谈谈？"外婆始终垂着眼帘吃饭，声音没有一丝起伏。

"没事，"余周周非常淡定地学着电视里面的演员一样，说，"都是过去的事了。"

晚上八点，余周周正坐在小床上翻着新发下来的语文书，听到门铃响。

妈妈最近总是回来得很晚，作为销售代理，她一直告诉余周周晚上有应酬，不能回来吃饭。余周周不明白，为什么大人吃一顿饭总要吃那么长时间，但是她知道妈妈很辛苦很辛苦。

"周周，今天过得怎么样？你手怎么了？膝盖也磕破了？怎么，摔倒了？"

余周周决定还是先坦白："嗯，我把余婷婷他们班班长给砸了。"

语气就和"今天没有留作业"一样平静。

不就是把林杨给砸了吗，为什么包括妈妈在内，所有人听说这件事的时候都很惊慌呢？她又没有把林杨给砸傻——他本来就是傻的。

简单聊了几句，妈妈终于放下心来，皱着眉头教训她以后要稳重点儿，别总是慌慌张张四处乱跑。余周周高兴地拿出一摞新书，递到妈妈面前："妈妈，老师说这些都要包书皮的，而且不可以用花花绿绿的纸，一定要用白纸！"

小学老师总是能提出一大堆莫名其妙的规矩。

妈妈叹口气，笑笑说："好，现在咱们就包书皮。"

小屋温馨的橘黄色灯光下，余周周守在桌边，看着妈妈将数学课本放在雪白的挂历纸背面比量定位，用铅笔简单标记，然后裁纸，压出折痕……妈妈低下头的时候，几缕碎发垂下来，侧脸在发丝后露出优美柔和的曲线。她微抿着嘴唇，妆容精致，眉目如画，看得余周周神情恍惚。

她的妈妈这样美。

余周周在那一刻爱上了包书皮这项活动。直到她上了高中，早就没有人再要求学生包雪白书皮，甚至文具店里面也摆着各种规格的彩色动漫塑料书皮，她仍然会自己动手，学着妈妈的样子，细心地在挂历纸或者牛皮纸、绘图纸上比量压痕，并且会在身侧摆上一面镜子，让额角的发垂下来，时不时歪过头看一看，是不是拥有妈妈的神韵。

那时候，她学会了很多种方式来怀念，这只是其中之一。

余周周的小学生活就这样拉开了序幕。早上全体学生都会在操场上按照班级的顺序排好队，然后一列列进入学校。周一会有升旗仪式，其他的四天则从七点二十分开始"红领巾"广播站的例行校园广播节目。八点钟正式上课，四十五分钟一节课，课间休息十分钟。上午四节，下午四节，晚上四点十五分放学，除了值日生，其他同学在后操场再次排好队伍，在体育委员和班主任的带领下，走到大门口原地解散。

当然，事情不仅仅是这么简单。

小学生的生活实在乏味单调，为了避免这种单调，老师们达成了一个找乐子的共识。和百年前的清宫嬷嬷一样，她们最喜欢做的事情，就是设定规矩。

比如清晨排队列的时候，小班长们会在队伍里来回巡视，不要提回头说话了，哪怕你耳朵痒痒伸手去挠了一下，同样会被训斥。有时候还会被班长从队伍里面揪出来拖到队尾去——这是余周周他们这些平民最恐惧的，因为单列出来的人会被告诉老师，死无葬身之地。

为了方便美观地进门，班级是按照蛇形方式排列的，于是余周周所在的七班好死不死地挨着林杨和余婷婷所在的一班。她每天都能看到林杨摆着一副欠砸的表情扬扬得意地绕着他们班的队伍巡视——余周周不敢随便歪头看，只能通过余光看到他在自己眼前晃来晃去。她并不知道，其实林杨那副德行，完全是故意摆给她看的。

一班和七班每周下午的两节体育活动课也在同一时刻，余周周此时已经和班里的小朋友相对熟悉起来了。她们一起跳皮筋，玩"两面城"和"真假地雷"，在操场上放肆地奔跑，当然有时候也会撞到高年级同学，被他们的足球砸到或者自己跌倒擦破皮。不过，余周周最困惑的就是，林杨自己明明也在跟朋友玩得不亦乐乎，一群男孩子拿着塑料宝剑对砍，使出各种稀奇古怪的必杀技，但是每当余周周出糗的时候——玩"真假地雷"被抓到啦，跳皮筋跳错步骤啦，玩"两面城"跑错方向啦……总会听到不远处林杨哈哈哈的嘲笑声。

有时候余周周也会看到余婷婷，然而她从来不理余周周，两个人就像彼此不认识一样。

女生是一种神奇的动物。

自然，小学生们大多爱争宠，老师对谁笑一下，都能让其他人羡慕非常。每天放学前班主任都会总结一天的情况，被批评的孩子懊恼非常，被表扬的则会在原地解散之后第一时间冲到爸爸妈妈的怀里去得意扬扬地显摆。有趣的是，余周周和李晓智这一桌仿佛是透明人一般，他们从来没有得到过任何表扬和批评，无论静坐时余周周把腰杆挺得多么直，被表扬的永远是那几个人：詹燕飞、徐艳艳、陈雪莹……

而且，余周周的人生有了新的目标——小红花榜。

目前仍然是0朵，红花黑花都是0，她和李晓智仿佛是一条基准线，悲哀地留下一片空白。

终于，开学后第二个星期的星期三，余周周在晚饭后郑重其事地找到外婆，说："外婆，我以后想要自己走回家。"

外婆输液结束后，医生嘱咐她要每天坚持散步，于是她会每天早晚送接余周周、余婷婷上下学。师大附小距离她们家很近，大约只有十五分钟的路程，而且不需要过主干道，从小街和楼群穿过就能回家。外婆想了想，摸摸余周周的头："可是我要送婷婷啊，你们两个一起，不是很方便吗？"

"可是我想要自己走。"

外婆扬眉，笑了："周周，你不喜欢婷婷，是吗？"

是。余婷婷一路上就像麻雀一样没完没了地讲着她们班的事情，从张老师到林杨到小红花到小黑花到表扬批评……余周周不想听，一点儿都不想。

她不知道是不是因为嫉妒，余婷婷在一班的小红花榜上排名第五，而且她每天都要在放学路上问自己："余周周，你今天有没有得到小红花？"

要你管？余周周不想撒谎，于是只能摇头。余婷婷乐此不疲地问着，问完了之后还会使劲地摇动外婆的手，好像希望外婆能就孙女和外孙女的差别评论些什么——幸好外婆每次都笑着沉默。

可是她不想对外婆说出"讨厌"两个字，于是信誓旦旦地解释："我们于老师说，要培养自立的能力。如果家住得不远，最好不要让家长接送。"

余周周想，难道她真的是乔哥哥的接班人？张嘴就能胡扯。

外婆略微思索了一下，笑着答应了。

然而第一天的时候，她还是拉着余婷婷不动声色地在远处跟了余周周一路，发现没什么可担心的，也就放心了。

余周周的人生，因为独自行走而有了一点儿起色。白天在学校里面压抑着的思绪，在短短十五分钟的路程上通通被释放出来。脑海中反派BOSS的脸不知道什么时候换成了那个趾高气扬的副班长徐艳艳，而余周周则在变身之后化身为比小燕子还要光彩夺目的小明星，将徐艳艳的嚣张气焰打消得一干二净。

电视台开始播放新的动画片《罗宾逊大冒险》[1]，余周周非常喜欢那轻松悦耳的片头曲，虽然是日语和英文混杂的。

"Lonely walk，Lonely walk……"

上初中的乔哥哥会英语，他说，这两个词的意思是"孤独地行走"。

不，一点儿都不孤独。

然而，余周周那段快乐的孤独路程仅仅持续了一个星期就戛然而止了。

事情发生在一个黑色的星期二……

---

[1] 动画片原名为《罗宾汉大冒险》，歌词为"happy walk"。

8

黑色星期二

其实那个星期二本来就"天有异象"。余周周出门前看了看阴沉沉的天，带上了自己的红色小雨伞。虽然后来天晴了，她的世界却大雨瓢泼。

今天要发第一次考试的成绩。上学以来的第一次拼音测验，余周周自认为考得还不错。尽管心里面是有些惴惴不安的，但是她相信，这次考试，一定会让她在红花榜上面实现零的突破。

四十分。鲜红的四十分。

以及六个大叉，两个对号。

余周周感觉到自己从脖颈到后脑勺绵延着一股酸酸麻麻，不知道从何而来。全班只有十个小朋友没有得一百分，其中余周周排名倒数第二。她慢慢走上前去从于老师手里领回了卷子和两个白眼，转个身低下头走回自己的座位，眼角不经意间瞥到了坐在同一桌的徐艳艳和詹燕飞的目光。

徐艳艳翘着嘴角挑着眉毛，脸上的讥笑让余周周脖子上酸麻的感觉更加剧烈。然而最让她难过的并不是徐艳艳的无差别歧视，而是詹燕飞。她用那双漆黑的漂亮眼睛看着她，没有笑，反而带着几分善意的同情。

一种动画片里面常常挂在主角脸上的悲悯和善意。

不要那样看着我，求你。余周周偏过头加快了脚步，回到座位上的时候将脸侧向窗台，躲过了李晓智的视线。

她在刚刚开始学拼音的时候，就曾指着黑板上的一排韵母困惑地问："那是什么？我们为什么不学汉字而要学这些符号？"

余周周知道自己的很多问题非常白痴，所以她只敢拿来问李晓智。而李晓智从来都不会给出真正能够对应"为什么"的答案，他的答案永远都是，难道你以前不如何如何吗？你在幼儿园的时候难道没有如何如何吗？

对李晓智来说，世界上没有为什么，只有惯例。因为以前是这样做的，所以以后也要继续下去，就像一条河，你只管向前流动就好，不要去管走向的原因。

于是，大家都在幼儿园或者学前班学过的拼音，对余周周来说成了非常费解的存在。她跟着老师念 aoeiuü，bpmfdtnl……但她还是不知道这些诡异的符号到底是什么东西，这让习惯于遵循着童话故事的剧情来猜汉字含义的余周周无法接受，所以她根本就背不下来。当老师开始考查 b-a-ba，p-o-po 的拼读时，她彻底失去了方向。

这都是些什么东西？

她在测验的时候尽情发挥，可是卷子上的拼写让于老师大为光火。

四十分，四十分，四十分，四十分……

她和李晓智都在后墙硕大的榜单上实现了零的突破，只可惜，她得到的是小黑花。

于老师宣布，以后的考试，所有得到一百分的小朋友都会有奖励。奖励就是文具商店里面两角钱一块的画着十二生肖的橡皮。于老师买了两大盒白兔牌的橡皮，一盒画着兔子一盒画着龙，正好是班里大多数孩子的生肖。余周周盯着李晓智的橡皮，愣了一会儿，抿紧了嘴巴把卷子折叠好塞进语文书里面。

她每天都有一元钱的零花钱，她可以自己买橡皮。可是，从老师手里得到的橡皮是不一样的。

是圣橡皮。

她仍然保留着在事物前面加上"圣"字的习惯。

福无双至，祸不单行。

一小时后，数学课上，于老师抱着一大摞作业本走了进来，重重地往讲台上一放。她今天穿着翠绿的针织衫搭配深紫色西装裤，还背着一个浅蓝色的包。作为人类，早就失却了动物对于危险的敏锐本能，所以余周周并不知道这种艳丽而变态的搭配往往是灾难的代名词。

其实也不需要从颜色上推测。那一大摞作业本中有一半都被撕下了几页，横着夹在本子中。从讲台下看去，纸张不整齐的边缘和不一的宽窄，夹杂在一起堆得高高的，像摇摇欲坠的积木烟囱。

又有一群人要倒霉了。

包括余周周在内，所有的同学都神色凝重地盯着讲台上的"烟囱"，仿佛那是一座决定他们命运的圣塔。余周周低头玩着自己书桌里面的书包垂下来的肩带，努力地表现出一个经历过大风大浪的女侠的淡定。

可她还是会神经质地抬起头看一眼讲台，立刻低头。

班主任站在讲台边，巡视了两个来回，用那一双灯泡一样的眼睛烤蔫了祖国的五十七朵花。孩子们被吓得大气不敢出。

其实也不是不能理解。如果一个工作需要成年人把一道简单的算术题或者一个幼稚的句子甚至一个不好笑的笑话重复地讲上好几十年，那么偶尔吓唬吓唬人释放一下压力是可以的。

只是他们大多不大善于把握程度。

"是不是体活课上得太多了？都给脸不要脸了是不是？玩疯了吧？写作业的时候长脑子了没有？我问你呢，余周周！"

余周周一个激灵抬起头。老师终于点了她的名字，终于看了她一眼，然而，她猜中了开头，却没有猜中那结局。

余周周像临刑前的死刑犯，深深地低下头去。

"我留作业的时候是怎么说的？是不是告诉过你，把1到9这九个数字写到田字方格的右半格？谁让你写到左边的？前十个还在右边，怎么写着写着就跑到左边去了？你写作业的时候想什么来着？拼音也考得那么差，长脑子了没有？"

作业本被掷出很远。深蓝色的硬壳本夹子本来是在外侧用橡皮筋勒住才能包住里面的演算本，现在在空中自动解体，本夹子砸在第三排男孩的头上，里面的白色软皮本则页面纷飞，哗啦啦地翻然而落，停在詹燕飞的脚边。詹燕飞低头捡起来，站起身走到余周周身边，把作业本和本夹子一起放在她的桌子上。

被砸的男孩不敢喊出来，毕竟是被老师砸的。他只能用右手捂住头，象征性地匆匆揉了揉，很快地放下手，好像一点儿都不痛一样，可不痛是不可能的，所以几秒钟后他忍不住又伸手揉了两下。

于老师自然是有些心虚的，瞟了两眼，发现那个男孩没什么大碍，于是收回目光，努力绷住一脸愤怒的表情，继续盯着余周周。

停顿了一会儿，所有作业本被撕的同学都被班主任一个个地点名，班级里面作业本乱飞，哗啦啦，像一群白鸽。

被点名字的同学一一站起来，低垂着头，和余周周一样。

最后一个名字点完，坐着的幸存者们长出一口气。

徐艳艳抬起头，责备地看了余周周一眼。那漂亮的大眼睛里面饱含着恨铁不成钢的怨怒——你们这些不听话的家伙，惹老师生气，耽误大家的时间，给班级抹黑，实在是太可恶了。

下午的体活课，余周周没能够获准出去玩。她和剩下的十个同学一起坐在座位上补作业，同时需要将考试卷子上面所有默写错误的拼音每个抄写二十遍交给老师，否则今天放学的时候也不能回家，什么时候写完什么时候才能脱身。

余周周又心慌又着急，结果第二次又是一不小心不知不觉就把数字写到左半格去了。于老师随手就把作业本撕了个粉碎，撇给她说："写作业的时候想什么呢？是不是就想着出去玩了？这个本子看着闹心，你换个本给我重写！"

她没有办法，只能眼泪汪汪地下楼去小卖部买新的田字方格本，结果却被值周生抓到了。左胳膊戴着红色袖标的五年级的值周生姐姐一脸严肃地揪住她的胳膊："学校规定一年级同学不能独自到小卖部买东西，你连红领巾都没戴，是一年级的吧？哪个班的？叫什么名字？"

余周周屡屡求情未果，急得眼泪像金豆豆一般噼里啪啦地落下来，正要心一横告诉值周生自己的名字的时候，突然听见背后有人嬉皮笑脸地说："瑶瑶姐，她是我们班的，你别记她的名字行不行？我是班长，没管好同学，老师会骂我的……"

值周生终于笑了起来，轻轻地敲了小男孩的脑袋一下："就你事多！"

然后转过头一脸严肃地对余周周说："学校的规定你要记得遵守，别总给你们班长添麻烦，听见没有？"

余周周点点头，拎着新买的作业本从林杨身边落荒而逃。她听见林杨在背后喊她的名字，可是她不敢回头。

回到教室刚写了半篇数字，突然听见于老师叫她的名字。

走到门口才看到，妈妈来了。

被老师找家长了。

余周周的妈妈从销售部例会上被叫了过来，以为余周周惹了什么大麻烦，结果没想到只是一张四十分的卷子和一本写得不是很好的作业。她有点儿生气，却没有办法对老师发作。于老师话里话外的意思她不是听不懂，关于要求家长"配合"，还有周六时在老师家里举办的捞外快的差生辅导班……她越听越不耐烦，只能笑着点头敷衍，然后在老师离开之后，和余周周两个人相对无言地站在走廊上。

"妈妈，对不起。"余周周哭得哽咽，说话声音还没有吸鼻涕的声音大。

"周周，"妈妈的声音有些疲惫，"妈妈没本事像那些家长一样帮你向老师上供。妈妈很忙很累，也没有办法每天看着你做作业，帮你听写拼音。知道你是好孩子，所以你能不能专心点儿，争点儿气，嗯？"

余周周羞愧地低着头，她忽然看到格里格里公爵正拉着她的裙角忧伤地看着她，好像在说，女王陛下，不要哭了，好吗？

可是怎么能不哭呢？女王陛下的城池已被倾覆了。

终于交上了作业，小朋友们也陆陆续续回到了教室。余周周到水房洗了把脸，然后回到教室，坐在温柔的夕阳下发呆。

大脑里也是一片温柔的空白。

晚上放学的时候，大家站在操场上，用了十分钟的时间罚站——于老师说整队用的时间太长，先骂了体委，然后要求大家排好队站在原地十分钟不许动。身边其他班级的小朋友已经一队队地朝着操场大门走过去，来接孩子的家长都守在门口伸长了脖子往里面看，寻找着自家小祖宗的身影。余周周感觉到一只小虫子正在额头上爬，刚要抬手赶走它，想起于老师冷冰冰的表情，还是忍住了。

于老师终于点了点头。得到恩准后，七班全体小同学如释重负地出了一口气，朝着门口列队前进，走得不快不慢，速度适中得好像生怕走快了会惹老师生气一样，仿佛预感到会招致一顿劈头盖脸的"就你们着急是不是？行，今儿个咱就站着不走了，我让你们急！"，然后继续罚站。

不急不躁淡定从容的气质，的确是从娃娃抓起的。

人，总是要一点点学会掩饰自己的欲望，将欲取之，必先予之。煞风景的人称之为虚伪。

终于到了门口，从前排同学开始散乱，大家像归巢的小鸟，恢复欢快雀跃的一面。余周周站在人流中，看着大家开心的样子，含意不明地笑了笑，然后低下头落寞地从人群中挤出一条道路。

学校围墙外面一字排开的小地摊生意依旧红火，虽然每隔一段时间会被学校教导处例行的肃清行动围剿，但是第二天又会陆续出现。余周周并没有急着跑回家，她神情恍惚地沿着学校的围墙散步，把小摊位一个个认真地看过去，什么都不买，也不停留，好像领导下基层视察一样，又仿佛是个没有灵魂的局外人，专注地看着小学生们蹲在地上细心专注地挑挑拣拣。男孩子喜欢的弹珠和各种卡片，女孩子喜欢的千纸鹤方块纸和幸运星彩条，还有低年级学生喜欢的小玩具，高年级学生喜欢的明星照片和图章……花花绿绿地铺满了一条街。那么廉价粗糙的小商品，撑起了一代人的童年。

突然感觉到马尾辫被后面的人狠狠地拉了一下。

不用回头都知道，肯定是林杨。她没有回头也没有停步，还是那样没有反应地慢慢向前。林杨跑到她身边，喘着粗气，好像好不容易才追上她一般，然而他并没有像以前一样自顾自地讲话，只是和她一起漫无目的地绕着围墙散步。

终于还是忍不住。

"你……你不高……你心情不好？"

余周周点点头，又摇摇头。

她觉得自己是没有资格心情不好的。

林杨沉默了一会儿，眉眼低垂，好像比她还沮丧："我问你同桌了，他告诉我你的事情了。"

余周周觉得很难堪，愈加不想理他，侧过头看着地上小虎队的海报，没有应声。

"你要是听不懂拼音，我可以教你。其实拼音没什么难的……"

"是啊，拼音一点儿都不难，是我太笨。"

"不是！"林杨叫起来，摆着手，连忙解释自己不是那个意思，可是奈何越说越混乱。他一咬牙，指着电线杆上的小广告说："那些字你认识吗？"

余周周瞟了一眼："认识。"

"你看，我就不认识！"

他声音响亮，仿佛在拼命证明余周周并不是个笨蛋。余周周认真地看着他，明亮的眼睛里面涌动着她自己也说不清楚的情绪。

她"哇"的一声哭了出来。从很久前那次家庭聚会开始积蓄的疑惑、惶恐和无能为力一股脑儿地倾泻出来，她不是女王，也不是小甜甜，她很笨，她不招人喜欢，她让妈妈伤心……

林杨手足无措地看着她，哄也不是，不哄也不是，抓耳挠腮了半天，只是掏出小手帕手忙脚乱地帮她擦着眼泪。

余周周终于哭累了的时候，太阳已经落下去了。她打算告别林杨回家去了。

"你晚上都是自己回家吗？"

她点点头，问："你爸爸不开车来接你吗？"

"他今天开会，要晚点儿才过来。他每天都顺路接我和蒋川一起走。……其实我家也很近，你记得吧，好像咱们顺路，以后一起走好不好？"他充满期待地看着她，"我跟我爸爸好好说说，让他只接蒋川就好了，不用管我。行不行？你可以教我认识电线杆上的字，我可以教你拼音啊，好不好？"

他生怕她拒绝，一个劲地想着理由。余周周破涕为笑，温柔地点了点头。

林杨兴奋极了，不自觉地扑到余周周面前搂住她狠狠地亲了她的脸蛋一下。

…………

"我我我我得回校门口了，蒋川还在那儿等我呢，明天咱们就在校门口见吧，我先走了，你别难过了不许哭了好了我走了……"林杨趁着余周周还没发作，转身落荒而逃，穿过小商贩的摊位一路飞奔到校门口，才停住喘了口气，心有余悸地拍拍胸口。

"我可都看见了。"比林杨矮了大半个头的蒋川吸吸鼻涕。

林杨白了他一眼，害羞地没说话。

"我觉得余婷婷和凌翔茜比她长得好看。"蒋川继续说。

林杨轻笑，在蒋川眼里，所谓好看的女孩子就是衣服比别人的鲜艳，蝴蝶结比别人的多，小辫子比别人的复杂……

"就你那点儿品位。"林杨摇摇头，轻声地说。

他抬头望着余周周离去的方向，长街的尽头，一轮落日刚刚隐去最后一丝光彩，只留下红霞满天。

9

沉鱼

那天晚上，余周周惴惴不安地等待着，可是直到她洗漱完毕去睡觉，妈妈也没有回来。

午夜，她在迷迷糊糊中感觉到一只温凉柔软的手抚着自己的额头。好像有冰凉的水滴打在脸颊上，似乎是梦里凉凉的雨丝。

余周周变得很沉默。

生活再一次回到了当初的不咸不淡，榜单上的小红花仍然是零，同时小黑花也没有增加。无论她怎样认真地写作业，甚至曾经尝试过超额完成——规定默写二十个拼音，她就写四十个——于老师始终视若无睹。

一个拒不加入周末差生补习班的背景平平的小姑娘，有什么可在意的呢？余周周尝试了几次，也就不再勉强自己"上进"，而是本本分分地回归到了人海中，成了一滴面目模糊的水。

就是一滴水——当她拿着红领巾和小朋友们一起排着队走入工人文化宫座无虚席的大剧场，看到四所学校的一年级小朋友汇成一片海洋的时候，所有人的脸都模糊成邈远的波浪。巨大的吊灯悬在棚顶，她抬起头仰望着，试图数清那盏花朵造型的吊灯究竟有多少瓣，数到眼睛模糊、脖子僵硬，才不甘心地低下头。

空空的舞台上只有橙色的灯光和三架立式麦克风。等到所有人都入座之后，冗长的入队仪式终于拉开了序幕。领导 ABCDE 讲话，各校优秀大队辅导员讲话，优秀少先队员 FGHI 讲话……

各班的班主任仍然时不时站起来巡视本班的区域，看到有窃窃私语的学生就会瞪眼睛训斥几句。余周周在下面听着各种讲话，与其他小朋友的兴奋不同，她有些昏昏欲睡。

也许是因为觉得一切都与自己无关。

最后一位代表演讲结束，余周周他们噼里啪啦地用力鼓掌。在掌声中，从后台酱红色的幕布后走出来的新入队少先队员代表，有一双漆黑的眼睛。周围黑压压的人群通通划为背景，只有她一个人在漆黑的海洋上发着光。

小燕子。

她端正地站在立式麦克风前，老师帮助她将麦克风的高度调低。她并没有同刚才的代表一样拿着演讲稿，而是笑容满面地面对着下面的一千多双眼睛，声情并茂地脱稿演讲。作为新入队的一年级小学生的代表，她和舞台上所有死板僵硬的人形成了鲜明的对照。

就像每次上课前由她带领喊出的"立""礼""坐"一样。也不是没有经过别的班门口，听到过其他班级的班长喊出的"立""礼""坐"，但就是没有小燕子喊得那么好听。在大家眼里，能够喊出这三个字，简直是太了不起的事情了。

余周周一直都没有看《小红帽》，曾经是出于对这个栏目挤占动画片时间的愤怒，如今却是一种说不清道不明的抗拒。

仿佛看了之后她就会沦陷，会失去最后的一点儿独立性。也许别人不能辨别她这一滴面目模糊的水珠，至少她知道自己并没有被大海真正吞没。可是，如果连她都认不出自己了呢？

所以每逢周二、周四，她吃饭都会吃得很慢很慢，一直将六点钟拖过去。

小燕子的演讲结束，全场再次鼓掌。余周周抬头，这一次从幕布后面走出来的是三个一年级小学生，在麦克风前站成等边三角形。后面两个是陌生人，领头的人却是林杨。

然而在余周周眼里，舞台上的林杨未尝不陌生，至少和放学路上跟自己斗嘴斗到龇牙咧嘴的林杨是截然不同的另一个人。那一刻余周周忽然想起奔奔——如果此刻站在台上的是奔奔，余周周一定已经为他紧张得手心冒汗了。但是她从来不担心林杨，说不清楚为什么。也许因为，即使林杨失败了也会有很多人哄他，没有人会怪他，甚至还会给他更多的机会。然而如果失败的是余周周和奔奔，一次无能，百次不用，便再无转圜的余地。

余周周站在浩瀚的黑色海洋中，前所未有地想念奔奔，想念一个此刻不知道在哪里的同类。

"全体起立！"林杨的声音虽然稚嫩，却镇定而有力度。大家跟随着站起身，举起右拳放在耳侧。

"我宣誓——"

"我——宣——誓——"底下的同学一句一句跟随林杨大声念着宣誓词。

和小燕子久经沙场锻炼出来的老练不同，林杨正儿八经的样子仿佛是天生的，天生就应该站在聚光灯下，众人目光的焦点中，未经雕琢，却最是契合不过。

一长串宣誓词终于念完，林杨最后大声说："宣誓人林杨。"

"宣誓人李晓智""宣誓人余婷婷""宣誓人王小明""宣誓人李平平……"底下的孩子们在老师的提醒之下，纷纷念出自己的名字。众口一声的场面被打破，一千多个不同的名字在会场中仿佛沸腾蹦跳的水滴，现出不同的面目和姿态。

然而，余周周在这一刻失语。她自己的名字卡在喉咙口，没有来得及说出来。

在那一刻，她彻底失去抵抗能力，化作了一尾鱼。长大后做实验学习"水是热的不良导体"，大试管内水面在沸腾，金鱼却在水底安然摆尾畅游，余周周忽然想起那时候的自己，就像这样的一尾沉默的金鱼，潜入水底，悄然无声。

在余周周愈加黯然沉默的时期，妈妈却变得越来越暴躁。她并不知道妈妈在工作中经历了怎样的困难，她只知道，那份工作，以及和同住在外婆家的舅妈的摩擦口角，让一向温柔的妈妈变得越来越尖利。行动上雷厉风行，言语上锱铢必较，甚至连眼神都犀利无情。在林杨的帮助下，余周周渐渐对拼音开了窍，她除了偶尔还会犯一些马马虎虎的小错误，考试成绩基本上稳定在了八十多分。然而当初四十分都没有被惹怒的妈妈，却对着八十多分的卷子勃然大怒。

无论妈妈说什么，她都一直低着头，也不辩解，也不发誓"妈妈下次我一定会考好"。

哪怕看到余玲玲和余婷婷扒着门缝偷看。

最终外婆出现在门口，叹了口气，对妈妈说："你过来，到我房间来。"

余周周的小屋距离外婆的房间最近，她拎着卷子站在门口，依稀听见外婆沉重的叹息。

"当初我不是没有劝过你，我说过什么你都不记得了？你是成年人，既然坚持把孩子生下来，也坚持不接受她父亲的资助，那么你就应该承担可能会有的各种后果，包括这些困难。我知道你一个人坚持得很苦，你嫂子那边我会去跟她们谈，但是，你怎么能这么对孩子？周周是你生下来的，她没求你把她生下来，你自己一时任性，难道现在还没学会承担责任？"

卷子被手心的汗浸湿，上面鲜红的八十四分模糊成一片。

余周周爱上了另一种游戏。

她已经记不清自己多久没有缠着一身的"绫罗绸缎"在小屋里面扮演公主或者女侠了。余周周爱上了画画。她的草稿本上画满了一个一个粗糙且比例不均的"美女"，穿着公主裙或飘逸的白纱，有的拎着剑，有的捧着圣水壶。她常常一个人窝在角落里认真地画着，谁也不知道她在想什么，那些画也都各自独立，连贯不起来，只是拙劣的单幅人物肖像。

谁也不知道，余周周的私密世界突然经历了一个巨大的转变。

她不再是主角，也不再亲自捧着圣水披荆斩棘。所有的故事都成了木偶戏，她牵引着主角配角一起表演剧情，却不再全身心投入地感受他们的喜悲与澎湃。每一个单独的人物都是一个故事，在笔尖触碰到纸面上的那一刻开演。

画到鲜花王冠的时候，小公主出生。

画到柔美面容和日式大眼睛的时候，是十五岁生日的时候民众夸赞公主花容月貌沉鱼落雁。

画到纤细的腰肢的时候，是她十八岁一舞艳绝京城。

画到飘逸的蓬蓬裙，是她初遇王子，对方拜倒在她裙下……

一个人物画完，一个故事也就在脑海落幕。

可余周周并不是那个公主。

余周周扮演的，是命运。

故事也不再单纯地一通到底。她开始画平凡而历经磨难的小姑娘，画被众人误会含恨而死的女舵主……余周周这个命运之神，好像不再像从前那样仁慈了。

这样沉默的时光，通通烙印在了纸上。她被别人操纵，于是她操纵别人。

好像仅有的明亮时光都来自和林杨放学路上的同行。尽管舞台上的林杨看起来那样遥远，但是当他走在她身边，笑嘻嘻地揪着她的马尾辫，给她讲各种各样有意思的事情，和她一起讨论动画片里面的爱恨情仇，余周周才觉得自己的生活也是充满阳光的——

虽然是落日的光芒。

10

还剩多少只蝴蝶

余周周曾经给林杨讲过圣水的故事。那个她曾经尽情扮演过的，来自《魔神英雄传》的故事。

主管秋冬的女神和主管春夏的男神相爱了，众神为了阻止他们就把两个人变成了雕塑，分别把守着两个不同的圣域，只是春夏之神的圣域大雪纷飞冰封千里，秋冬之神的圣域里熊熊烈火日夜不熄。主角们爬雪山过火海，将两位神明的信物交换，终于解救了水深火热中的群众，任务完成后，坐着彩虹桥前往魔界山更高的一层了。

"后来呢？"

"呃？"余周周诧异地看了林杨一眼，"什么后来？后来他们去打别的大魔王了啊。"

"我是说那两个神仙，"林杨很认真地盯着她，"他们后来……结婚了吗？"

余周周扬起头，盯着天上零星的几丝好像稀释的蛋花汤一般的云彩："不知道。"

"那这算什么结局啊？"林杨撇撇嘴。

"不过我觉得，应该没有在一起吧。"

"为什么？"

"因为……"余周周小心斟酌着，然后把一个成语很没有把握地吐出来，"不能……一错再错。"

林杨眼睛一亮，脸上霎时浮现出极为迷惑又崇敬的表情，只有短短几秒钟，马上又克制成了"没什么大不了"的一贯神态。

只是他们谁也不知道这段爱情究竟错在了哪里。如果原因是春夏之神不能爱上秋冬之神，那么为什么春夏之神不能爱上秋冬之神？

原因的原因，理由的理由，世界的背后一片漆黑。

林杨并不知道自己曾经被跟踪过，跟踪人自然是他爸妈。当初林杨申请独自回家的理由是咨询过余周周之后给出的——培养独立性。当然，林杨知道他妈妈跟班主任的联络极为频繁，自然不敢像余周周一样胡诌八扯说是班主任的号召。

林杨的妈妈试着答应了，然后拉着林杨爸爸一起跟在后面远远地偷瞄。

好消息是，她的宝贝儿子并没有钻进游戏厅。

坏消息是，她的宝贝儿子在放学路上明显不够"独立"。

"你说……我要不要跟杨杨谈谈？上次我跟他们班小张老师提过那个小姑娘的名字，后来可能老师把这事给忘了，我觉得有必要了解一下那孩子家里的背景……"

林杨爸爸笑了笑："背景？了解那个干什么？"

"万一那个小姑娘不是正经人家的孩子怎么办？就像当初对面楼上那个小子，上次要不是我恰好下班赶到，他就要领着杨杨他们一帮孩子上游戏厅了……"林杨妈妈提起以前的事情，又有些激动。

"你想多了，"林杨爸爸搂着妻子的肩膀，看着远处两个小小的背影，继续笑，"那个孩子看起来就很懂礼貌，你儿子不把人家带坏了就不错了。"

"那你说，杨杨是不是喜欢上人家那小丫头了？"

"这还用说吗？"

"那怎么行？你看你老是这个样子，什么事情都不放在心上，他还这么小……"

"你自己都说了啊，"林杨爸爸的笑容渐渐有些无奈，好看的眉毛像八点二十的时针和分针一样耷拉下来，"他才七岁啊……"

七岁的矮小身体，迎着夕阳肩并肩的影子却在身后被拉得有十七岁那么长。

余周周的平静生活一点点地有了起色，也许是因为他们终于结束了拼音的学习。只可惜她到最后也不曾得到过一块圣橡皮。

第一篇名为《秋天来了》的课文就像一个迟来的谜底，望着汉字上面标注的拼音，一年级的余周周和一年级的江户川柯南一样，脑后划过一道闪电，电光石火间，她悟了。

于老师也好，李晓智也好，甚至包括林杨，他们只是告诉她必须记下这些字母的写法和拼读规则，然而没有任何一个人告诉过她，拼音是用来给汉字注音的啊！！

脑海中纠结的谜团豁然开朗，那些拼写与组合突然看起来也不那么费解和无规律了。余周周突然有种大势已去为时已晚的难过，她咬牙切齿了好一会儿，终于还是安分地坐在座位上独自黯然神伤去了。

上课的时候，老师带领大家朗读课文，然后从左前方第一个小同学开始，一个个地站起来对照拼音朗读课文。

余周周愕然发现很多人都结结巴巴，发音诡异，好像紧张得不得了。偶尔有朗读流利的，也都会得到一句"要有感情地朗读课文，你读得太快了"。

她小声地对着书通读了一遍，嗯，挺简单的啊。

资深女演员余周周对自己的台词功底向来充满自信。

自己前两排的孩子已经站起来开始朗读了，余周周感觉到自己手心冒汗——并非紧张，而是兴奋。

很兴奋。

她站起来的时候，甚至朝于老师慌乱地笑了一下，得到的是于老师愕然的眼神。

《秋天》

天气凉了。

一片片黄叶从树上落下来。

一群大雁往南飞，

一会儿排成个人字，一会儿排成个一字。

啊！秋天来了。

那个"啊"格外响亮，饱含柔情。她坐下之后就张大眼睛充满期待地看着于老师，那几秒钟的时间仿佛全宇宙至此剧终。

"大家听见了吗？余周周这才叫有感情地朗读，不仅要流畅，还要有感情，大家说对不对啊？"

余周周看见久违的玛丽贝尔和格里格里公爵一起朝她举高了酒杯，向她致意。她抿紧嘴巴，没有笑，做出"我还差得远"的谦虚表情，然而心里已经乐出了十万朵怒放的鲜花。

再绚丽多姿，也比不上人生中第一朵四瓣小红花。

好事成双，下午第一节数学课的时候，于老师在黑板上画出一片花园和六只蝴蝶，然后问："花园里有六只蝴蝶，现在飞走了三只……"

余周周相信，全班没有人不会做这道题。

然而于老师的问题是："你们猜，我现在要问你们什么？这道题，求什么？"

小朋友们踊跃举手。

"求减号！"

"求花！"

"求……"

兵荒马乱中，余周周一直托着腮安静地看着沸腾的教室，上小学到现在，她好像从来没有举过手。

"余周周，你说求什么？"

余周周一愣，带着一脸理所当然的表情说："求……还剩多少只蝴蝶啊……"

班里很多人脸上霎时有了"原来如此"的神情。于老师笑容温和地说："大家说，对不对？"

"对——"

有种君临天下一呼百应的错觉，而且这一次，群众并不是出现在脑内小剧场中。

余周周的这一个星期五，过得很恍惚。

但是没有关系，她还有整整一个周末可以回味。

那天放学回家的时候，连林杨都感觉得到，余周周比往日开心，尽管她和平时一样，并不怎么笑嘻嘻地大呼小叫，可是她嘴角是不自觉地上翘的，虽然只有微微弧度。

那一点点弧度，就能让他一生难忘。

余周周那天早早躺下，却睡不着。妈妈回来后，她翻了个身假装起来上厕所，然后坐在床上，思前想后，才腼腆地用林杨那种"没什么大不了"的语气说："我今天……老师今天表扬我了。"

妈妈正在卸妆，闻声给了她一个疲惫的笑容："妈妈一直都知道周周最乖了。"

为什么一句夸奖的话，听起来有些特别的意味？余周周分辨不清，仍然满心欢喜地去睡觉了。

好风凭借力，送我上青云。

理由的背后没有理由，只要你遇到那阵风。

或者，遇到那个送你鼓风机的人。

余周周那时候不知道，半个月后，她竟然真的"君临天下"了。

11

熟人甲

"就是这样。嗯，你觉得哪个英雄比较好？"

"……女英雄吧？"

余周周仰头想了半天，才把那句"女英雄我只知道一个'请赐给我力量吧，我是希瑞'"咽回了肚子里。"女英雄，都有谁？"

林杨也仰起头，冥思苦想了半天："我只能想起来两个，一个是江姐，一个是赵一曼，还有一个我记不清楚了，忘了是秋瑾还是秋凛还是秋……"

"那就江姐和赵一曼吧，反正我都不知道。"

林杨从口袋里掏出一枚金色的五角硬币："正面江姐，背面赵一曼。"说完就朝天空中一抛，让硬币迎着夕阳翻滚了好一阵子，才落回手心。

"背面。赵一曼。"

余周周点点头，就这样决定了自己的参赛人选。

从那天的数学课之后，于老师越来越喜欢让余周周站起来发言。余周周也渐渐开始乐于在课堂上举手，甚至有时候，她能和小燕子一起领着大家朗读课文，她读一句，大家跟一句，就像在电视上看到的私塾老先生领着一群书生"子曰""子曰"一样。

祸事降临总让人有本能的预感，好事却永远悄然无声地来临。那天余周周上完体活课提前回到班级门口，刚好看见老师和大队辅导员李老师以及小燕子一起站在门口不知道在说些什么。余周周低头想溜进去，却被于老师喊住了："正好，你看这个学生怎么样？余周周，你过来！"

她走过去，就看到那位一直在一年级新入队小学生们心里是教主级别人物的大队辅导员老师，用一种菜市场审视土豆的目光盯着她上下打量，末了才淡淡地说："小模样长得真不错，找篇课文念念试试。"

于是余周周跑进屋里拿了一本语文书，站到门口不明就里地给大队辅导员念起来。念完后，她抬起头带着些期待地看着大队辅导员，然而大队辅导员好像根本没有仔细听她在念什么。

"过来吧，到大队部来一趟，带着你的语文书。"

余周周进屋的时候才发现屋子里还有六个小朋友，其中三个不认识，另外三个是余婷婷、林杨，还有一个看着面熟。

想了想才回忆起来，是省政府幼儿园的那个撕挂历纸的女孩子。

原来，全省"康华制药杯"少年儿童故事大赛即将开赛，学校要选送一个一年级小朋友参加儿童组，三个五年级的学生参加少年组。现在屋子里的六个人，都是一年级的候选人。

在大队部里面，大家都像木头人一样紧张兮兮的，余婷婷也小眼睛滴溜溜乱转，大气不敢出。屋子里面有长长的沙发，可是大家都抱紧语文书站着，只有林杨自己大刺刺地坐在沙发尾端。看到余周周的时候，他先是惊讶了一下，然后就笑起来伸手招呼她过来。

"周周一起坐吧！"

余周周觉得突然射过来的几道目光，让自己的头发都要立起来了，她沉重而无奈地朝着林杨摇了摇头。

读课文，一个接一个。面对眼前的机会，大家都把课文当成自己亲妈来读，每个字都拖长了音，尾音还发颤上扬，声情并茂，充沛得都要捏出水来了。轮到余婷婷的时候，她甚至没有意识到自己的表情丰富到了狰狞的地步。

余周周突然很想笑，她低着头，装作温习课文的样子，用语文书挡住脸，但是眼睛已经弯成了初五的月亮。抬头的时候，她发现林杨也在笑，不过好像是笑她。

第五个轮到林杨。

他站起身，抱着语文书，声音不大不小，仍然是小男孩稚嫩却清亮的嗓音。林杨难得再次像在入队仪式上带领宣誓一样正经，他态度端正，读得很放松，语速适中，像是平常说话一样，毫不造作。

余周周歪头看着他笑。

嗯，读课文其实就应该是这个样子吧，林杨读得的确比他们都好。

最后一个是余周周。林杨并不清楚余周周其实已经"翻身"了，他对余周周的印象还停留在那个惨遭老师撕作业本，拼音考四十分，然后被值周生抓住的时候噼里啪啦落泪的小姑娘上。

余周周这一次选择了另一篇一点儿都不优美的课文，学着林杨的样子，声音轻松，语气自然。

小山羊和小鸡做朋友。小鸡请小山羊吃小虫。小山羊说："谢谢你！我不吃小虫。"

小山羊和小猫做朋友。小猫请小山羊吃鱼。小山羊说："谢谢你！我不吃鱼。"

小山羊和小狗做朋友。小狗请小山羊吃骨头。小山羊说："谢谢你！我不吃骨头。"

小山羊和小牛做朋友。小牛请小山羊吃青草。小山羊说："谢谢你！"小山羊和小牛一同吃青草。

小山羊找朋友。世界上只有同类才能够做朋友，志不同道不合的人往往只能在某个猎奇的时间段里做一阵子开心的同伴。被时间的洪水淘过，最终仍然堆在一起的，一定是同样材质的小石头。余周周自然说不出这些感受，她选择这篇课文的原因也并不是很明确。她甚至根本不知道"欣赏"的含义，但是，她觉得她和林杨，是互相欣赏互相了解的。

曾经和奔奔"相依为命"，像两只啄着小米的幼鸟，但是现在她好像遇到了另一只幼鸟，并且发现，原来她不光可以吃小米，也可以吃虫子。

其实，尽管和林杨认识了近两个月，在余周周心里，林杨始终还只是个"熟人"而已，一个有爸爸妈妈的宠爱、老师的器重、无比幸福的熟人甲，站在舞台灯光下，领着大家宣誓的出众的熟人甲。

奔奔是奔奔，是不可取代的亲人，是可以随口对他说出"我没有爸爸""他和妈妈吵架的时候扔东西差点儿砸到我的头"这样的亲人。

而熟人……自然只是熟人，即使她每天听他在耳边讲笑话，怪叫，被他揪住马尾辫，和他斗嘴……余周周心里面想的事情，也从来不会告诉他。

比如，李晓智也是熟人。

但是就在这一刻，余周周觉得自己距离林杨很近，好像整个学校几百名一年级小学生里面，只有他们距离最近。奔奔了解余周周，是因为她愿意告诉他一切。而林杨和余周周了解彼此，却根本不需要多说什么。

大队辅导员并没有当场决定什么。余周周回到班级。两节课之后，于老师找到她，说她被选上了。初赛在一星期后的星期三，内容是抗日英雄的五分钟小故事。故事内容让家长写底稿，然后给大队辅导员修改。

放学路上再见到林杨的时候，她有一点点不好意思。可是林杨好像丝毫没有因为落选而沮丧，反而兴致勃勃地帮她参谋应该讲述哪位英雄人物的故事。

"所以，你知道赵一曼是谁吗？"

"……不知道。"余周周摇头。

"故事必须你自己写吗？"

"当然不是，是要家长写的。不过，我妈妈肯定没有时间给我写。"

"那让你爸爸写呗。"

下午刚刚在余周周心里形成的平整如新的"知己"牌小镜面上产生了一丝细微的裂痕。

好像再怎么欣赏，有些事情，还是不能放在林杨浑身散发的正午阳光下曝晒。

余周周仰头，假装是被风吹眯了眼睛，揉了揉，才想到回答的办法。

"连外婆最近都忙着老年大学的事情，肯定没有时间。"

"连"外婆"都"，她已经学会了小小的语言游戏，不想撒谎，那就巧妙地绕开。

林杨沉默了，过了几秒钟，突然又笑起来："对了，让我妈想办法。她在省政府政策研究室，手底下有好多会写文章的人，他们肯定能写好英雄故事！你等着吧，我回家求我妈妈！"

"真的可以吗？"

"五分钟是吧？我知道了，放心，肯定没问题！"

余周周心里的大石头放了下来，她轻轻地松了口气，然后笑得很甜，认真地说："林杨，谢谢你。"

谢谢你一直对我这么好。

晚上，林杨晃着妈妈的胳膊把事情颠三倒四地叙述完，林杨妈妈看到自家儿子泼皮无赖的样子，无奈地点了点头。

手底下有好几个大学生，查点儿资料写个小学生能讲出来的五分钟抗日英雄小故事，自然不是什么难事。

林杨欢呼雀跃地跑到客厅里看电视，林杨妈妈叹了口气，对着假装坐在桌前看晚报实际上却在偷笑的丈夫说："你儿子，现在就知道支使我帮他讨好女生了。真是谁的儿子像谁，这种事不学就会！"

林杨爸爸放下报纸，走过去从背后抱住妻子，笑得很温暖。

"最好能像我一样有福气，娶个好老婆。"

林杨妈妈再次叹气，果然，有其子必有其父。

林杨坐在客厅里津津有味地看着《三眼神童》中写乐小朋友的故事。其实今天，大队辅导员先找到了林杨，告诉他，入选的是他。本来这个机会属于小燕子，可是小燕子省台活动很忙，婉拒了。七班的于老师不希望这个机会落到别的班头上，所以又推荐了余周周。大队辅导员自然希望找到一个既有背景但又不草包丢脸的人选——没有人比林杨更合适了。

可是林杨告诉李老师："我不想参加，反正我不想参加。"

好像笃定只要自己退出，机会就是余周周的。

林杨小朋友何其天真。如果大队辅导员一心要找一个有权势的家庭的孩子，即使林杨任性退出，那么那个人可能是凌翔茜，可能是很多人，但绝对不会是余周周。

幸好大队辅导员懒得再折腾，就选择了课文读得很自然的余周周。

幸好。

否则就是"我本将心向明月，奈何明月照沟渠"。

他的一切都这么完美这么幸福，连偶尔一次天真的成全，都能侥幸成功。

林杨浑然不觉，只是坐在沙发上，跟着动画片，笑得前仰后合。

12

死去活来

"你说，我抬手的时候，是五指并拢伸直比较好呢，还是握成拳头比较好？"

余周周闻声，茫然地侧过脸看着身边的小女孩："嗯？"

舞台上只有橙黄色的背景灯，照着立式麦克风和评委席上的四个老师，底下的观众席昏暗一片。余周周和其他五六十个差不多大的孩子都安静地坐在台下，手里攥着自己的稿子以及抽签得到的号码牌，等待上场。由于只是初步筛选，所以除了其他参赛选手，初赛是没有观众的。

"问你呢。你说，我是五指并拢好还是握成拳头好？快点儿，我要上场了！"

那个脑袋上扎着巨大的粉红色蝴蝶结的小姑娘瞪着眼睛，倒不是因为生气，只是的确很着急。于是余周周咽下自己的疑问，很快地说："我看大人抬手看表的时候好像都是握成拳头的。"

"好，那就拳头。"

蝴蝶结小姑娘刚说完，台上的工作人员就喊了一声："37 号，单洁洁！"

"……不是 dān，是 shàn。"小姑娘嘟囔了一声，站起身。她经过余周周身边的时候，余周周看到她正紧张地攥着蓝色小裙子，百褶裙上出现了第一百零一个褶子。

单洁洁讲的是黄继光的故事。

刚才出现的抗日英雄故事里面不仅仅有黄继光，甚至还有雷锋、赖宁和王进喜。这些小孩子好像并没觉得这有什么不对——反正都是英雄啊。

单洁洁的英雄故事讲得极其富有激情，虽然因为紧张而语速偏快，但是声音高昂，而且……动作丰富。

"东方升起了启明星！"左脚向前跨出一步，左手高举。

"指导员看看表。"抬右手，握拳，低头注视手腕。

"已经……六点了。"左手拇指、小指跷起，其他三指弯曲，比出巨大的"六"。

"黄继光在这一刻站出来，大声说，指导员，我去堵住它！"刚才的"六"重新握成拳头，狠狠地砸在胸膛上。

余周周甚至听到了她小小的身板中传来了敲击的回声。

就这样，单洁洁的表演将余周周彻底石化在了观众席上。

那时候她的心里仍然很矛盾。不得不说，她看到这样的表演的确是很想笑的，可是内心深处又觉得这样才是正经的表演方式。单洁洁做的是对的，评委老师嘉许的点头更是证明了这一点。

47 号余周周上场。她刚准备开口的时候，突然听见了呼机哔哔的响声，一个评委站起身来快步走到后台去了，示意余周周等一会儿，结果等来的是一个老爷爷。其他三个评委老师连忙站起身，朝老爷爷点头哈腰满脸堆笑地打招呼，说着"谷老师您怎么过来了"云云。

老头子目光很凌厉，并不像其他几个评委老师那样一脸和蔼。他坐在了那个出门回电话的老师桌前，对着桌子上的麦克风说："47 号，那就开始吧。"

和刚才的小朋友相比，余周周的故事讲得实在是平淡无奇，甚至有些口语化。她讲到赵一曼被日本侵略者拷打的时候，看到那个一直低头浏览参赛者名单的老爷爷抬起头，皱着眉看了自己一眼。

那个眼神，含义不明。

余周周原本就对这个拗口的英雄故事不是很感兴趣，里面大量的成语和长句子让她背得很痛苦，所以发挥得很局限。被这突然袭来的冰冷眼神惊吓到，她一下子就乱了阵脚。

"被残酷的拷打折磨着，赵一曼不知不觉昏了过去，可是她什么都没有说。"

废话，昏过去了，还能说什么？

"可是残暴的敌人并不放过她，他们拎来　桶水，狠狠地泼在了赵一曼的身上。她苏醒过来，面对的是丧心病狂的敌人更加恐怖的严刑逼供。"

"被残酷的拷打折磨着，赵一曼不知不觉昏了过去，可是她什么都没有说。"

糟了，怎么又说了一遍……

余周周微微停顿了一下，不出意外地看到了那个老爷爷嘴角的冷笑——姑且称为冷笑吧。

她镇定了一下，深吸一口气，自己加了一句话。

"就这样，赵一曼昏过去又醒过来，醒过来又昏过去……可是党的秘密，她一个字都没有说。"

说着，还学着单洁洁的样子抬起左手，攥紧拳头，做了一个"宁死不屈"的手势。

老爷爷终于笑了，这次好像是嘲笑……

余周周讲完故事坐回到座位上，发现自己已经出了一脑袋汗。抬起头看了一眼评委席，结果正好赶上那位老爷爷也带着一脸古怪的表情看着她，余周周只好羞愧地低下头去。

半小时后，公布了二十个入围选手的名字。单洁洁紧张得不停地咽口水。余周周看到后，伸出手去，轻轻地握住了她的手。单洁洁一抖，然后侧过脸看她，给了她一个勉强的笑容。

评委老师捏着那张纸上台，接过话筒开始宣读名单。那一刻，余周周仿佛又回到了数学课堂上，看到于老师抱着一大摞被撕过的作业本，一本一本地念着，漫长的恐惧慌张像是只张大嘴的怪兽吞噬着他们这群小豆丁。

"37号，育新小学，单洁洁。"

单洁洁僵硬的身体一下子柔软下来，余周周紧握了一下她的手，说："太好了。"

"47号，师大附小，余周周。"

单洁洁恢复了活泼本色，笑着搂住了余周周："的确太好了！"

原来那个老爷爷竟然是省少年宫的总负责人谷老师。他代表评委点评了大家的初赛表现，然后宣布了决赛的时间、地点，以及决赛的内容。

"英雄小故事占总分的60%，剩下的40%是现场题目的分数。"

单洁洁举起手："老师，什么现场题目？"

谷老师朝她们的方向看了一眼："从大纸箱里面抽题，根据字条上的关键词现场编小故事。"

底下一片惊呼，现场编故事？余周周还在发愣，就看到谷老师淡淡地朝她的方向看了一眼，仍然笑得很奇怪，但是这次温和得多，好像在说："加油，胡编乱造的小姑娘。"

"喊，我知道了。"单洁洁低声在余周周耳边嘀咕，"他们这是照顾那些有后门的。我敢说，有些人肯定能提前知道题目。"

"可是不是要抽签的吗？"

"你傻啊，"单洁洁白了一眼余周周，"要想造假，抽签根本不是问题！"

余周周没办法反驳，毕竟单洁洁比她大，作为二年级的中队长，单洁洁敬过的队礼比余周周看过的动画片都多。

不过，通过了初赛自然是一件非常值得开心的事情，她跑出昏暗的剧场，妈妈正在外面等着她。

"妈妈，我进决赛啦！"她笑得比蜜都甜。

妈妈的怀抱永远最柔软安恬，只是曾经徘徊在鼻端的淡淡的草木清香现在变成了另一种更为精致的香气。

"周周最棒了！"妈妈轻轻顺了顺周周额前的刘海儿，"决赛什么时候？"

"下个星期天，老师说我们要上少年宫的大舞台，还会有很多观众的。"

余周周把那句"妈妈你能来吗"吞进了肚子里。一是因为她知道自己的妈妈一直很忙，另一个是因为，如果台下坐着自己的亲人，她也许会紧张。余周周潜意识里觉得，即使台下坐着一万名观众，只要自己不认识他们，那她就无所畏惧。

妈妈匆匆赶回公司上班，只留下了初赛通过的奖励——一大盒美登高冰激凌。余周周一个人坐在小屋里面，用小勺子挖着香蕉口味的部分。她热情地把冰激凌分给余婷婷，可是得到了一句"少跟我显摆"；但是玲玲姐很大方地对余周周表示了祝贺，并分走了一碗冰激凌。

也许她是因为日记的问题而忌惮至今。

之后的一星期，她一直处在一种奇妙的心情中。初赛通过的兴奋，对于决赛的小小担忧，以及众人的瞩目、老师的夸奖带给自己的飘飘然。当然，更重要的是那种很有可能即将坠落云端的恐惧感。

一次无能，百次不用。一次无能，百次不用。

作为一个七岁的冉冉升起的校园新星，她的确有些想多了。

然而从尘埃中开出花朵的余周周，比很多人更清楚落差的含义。那种战战兢兢的"小家子气"，诚惶诚恐，并且深深知道"宠爱"这种东西的脆弱和随机……在每天和林杨走在放学路上的时候，她自己也说不清的情绪就越来越膨胀。

要做得更好，要爬得更高，要尽快凭借自己的力量变得更重要、更强大。

尘埃里开出的那朵花，名叫欲望。充满了"更"这个字眼的人生，现在才刚刚开始。

她一步步地走向沉沉的夕阳。

决赛的那天果然人山人海，余周周跑出后台，偷偷从安全通道侧面的大门往里面看。熙熙攘攘的观众席让她有点儿紧张，手心冰凉，满是黏腻腻的汗。

周周，她在心里对自己说，这次一定要记住，赵一曼只晕过去了一次，不要再胡说八道让人家女英雄死去活来的。

突然听见背后传来笑声："呀，你不是那个小丫头吗？"

她松开门把手，回过头，人来人往的安全通道中央，站着个穿着白衬衫和浅灰格子绒线背心的男孩，他看着她，眉眼清朗，笑容和煦。

"陈桉？"余周周没有来得及惊讶，就一瞬间脱口而出了。这个名字软软的，念出来，唇齿间都是温柔的共鸣。

她能看得出，他在想要喊她名字的时候停顿了一下，显然是记不起她的名字了。

但他并没有暴露这一点，而是很快又恢复了满脸笑容，轻声问："怎么，女王陛下也来看比赛？"

13

可是我还没有讲完

余周周立刻在心里把当初盛情邀请她出任女王的格里格里公爵父子狠狠地责备了一通。

真是太不低调了。

不过，余周周还是开心地咀嚼着这一令她难以想象的重逢。眼前的这个人，就像是从她的铁皮盒子中蹦出来的一样。

她抬起头，一双明亮的眼睛笑得弯弯的，很有礼貌地说："我叫余周周。"

被小孩子无情戳穿了健忘这一事实的陈桉有点儿尴尬，只好笑笑说："嗯，周周，你来看比赛吗？"

余周周还没来得及回答，突然听到远处有人喊："陈桉，陈桉！"

她被一大群从通道口跑过来的孩子隔绝在了外围，他们都和陈桉差不多大，或者比陈桉还要大一些。四个男孩五个女孩，每个人都背着乐器盒，长的宽的扁的圆的。余周周这才注意到，陈桉的手里也拎着一只黑色的盒子，看形状，好像是小提琴。

她像是站在锅边注视着一大盆沸腾的水。

"你听说他们开始调整第二小提琴的事了吗？第二小提琴的首席，就是那个戴啤酒瓶底儿的四眼钢牙，她调到你们第一小提琴去了，有人说她可能要占你副首席的位置……"

"陈老师真能乱来，收礼也没分寸，还以为我们都不知道呢。分部考核的时候没及格的那几个大提琴和黑管，上个星期天不是也来参加合练了吗？嘁，当初谁说这次要严查的？反正查不到他自己头上。"

"不都是为了择校和加分吗？睁只眼闭只眼吧，这又不是第一次。不过，陈桉你还是小心点儿吧，那个二提琴的首席绝对不简单。"

"算了吧，再不简单也绝对没胆子动陈桉……"

他们七嘴八舌地说着，余周周几乎听不懂，但是她安静地站在旁边，并没有走开。陈桉陷在这群人当中，抿嘴笑着，也不说话，可是仍然很和气，好像天生就适合被围在中央，所以看起来比那几个哥哥姐姐还要成熟稳重些。余周周不知道她在等什么，虽然中途被扔在一边让她有点儿憋气，但是身边的少男少女围成的小世界让她好奇。

他们骂老师，他们在乎却又态度随意，他们说着她不懂的话，他们对于各种潜规则见怪不怪，他们彼此相熟，他们……

自卑，恼怒，羡慕，好奇……种种情绪在余周周的心里翻滚，她安然看着人群中的那个少年，他不再是陪着沉默木讷的自己坐在沙发上一言不发地看动画片的小哥哥了，他应该也不记得那张写着两个名字的纸片了。这一次，他带着他的世界一同出现，世界的外围是透明的空气罩子，一下子把余周周撞出去好几米远，只能像个傻子一样站在那里呆望。

他们讲起来没完，余周周听到远处传来的声音，几个主持人齐声说："我宣布，'康华制药杯'全省少年儿童故事大赛，现——在——开——始！"

少年组和儿童组一共四十五名选手，她是第四十一个出场。

可她还是转身离开，回到后台去候场。背后传来了陈桉的声音，招呼着几个同伴进观众席看比赛。原来他小姑姑家的妹妹也参加了这次故事大赛，他刚刚在少年宫的学生乐团排练结束，顺便过来捧场。

余周周原本看到人群而略微紧张的心情因为遇到了陈桉而变得……更为紧张。奇怪的是，刚刚被无视了之后，她反而平静下来了。

如果说一开始是因为知道了观众席里面有熟人——而且是重要的熟人——而害怕丢丑的话，那么当她默默地走开之后，心里想的却是：即使真的丢丑了，好像对方也不会很在乎吧？

他只会认为这是一个小孩子闹的笑话而已。

余周周对着墙壁把故事内容快速地过了两遍，确定背熟了，于是站起来跑到幕布附近偷看比赛，意外地在那里看到了正紧张不已的单洁洁。

"洁洁？"

"不用叫姐姐，我跟你同一年生的，就是上学比较早。"

"……我没叫你姐姐。"

单洁洁这才反应过来，吐吐舌头："对不起啊，我有点儿紧张。"

好像不是"有点儿"吧？余周周感觉到她握住自己的手冰凉得吓人："你没事吧？"

单洁洁的稿子已经被她蹂躏得很脆弱，好几处都破损了。她一边神经质地碎碎地背诵着，一边不停地将底稿折叠又打开，打开又折叠。

"我们一大家子都来看我比赛了，连表哥表姐都来了，我要是出丑叫怎么办哪？"

余周周听到她带着哭腔的叙述，突然觉得这个一直在自己面前以二年级学姐自居的小姑娘反而像自己的小妹妹一样。她安抚性地拍着单洁洁的背，笑着宽慰她。

这是奔奔之后，第一个让她觉得很需要保护的人，虽然眼前的这个人远比奔奔嘴硬得多。

台上的17号小朋友正在抽题，抽到之后递给主持人。主持人大声说："好，我们17号小朋友抽到的字条上写着'两分钱，红领巾，警察叔叔，小花猫，奶奶，茄子'。"为了让这些很可能不识字的小朋友记住，他重复了三遍："那么17号选手有45秒的时间构思，故事限时三分钟。"

单洁洁又开始哭丧着脸："你说一会儿我要是编不出来可怎么办哪……"

时间到，17号小朋友低头盯着字条慢慢开口："星期天的早上，戴着红领巾的小朋友在路上捡到了两分钱，她立刻把两分钱交给了警察叔叔，警察叔叔……警察叔叔……叔叔拿着钱，对我把头点……"小朋友的语调开始有点儿要唱歌的趋势，观众席上响起了善意的笑声。

"你看你看，我肯定编得比他还差……"单洁洁几乎要哭出来了，脸上为了比赛而化的妆因为出汗而有点儿花。

"回家的路上我遇到了一只小花猫，然后奶奶……奶奶跟我说，晚上吃茄子。"

17号小朋友大无畏地说完最后一句，急急地鞠了一躬，拔腿就朝后台跑去。观众席上响起了一片掌声和笑声。

单洁洁即将上场的时候，余周周极其大声地在她耳边喊了一句"加油！"单洁洁吓得瘫坐在沙发上，捂着胸口大叫："你要干吗?! 你想吓死我啊?!"

余周周笑了，单洁洁终于恢复了点儿"我去堵住它"的气势。余周周捏捏单洁洁的脸："现在不紧张了吧？"

单洁洁眨眨眼睛，愣了一会儿，然后也笑了起来："咦？好像是啊……哈，谢谢你啊，周周。"

"不用谢，这是我妈妈用来治我打嗝时候的办法，加油！"

单洁洁的比赛进行得很顺利，虽然最后的即兴小故事讲得有些不尽如人意——基本上就是把每个关键词造了一个句子然后连起来。单洁洁兴奋地跑下台，又恢复了学姐本色，居高临下地拍拍余周周的头，说："你要加油，嗯。"

余周周上台的时候，下面的观众已经有些疲劳了，台下嗡嗡的声音不绝于耳。

她把赵一曼的故事流畅讲完，从大纸箱中抽出了一张字条，递给主持人。

主持人把折叠着的字条打开，大声地念道："41号小朋友抽到的题目是'老鼠，猫，黄气球，大明星'。"

余周周眨眨眼，这都哪儿跟哪儿啊。

下面的观众每到即兴故事的环节就会安静下来，因为这个环节总能听到很多冷笑话一样的故事。就在余周周皱眉头思考的时候，现场的灯光忽然出了点儿状况，橙色背景灯霎时熄灭，只剩下舞台边缘的两盏白色射灯照在她身上，好像电视里面美国警察叔叔逼供时候用来照射犯罪嫌疑人的灯光。

余周周并没有惊慌，台下爆炸一般的人声纷扰对她来说好像遥远得很，她只是站在那里，心底蒸腾起一种神秘的兴奋感。

世界一片漆黑，只有她。

只有她自己。

余周周竟然有种流泪的冲动，那一瞬间她理解了为什么星矢每次被打倒的时候，眼前都会不停地浮现朋友亲人雅典娜的脸，然后立刻站起来爆发小宇宙狠揍敌人反败为胜。她的确看见了，就在前方的黑暗里，她看到了公爵和三眼神童，还有西米克抱着圣水瓶，还有正在变身的小甜甜……

他们说，周周加油。

灯光切换过来，余周周重归现实中，眯起眼睛适应着亮度的转变。主持人重新上台对观众解释刚才发生的小故障，然后转过来安慰余周周，问她是不是需要更多的时间。

"不用了，我想好了。"她轻轻地说，台下的观众一下子安静下来，所有人的目光都聚焦到她身上。

"从前有一只叫作……奔奔的乡下小老鼠，它一直都觉得自己天生就应该是一个大明星，能在舞台上唱最好听的歌，让所有人都跟着它唱，它会是最了不起的人……呃，老鼠。

"可是奔奔的家里人一直不相信它，只有它最好的朋友一直鼓励它。它的朋友说，只有进城才有可能实现梦想。

"于是奔奔就离家远走，它在尾巴上系上了一只黄色的大气球。它告诉它的朋友，等到有一天，它能够站到最高的舞台上唱歌的时候，就会把这只大气球放到空中去，无论多远，它的朋友都一定能看得见这只黄色的气球。

"奔奔进到城里，跑到剧场。剧团的老板问奔奔会唱什么，奔奔站得直直的，认真地唱：'啊，老鼠！'

"老板说：'没有人喜欢老鼠，你应该唱，啊，猫！'

"奔奔说：'不，我永远都不会唱猫的，我最讨厌的就是猫。'

"老板说：'啊，猫！'

"奔奔说：'啊，老鼠！'

"他们吵起来，老板一脚就把奔奔踢出了剧场。它翻滚了好久，最后撞到墙上，尾巴上的气球'啪'的一声碎掉了。

"奔奔哭了很久，它不是因为老板不喜欢它的歌而难过，它是觉得，也许好朋友再也看不到那只气球了。"

余周周讲到这里，表情黯然，观众席上安静得仿佛一根针落地都能听得一清二楚。

"小朋友，时间到了。"主持人轻声提醒。

"可是我还没有讲完。"余周周平静地看着主持人，对着麦克风说。

台下突然爆发出一阵大笑，然后是热情的掌声。

余周周带着倔强的神情，看也不看观众席，只盯着剧场最遥远的后门，认真地继续着她的故事，讲着那只叫奔奔的小老鼠四处碰壁后终于被赏识的故事。

"上台演出的那天，老板问奔奔准备好了没有。奔奔说：'我还有一个请求。'

"老板说：'什么请求？'

"奔奔说：'请帮我买一只黄色的气球，然后在我唱歌的时候，把它放出去。我的朋友会看得见，它会知道，我已经实现了我的梦想。'"

余周周忽然又有种想哭的冲动，她不知道自己在众目睽睽之下抽什么风。

"谢谢，我的故事讲完了。"

她深深一鞠躬，带着她严重超时的故事退场。

背后留下了前所未有的掌声，久久不息。

14

幸福猝不及防

余周周回到后台的时候，沙发上只剩下后面的四个选手了。讲完故事的孩子们，无论得意的还是失意的，都回到了台下，待在爸爸妈妈身边等待着最终的结果。

42号走上台去，剩下的三个人都是少年组的选手，比余周周大几岁，看起来已经是少年的模样了。其中一个小姐姐朝余周周笑了笑，说："我们听见你的故事了，虽然超时了，不过很有趣。"

余周周有点儿脸红，刚才自己在台上仿佛一头拉不回来的牛，把主持人晾在一旁沉迷在自己的故事里，现在才有点儿反应过来自己究竟做了些什么。她用细不可闻的声音说："……谢谢……姐姐加油。"

台下没有余周周的亲人，所以她无处可去，就坐在沙发上等待比赛结束。刚刚台下的掌声让她非常激动，可是现在，一点点冷却下来，她有些忐忑。超时的结果会是什么，她并不知道，不过一定会对成绩影响很大。观众们也许会记得这个表现得很有个性的小姑娘，可是当比赛结束，台下黑压压的人群散去，她就什么都不是了，她得不到奖状，不能跟学校交差，那么就会跌回原点。

她总不能对大队辅导员解释，说自己其实表现得不错吧？

可是……还是很开心。值了。

她把身体陷进沙发里面，比赛之后，无论结果如何，那种身心放松的感觉都是非常好的，好到她都有些犯困，上下眼皮开始打架。依稀听到主持人说中场休息十分钟，计算比分之后公布最终结果。观众席上渐渐人声鼎沸，她却慢慢陷入了迷糊中。

"周周？"

她张开眼，看到陈桉正站在面前。

"你表现得真好。"

余周周慌忙站起来，想要谦虚几句，可是想了想，又觉得没必要，于是点点头："谢谢你。"

陈桉从幕布的缝隙看出去："你爸爸妈妈来了吗？"

"没。她……他们有事。"

"哦，不能看到你这么精彩的表现，真遗憾。"陈桉还是那个样子，说这种千篇一律的客套话，也让人觉得他无比真诚。

余周周忽然意识到，他们并不是普通的熟人，他们相识，就是因为陈桉的奶奶是妈妈的顾客。想到这一点，她突然低下头冒出一句："妈妈换工作了，她……她去贸易公司上班了。"

她依稀记得，贸易公司好像是很好的公司，什么东西一沾上"贸易"二字似乎都变得高档起来。

她说不清为什么突然说出这种话。为了她自己的虚荣，还是为了妈妈的面子，或者只是小孩子一种无意识地炫耀？然而这句没经大脑的话刚一出口，她就后悔了。

因为这只能把她原本并不怎么明显的自卑扩大。

她摇摇头，尴尬地笑，根本不敢抬头去看陈桉。突然感觉到一只温热的手覆在头上时，她的心才慢慢安定下来。

"嗯，那太好了，我姑姑也是贸易口的，工作很忙。"陈桉半蹲下来朝她微笑，"所以周周一定要听妈妈的话，不要让她操心。"

余周周很感激地抬头，他就这样化解了她的难堪，虽然是用对待不懂事小孩的方式。当然，跟他相比，她的确是个不懂事的小孩子。

"我知道了，我会听话的。"末了她还是加上一句，"谢谢你。"

"嗯，周周的故事讲得这么好，又这么懂礼貌，肯定不会让妈妈太辛苦的，我知道。"

他站起来，站在她背后把手放在她肩上："你爸爸妈妈没有来，那比赛结束后你怎么回家？"

"我告诉舅舅比赛大约是十二点半结束，到时候他会来少年宫正门口接我的。"

"那就好。别自己待在后台了，跟我去观众席吧。我刚才忘了说，我姑姑家的小表妹刚才跟我说，她认识你。"

"哦？"

"她叫单洁洁。"

"啊，是的，她是你妹妹？我认识她的。"

"嗯，我姑姑一家都在台下呢，一起过去吧，怎么样？"

余周周有些忐忑，她不知道心里满溢出来的感觉，其实叫作快乐，另一种比较隐蔽的快乐。

"好。"

她刚说完，就看到两个主持人拿着名单穿过空旷的后台走到麦克风前。

"请各位观众回到自己的座位上，我们即将为大家公布比赛得分和最终结果。"

余周周下意识地抓住了陈桉的手。她的小手冰凉，好像是在听到"最终结果"这四个字的时候瞬间冷却了一般。陈桉的手蛮大的，手心温暖干爽，他被余周周的手冰了一下，微微一抖，然后就张开手包住了她的手，再次半蹲下，在她身边说："别紧张，我预感结果会很好。"

"会吗？我超时了……"多傻的问题。她竟然有一点儿哭腔。

"好故事值得更多的时间。"陈桉认真地说。

余周周侧过头看着身边这个左脸颊带着不明显的小酒窝的少年，他的眼睛像雨后温润的大海，虽然她只在电视上看见过阳光灿烂的海岸。

所以请给我更多时间，余周周想，我会讲出更好的故事的，一定。

首先公布的是二十五名优秀奖——所有落选的选手都会得到的奖项，基本上没有意义。

然而，他们听到了育新小学单洁洁的名字。

余周周和陈桉对视一眼，什么都没说。

主持人念名字念得很慢，仿佛一刀刀地凌迟。三等奖十名，二等奖五名，一等奖三名。

余周周一直没有等到她的名字。

她慌乱地看了陈桉一眼，仿佛呼救。陈桉却笑了，笑得极开心，他握紧了余周周的手，从背后将她半搂在怀里，在她耳边轻声说："我说的没错吧？等着，魔法时刻来了。"

魔法时刻？

"最后我们要公布的是特等奖！"主持人笑容满面地说。

余周周仿佛看到了魔法时钟的秒针和分针轻轻相合。

"少年组，海城小学六年级，喻蕾。"

"儿童组，师范大学附属小学，余周周。"

余周周怔怔地站在原地，眼前的舞台上只有一片闪亮，幸福来得太急，毫无预兆。她忘记提起裙角优雅地行礼迎接，只能站在原地，看着翩然而至的幸福，结结巴巴地说："你……你怎么了？你……你真的是找我的吗？"

你真的是属于我的幸福吗？

台下热烈的掌声唤醒了她，躲在后台的余周周一遍遍地告诉自己，幕布外的掌声是给她的，可还是那么难以置信。

陈桉突然把她抱了起来，余周周惊呼一声，被他抱着在空中转了一大圈，她落地的时候才想起来微笑。

做梦一般，笑出两道弯弯的弧线，只是傻笑，仿佛舌头被猫叼走了一般，一个字也说不出来。

陈桉放下她的时候长出一口气，伸手扶住自己的腰，吐吐舌头："小丫头，你看着挺瘦的，怎么这么沉啊……"

他的脸上终于有了和他年龄相符的，属于少年的调皮。

1994 年 10 月 23 日，平淡无奇的数字组合。

可是余周周尝到了人生中前所未有的甜。

很多年以后她回头的时候，总是会笑着流泪。那样的甜蜜是会让人上瘾的，她从此欲罢不能。她可以生在尘埃里，也可以从尘埃中开出最美的花，然而，从此再也不能安然居于那一方小小的土地。之后无论遇到怎样的困境和苦涩，她都会从回忆中偷取一分甜支撑自己，挣扎着渡过难关。这分甜，像是取之不尽的力量宝藏，没有它，她就撑不过去。

她万分庆幸，却也从来没有想到过，如果不曾尝过这样的甜，之后的很多事情，也不会显得那么苦。

"一会儿就要颁奖了，主持人刚才说让所有参赛选手都到后台集合。我得回观众席了，我得去安慰安慰我家的那个小表妹。"

余周周有些黯然，想起单洁洁，她不知道应该说什么。胜利者的安慰比旁观者的挖苦更让人难以忍受。她虽然没有想太多，但是她记得当初余婷婷和徐艳艳得意的眼神对自己的伤害，所以她知道，现在最好不要出现在单洁洁身边。

"你……帮我告诉她……我……"余周周结巴了半天，脸都红了也没说出个所以然。陈桉又揉乱了她的头发，温柔地说："我明白，放心吧。"

他明白，多好。

"陈桉！"

在他转身离开的时候，她突然大声地喊他。少年转过身，嘴角微扬，不知道在笑什么。

她盯着自己的脚尖，想了一会儿，才抬起头："陈桉，你是……你会拉小提琴吗？"

他先是扬了扬眉毛，然后反应过来："对了，你刚才在外面看到我拎着小提琴，对吧？嗯，我从小学小提琴，现在是少年宫学生乐团的成员。"

"每个星期天都来少年宫排练吗？"

"对啊，怎么？"

"没怎么。"余周周摇摇头。陈桉没有动，他们傻站了一会儿，她忽然笑了一下，说："再见。"

"再见，丫头。"陈桉笑笑，快步跑出了后台的通道口。

余周周站在原地等待了一会儿，后台陆陆续续有选手进来。大家开始在工作人员的指挥下排队分组，等待上台领奖。余周周透过幕布，看到下面很多家长已经拿着相机拥挤到舞台下方，随时准备给自己家的宝贝拍下最值得纪念的一刻。

她忽然听见背后传来有点儿熟悉的声音。

"我的祖宗啊，这么半天没回来，我还以为你走丢了呢。你没找到周周吗？怎么还在这儿站着？"

余周周跑出人群，先看到的是林杨妈妈。她微弓着身子，脸上有些着急的表情。再往前走几步，探头，才看到躲在一大堆射灯椅子箱子侧面阴影中的林杨，他背着手，脸上的表情远远没有平常那么丰富生动。

"林杨？"

林杨妈妈笑着转过身："是周周啊，可算找到你了。恭喜你啊，表现得真好。我们太为你高兴了！"

余周周礼貌地点头说："是阿姨帮我写的故事底稿啊。真的谢谢阿姨了。"

林杨仍然低着头不说话，也不看她。

林杨妈妈对自家儿子的别扭浑然不觉，她半蹲下身子对周周笑着说："我家小祖宗从前天开始就闹腾着让我们带他来少年宫看比赛，他说你告诉他有熟人你就紧张，所以连你爸爸妈妈也不会来看比赛，他也就不敢告诉你，我们是带着他偷偷过来的。刚才公布名单前他就说要到后台来找你，说要是你落选了，他就假装没来过偷偷跟我们回家，要是你得奖了，他就能第一个祝贺你。呵呵，结果这个笨小子，半天也没回去。我以为他走丢了，赶紧过来找，发现他根本没找到你。"

林杨妈妈的一大通话让余周周愣了几秒钟，然后迅速在心底蔓延出感动。

原来台下是有在乎她的人的，甚至在乎到了因为怕她紧张而装作不存在的地步。

"谢谢你，林杨。"余周周笑着，主动伸手拉他的胳膊。

可他背着手，抬起头的时候，脸上却有一丝忧伤。

"你怎么了？"她轻声问。

林杨妈妈拍了拍儿子的头："你中场休息时候拉着你爸爸出门买的东西呢？还不快拿出来？今天怎么这么木头啊，刚才在台下还挺活跃的。"

林杨这才把背后的胳膊抽出来。

竟然是一只氢气球，圆圆的，鲜红色的氢气球。

林杨勉强微笑了一下："对不起，只有红色的了。"

15

你和他们有什么区别

余周周几乎是朝气球扑了过去。

或者从林杨的角度来看，是朝他扑了过来。

"谢谢！"她抱着气球，笑容灿烂，眼睛眯得让林杨怀疑她还能不能看清自己。刚才有些莫名郁结的心情渐渐阴转晴，他咧嘴笑起来，然后突然收起，连忙调整了一下面部表情，把手插在裤兜里，耍酷地冷着脸撇嘴。

"喊，至于吗？"

余周周认真点头："至于。"

在想要微笑的时候保持满不在乎的样子实在很艰难，所以林杨拽拽妈妈的袖子，说："妈妈，我饿了，中午我们和周周一起吃饭吧。"

林杨妈妈在一旁观察着自家儿子丰富细微的面部表情变化，终于忍不住扑哧笑起来："周周，你爸爸妈妈没来看你的比赛，那你中午怎么办，自己回家吗？这附近这么多车，多危险啊。跟我们一起去吃饭，然后让林杨爸爸开车送你回家吧，反正咱们顺路，对吧？"说着低头看了一眼她家那个扯谎说要自主自立独自回家的小祖宗，"怎么样，周周？"

余周周还没来得及回答，那边老师就大声喊："师大附小的余周周？余周周？过来排队！"

"先过去吧，一会儿再说。"林杨妈妈拉拉她的小辫子，帮她顺了顺额前的刘海儿。

"林杨，你先帮我拿着气球—— 一会儿要还给我哟！"

"知道了，真啰唆。"林杨一脸不耐烦地嘟囔着接过气球，却在余周周转身离开的一刹那，低头绽放出一脸傻兮兮的笑。

林杨和爸爸妈妈一起挤到舞台附近。在音乐声中，获优秀奖的选手开始依次上台，从评委和颁奖嘉宾手里接过证书和奖品，然后台下一片闪光灯。许多家长都对着自己家的小孩子喊："把证书举起来，对，往左边一点儿，看这里，笑。"

林杨忽然很担心，一会儿余周周怎么办？

没有人会朝她喊："看这里，笑！"

他的神情有些黯然，突然感觉到爸爸的手放在了自己的肩膀上。林杨侧过脸仰起头，才发现爸爸从包里掏出了一台傻瓜相机。

"爸爸，你带了相机？"他兴奋地大叫。

"对啊，这种场合怎么能不照相留念呢？傻儿子，光叫着要来看比赛，都不知道做点儿准备。唉。"

林杨父母相视一笑，然而林杨的妈妈笑着笑着，眉间就浮上了一丝疑惑和隐忧。她抬头去看台上，无论最终结果如何，今天所有的孩子都抱着证书笑得很灿烂，看着某个方向等待自己的爸爸妈妈按下快门。但是那个余周周，会不会孤零零地抱着奖状和奖杯，像她讲故事的时候一样，目光缥缈地盯着远离人群的某一点？

一个见到自己之后，会就自己帮忙写稿的事而礼貌答谢的、才七岁的小孩子。在外人面前，林杨自然也是很大方有礼貌的孩子，但是这种事情，肯定也需要自己在背后提点一句，才会想起来致谢。而余周周，在第一眼看见自己的时候，毫不惊诧，落落大方。

怎么看都不可能是自己猜测的那种不正经的人家的孩子。

但是，也太正经了吧？

林杨妈妈长叹一口气，她刚刚结束了胡思乱想，就听到主持人说："让我们再次用掌声祝贺获得一等奖的选手！"

噼里啪啦的掌声响起来，主持人再次笑容满面地引导着最后的两名特等奖得奖者走到舞台上。余周周安然地站在那里，脸上带着微笑，一种小孩子脸上不应该出现的矜持笑容，并不是很灿烂，至少远不如刚才在后台抱着气球那么灿烂。

从余周周接过一位老爷爷手里的大奖杯的那一刻开始，林杨的爸爸就一直在按动着快门。围观的其他家长也对她颇有好感，所以一时闪光灯大作，丝毫不比刚才逊色。林杨妈妈低头看到自己儿子笑得比得奖的余周周还灿烂，一排小白牙在闪光灯下荧荧发光。

林杨在回头的时候，不经意地看到了刚才在后台和余周周说话的少年。他也拿着相机，按动着快门，被相机遮住了大半侧脸，但是能看到他嘴角微微上翘的弧线。

林杨刚才被余周周的笑容浇灭的小火苗再次燎原，他突然大叫起来："爸，快，使劲照！"

林杨爸爸哭笑不得："傻儿子，按快门还能使多大劲？"

总之……总之……林杨在心里总了半天也没说出个所以然，只能再次扭头去看那个比自己高出许多的少年——他居然还背着小提琴，我林杨还会弹钢琴呢！

小豆丁林杨从来没有仔细思考过自己心里乱七八糟的怒火究竟来自哪里，竟然让他变得像一只炸了毛的折耳猫。也许只是小孩子的独占欲，也许是少年身上的气质让他有隐隐的自卑……

也许是因为余周周叫他陈桉。不是陈桉哥哥，是陈桉。

再多的也许，都没有意义，最终只爆发成了一句："余周周，看这里，把证书举起来，笑！"

周围有许多家长善意地笑了起来，林杨父母被儿子煞到了，愣了两秒钟就哭笑不得地捂住了自己儿子的嘴巴。台上的余周周终于不再挂着一脸做梦般的浅笑，她看过来，投给了林杨一个"我鄙视你"的眼神。

然后，余周周真的举起了证书，看着林杨爸爸的镜头，笑眼眯眯，嘴角上扬，灿烂得仿佛两弯新月照耀着三千桃花，灼灼其华。

余周周婉拒了林杨妈妈提出的一起吃饭的邀请，她把大奖杯和证书，还有那一大盒康华药业提供的补钙营养口服液一起装进了工作人员给她的大口袋里面，用右手拎着，左手牵着那只鲜红的气球，然后跟着等在少年宫正门口的大舅一起走了。

转身挥别林杨一家，余周周低头看着自己的鞋子，一步一步慢慢地走，好像每走一步，脚下就能开出一朵花。

回家后，她把红气球小心地挂在窗子的插销上，小心地抚摸了两下。氢气球一跳一跳的，连着那根细线，仿佛一只尾巴长长的小老鼠。余周周坐在床上，安静地回味着刚才领奖时候的闪光灯、人们的掌声，还有给自己颁奖的那位谷爷爷终于绽开了一脸温和的笑容，把奖状和奖杯递到她手上，轻轻地拍着她的头说："加油，胡编乱造的小姑娘。"

她一遍遍地在脑海中回放着这一幕，心底酸甜。

周一早上去学校的时候，同学们对待她的态度并没有什么明显的变化，只是余周周自己知道，她已经不再是一滴面目模糊的水。

升旗仪式结束前，值周生总结了上一星期的纪律卫生评比情况，然后，主任宣布了两件事：

第一件是，一年级学生的校服已经运到了，各班中午派人去二楼后勤领取。

第二件是，祝贺余周周小朋友获得全省"故事大王"称号。

周围霎时投射过来的目光让余周周手脚都不知道往哪里放比较好。

手足无措，甜蜜得手足无措。

她看到林杨灿烂的笑容，于是抬头回了他一个笑容。

然后她听见站在自己身后的徐艳艳声音不大不小地说："我看见了。"

余周周一愣，不觉忘记了规定，回过头去问："什么？"

徐艳艳面无表情："你妈妈，给老师送礼。我看见了。所以于老师才让你带领大家读课文的。"

"你胡说。"

"嘁，回家问你妈去。"

余周周转过头，这段淹没在掌声中的对话让她蒙住了。

送礼——被表扬——读课文——得到讲故事的机会……

她以为一切都是她自己努力得来的。她以为是上帝吹了一口气送她站上了最高的舞台。

其实，送她上青云的，根本不是自然风。

余周周茫然地看着林杨的笑脸，脑海中一片空白。

16

子非鱼

"余周周，你妈妈给老师送礼了。"

这句话就像一根针，把身边好不容易聚集起来的粉红泡泡一个个地戳破。

其实，她也曾听到过同学们的议论，关于背景，关于送礼。

小孩子们神神秘秘地表示着自己的鄙视和不屑，却又会在回到家之后央求自己的爸爸妈妈也去付出点儿努力，像别的家长一样常常去跟老师"沟通沟通""搞好关系"，于是每天来学校跟老师交流子女教育问题和在校表现的家长越来越多。余周周对这一现象只有一点儿朦朦胧胧的印象，她知道这种潜在关系的存在，然而从来没有想过去央求妈妈为此做点儿什么。

甚至在不久前当余周周还是沉在水底独自摆尾的小鱼的时候，她也本能似的培养出了阿Q精神胜利法。每每遇到老师无视她在做眼保健操或者大扫除中付出的努力，她就会对自己说，老师表扬那些看起来并没有什么出色表现的同学，都是因为他们的家长给老师送礼了。

也许只是因为，这样想会让她心里不再那么难过。

她虽然不曾像徐艳艳一样一脸厌恶地跑到别人面前说"老师表扬你都是因为你家长走后门"，然而，她沉默，她貌似清高孤独地游离在人群外，并不代表她从来不曾这样腹诽过。

只是这一刻，一切都掉转了过来。

余周周在大脑空白的时候，是有些恨徐艳艳的。

不论对方说的是真是假。即使徐艳艳说的都是真的，她也还是怨恨。

就因为，她在余周周好不容易得来的甜蜜的美登高冰激凌上，狠狠地淋了一大勺酱油。只留下余周周一个人看着冰激凌的盒子，动弹不得，难以取舍。

走了味的甜。

余周周在星期天那天带领着兔子公爵他们狂欢之后，还曾经畅想着老师会怎样表扬自己，同学们会怎样祝贺自己，甚至一路联想到了自己走在学校里面的时候再也不会觉得自己像个怯生生的客人。现在她是主人，她可以和小燕子他们一样充满主人翁意识地在教室和老师的办公室之间穿梭往来，说不定，老师还有可能让她当班干……

她趴在小床上，脑海中翻滚着各种各样俗之又俗却温暖实在的美梦。

现在，只剩下一股刺鼻的怪味道而已。

第一节语文课上，于老师用了整整十五分钟来表扬余周周。大家钦羡的目光像是海浪，几乎将她淹没。她梦寐以求的时刻终于来临了，却恍然不知其味。

余周周做了学习委员。由于小燕子升任中队长，徐艳艳升任班长，原来的学习委员升任副班长，留下的空缺刚好由余周周补了上来。

一个拼音从来没有考过 100 分的学习委员，不过，谁在乎呢？

她从于老师手中接过崭新的白底红标的两道杠，罪恶感滔天，羞耻心泛滥，面对大家的羡慕眼神和于老师慈爱欣赏的目光，她只觉得脸上像火烧一样窘迫。

徐艳艳并没有将此事四处散播，归根结底，她知道于老师听到了一定会生气。小孩子的逻辑总是多重标准，真正应该受到谴责的受贿者，在他们心里却纯洁无瑕，所以于老师没有错。为什么没有错？总之没有错。

老师怎么会错呢？

公平需要一百个人的努力，而破坏它，只要一个就够了。余周周不是第一个，也不会是最后一个。

很多人都做着自己曾经声称鄙视不屑的事情，并对得到的利益心安理得。

然而他们都不是余周周。

他们不会在李晓智真心笑着说"余周周你真厉害"的时候，心虚地低下头。

放学路上，林杨一个劲地问余周周今天都做了什么。林杨喜欢她在舞台灯光下笑得自信飞扬的样子，那样的余周周，实在是……很美。

对于她的得奖，他比她还高兴。当升旗仪式上所有人都看向这个小姑娘的时候，林杨很骄傲，因为当初谁都没有注意到她的时候，只有他和她在一起。

那种感觉实在太美好。

所以他一个劲地问余周周今天过得开不开心。虽然他知道她肯定不会像凌翔茜或者余婷婷那样高兴地在自己面前炫耀，可是讲起发生的好事情，余周周的眼睛里面还是会有神采的，就像在舞台上一样，带着自信的神采。

他想看到那种光芒。

意外的是，一丝都没有。

林杨终于停下自顾自的询问，看向她："周周，你怎么了？"

余周周走路的时候只盯着自己的脚，双手抓着书包肩带，额前的碎发随着步伐一晃一晃地扫过清秀的眉眼。

"你倒是说话啊！"

"林杨……"周周仰起头，嘴唇动了动，然后又低下头去。

"是不是谁欺负你了？肯定是有人妒忌，对吧?!"林杨的声音拔高，余周周慌忙拉住他的袖子，示意他不要乱说。

"没有，大家都很为我高兴。"

"那你怎么了？"

迄今为止，余周周从不曾对林杨说起过她心里的困惑和难过，不知道为什么，她就是觉得林杨肯定听不懂，而且说不定他还会为了安慰她而不懂装懂，那就太可怕了。

"没怎么。"

林杨差点儿就学着电视里面的大侠仰天长啸了——虽然他想喊的内容和大侠不大一样。

女人啊女人！

七岁的林杨心里第一次冒出了这样一种咬牙切齿的想法。

"你不说，我就一直问，我烦死你！"林杨朝余周周龇牙咧嘴。

余周周愕然，可是林杨好像笃定一般，执拗地望着她，无论她抛给他多么鄙视的眼神，他就是一遍一遍地问："你为什么不开心？"

余周周终于败下阵来，她苦着脸说："林杨，我求你了，我说，我都说。"

"有人对我说，我能拿到比赛的机会，是因为走了后门。"

余周周的意思是，如果没有送礼，就不会有领读课文的差事和一系列表扬鼓励，老师也不会在那个时候想起她并推荐她参加比赛，她也不会有现在的辉煌。这一复杂的推理过程都被她省略了，直接导出了一个简单的结果。然而余周周光顾着低头窘迫，并没有意识到这样一句话对于林杨的含义是什么，也没有看到林杨瞬间变色的脸。

"……胡扯！"林杨毫无底气地喊了一句，然后用愧疚心虚的眼神偷看余周周——原来是自己的退让才让她被人嚼舌头的，果然是他的错。

余周周叹了一口气："我不知道，万一是真的呢。"

"周周，"林杨急急地说，"你能得第一，是因为你故事讲得好。这个机会就算是给了我，我也肯定拿不到奖，所以他们都是妒忌，你千万别……"

果然，他听不懂。余周周摇摇头："我是说，如果是真的，怎么办？"

林杨愣住了。

他不明白为什么余周周会在这件事情上这么在意，这么想不开。林杨已经习惯了很多机会和好处从天而降，从来不去问为什么。爸爸妈妈的身份让他对于走关系和送礼司空见惯。音乐会的门票，最新款的变形金刚模型……甚至连小张老师为什么对他和凌翔茜、蒋川三个人格外关照，林杨也能猜到是自己的爸爸妈妈在其中起了作用。这有什么不对吗？

但是现在，她说，这样不对。

林杨第一次认真地思考着一个问题，却想不清。

良久，他才鼓起勇气，慢慢地说："周周，即使那样，也不是你的错。"

"哦？"

"如果你浪费了这个机会，没有全……全……"他也尝试了一个不大熟悉的成语，"没有全力以赴的话，那才是你的错。这个机会怎么来的不重要。我是说，如果你不知情，那就别在事后责怪自己。"

林杨眼神坚定地看着她。

余周周的神情不再那么忧伤，虽然还是有些迷惑，不过显然他的话起了一定作用。

"但是，我得到这个机会的时候，可能原本应该得到这个机会的人，却失去了它。"

如果她妈妈没有送礼，那么这个机会本该是谁的呢？余周周虽然没有想得很明白，但是她潜意识里觉得，她在冥冥中无意间夺走了别人的东西，而那个人却不知道。

林杨轻松起来，他笑了："啊，这个你不用担心，我不在乎。"

"什么你不在乎？"

林杨大窘，赶紧结结巴巴地说："我是说，这个机会就算给别人，他也肯定没你做得好。"

"你怎么知道？你又不是那个别人。"

"你又不是我，你怎么知道我不是那个别人？"

他们无意间重复了几千年前庄子和惠子的对话。余周周没想到林杨突然伶牙俐齿起来，她被噎住了，想了半天也不知道该怎么反驳。

最后她只能慢慢地说："当初我是班里的差生的时候，他们也不知道有一天我会得奖。所以，林杨，你也不会知道在那些差生里面，是不是会有第二个余周周。"

林杨皱着眉头打断她："别人抢你的机会，你再抢回来就对了。至于第二个余周周，这种不一定的事情，你还操什么心？"

余周周郁闷地看着林杨——今天这个家伙格外神勇，几次把她噎得哑口无言。

林杨仍然没有住口的意思："而且，余周周的话，一个就够了。"

成功化解了危机的林杨高兴得不得了："所以你现在是不是开心点儿了？"

余周周看着他像讨赏的小癞皮狗一样的笑容，无奈地苦笑着点头："开心多了。"

林杨大笑起来，他刚朝余周周的方向贴近一点儿，余周周就猛地往旁边一闪。

"你躲什么？"

"我……我以为……"余周周有点儿结巴，"我以为你又要，又要亲我。"

林杨瞬间窘得满脸通红。

"谁要亲你?!"

满大街都回荡着林杨的喊声。

余周周终于笑了出来，今天第一次，彻彻底底毫无负担地笑了起来。

林杨看着一脸明媚的余周周，满心的成就感让他膨胀得想飞。

"周周，我们会是永远的朋友吧?"

"当然，"余周周斟酌了一下，终于像对奔奔一样认真地承诺，"我们永远不分开。"

林杨的笑容就像傍晚升起的朝阳。

然而他们谁也没想到，"永远不分开"的两个人下一次并肩回家，已经是五年后的事情了。

"永远"就像一个咒语，"永远在一起""永远爱你""永远是好朋友""永远相信你"……

这样的咒语，专门用来召唤"分离""变心""背叛""怀疑"。

所以，永远不要说永远。

17

照妖镜

那天吃晚饭的时候，林杨格外兴奋，不住嘴地讲着学校发生的事情。当然，关键词一直都是：余周周。

"爸爸，照片洗出来没有啊?"

"哪能那么快啊，"林杨爸爸给他夹了一块秋刀鱼，"估计周五吧，你小刘叔叔最近忙着呢。我突然想起来，当时让周周抱着奖杯和你一起照一张照片留念就好了。"

林杨把米饭咽下去，眨眨眼睛，好像是有点儿遗憾。

不过，他很快就摆脱了懊恼："没关系啊，有的是机会，以后再照。"

林杨爸爸笑了，用左手摸摸儿子的头发，抬头却发现妻子一直低头盛汤，一言不发。

等到林杨跑进客厅去看《三眼神童》的时候，林杨爸爸才捧着一杯茉莉花茶踱进厨房，看着正在刷碗的妻子问："爱兰，怎么了？"

林杨妈妈神色复杂地放下手中的百洁布，把最后一个盘子插进碗柜，叹口气："我正打算一会儿林杨睡了再跟你说呢。"

"他在学校淘气了？"

林杨妈妈摇摇头，直截了当地进入主题："你猜那个余周周是谁？"

"谁？你到底还是跑到学校从老师那里打听了？说不定老师还会以为你家儿子现在就早恋呢。"林杨爸爸轻轻地笑。

"要是从小张老师那儿知道的就好了。你猜，今天谁去我们处了？"

"你们女人就这么喜欢把事情一半一半地说？"

"我那是怕我一口气都说了，你接受不了！"林杨妈妈阴沉着的脸终于有了一丝笑意，她白了丈夫一眼，长叹一口气，"今天周书记的那位儿媳了。她来省委办事，不知道哪根筋搭错了就溜达到我这儿来了。"

林杨爸爸安抚地拍拍妻子的肩，忍着笑："那真是辛苦你了。她又说什么了？"

"她家儿子明年不就入学了吗？估计也是闲得没事，听说林杨、蒋川还有茜茜都在师大附小，就来打听学校的情况。本来也没话可说，东拉西扯半天她也不走。"

"别有所图吧？"

"可不是吗？她说着说着我就明白是怎么回事了，你猜她问我什么？她问我，咱儿子班里有没有一个叫余周周的。"

林杨妈妈满意地看到丈夫的脸上终于有了兴致和疑问。

"为什么问这个？"

"你忘了周局当年结婚前的荒唐事了？当年那个姑娘把孩子生下来了。我以前听说的才玄乎呢，说这孩子出生的那天正好是周局结婚办喜酒的那天，当然这肯定都是胡扯。后来周书记上台，这些私底下的传言就都压下来了。"

林杨爸爸许久没说话，皱着眉头盯着洗碗机看了许久才开口，语气中有一丝火气："既然当年都压下来了她还跟你提？嫌事不够大是吧，她吃错药了吧？"

"谁知道，周少奶奶一直精神不大正常。"林杨妈妈解下围裙，"我甚至都怀疑，这个余周周能上师大附小，说不定也是周局在背后运作的，让他老婆知道了，两个人大吵一架后，她就跑我这儿来打听情报了。总之我假装我不认识。"

林杨妈妈说到这里，朝客厅看了一眼，放低声音："总之，告诉林杨以后跟余周周少来往。我倒不是真的在乎她是不是单亲……我就是不想跟他们两家扯上关系，让那个少奶奶知道了还不一定怎么想呢，说不定以为咱们是故意给她上眼药呢。"

林杨爸爸扬起眉毛，好像想说什么，停顿了一会儿，却只是说："你儿子肯定不会听话的。"

"不听话就管，怎么能惯着他胡来？不告诉他也行，反正本来也不该让他知道这些乱七八糟的。从明天开始咱们接他回家，平时就叮嘱小张老师多看着他点儿，不让他下课乱跑，反正跟那小姑娘也不是一个班级的，要断还不容易？"

妻子说得头头是道，于是他只能苦笑着说："就这么办吧。"

林杨妈妈语气终于还是软下来："说真的，多好的小孩，怎么会是这么一个背景？我倒是挺喜欢这小丫头的，结果现在叫好，想可怜她一下都不敢了。"

林杨爸爸低头无声地笑了，同情心这种东西，就是在能够保全自身的情况下才会有的消遣。

只是可惜了，多好的两个孩子。他把感慨就着茶水咽进了肚子里。

"他们还这么小，少了个小伙伴就像得了场感冒，即使不吃药不打针，一个星期也就痊愈了。"他安慰着有些自责的妻子，"没什么大不了的。"

客厅里又传出林杨的大笑声，不知道是不是因为三眼神童写乐小朋友又开始调戏他的小姐姐了。

余周周回到家，放下书包跑去跟外婆打招呼，却跟余婷婷在客厅面对面撞上了。

她下意识地侧过身，让戴着两道杠的左胳膊藏于身侧。她不知道为什么担心自己会刺激到这个小表姐，尽管平时对方没少用小红花和两道杠刺激她。

外婆的房间是关着门的，她敲了敲，推开，发现妈妈竟然已经下班了，她正和外婆说着什么。

"周周回来了？"外婆把目光从妈妈脸上转移到门口，笑着问。

"嗯。"

"外婆挂水结束咱们就吃饭。我跟外婆有些话要说，周周先去做作业吧。"妈妈站起来检查了一下铁架上的输液瓶。外婆最近身体又有些虚弱，刚结束不久的输液又开始了。

"好，"余周周刚转身要离开，突然又转回头，指着自己左臂上崭新的两道杠，"妈妈，谢谢你。"

妈妈和外婆的神情很复杂，既有对她莫名道谢的惊诧，也有看到周周的两道杠之后的喜悦。妈妈终于眨眨眼睛："你知道了？你们老师跟你说什么了？"

余周周摇头："什么都没说。谢谢妈妈。"

妈妈浅笑："妈妈为了你做任何事情都是应该的，谢什么，像个小大人似的。"

她还是摇头："一定要谢谢妈妈的……"重点在后半句，"但是，以后不用这样了。"

妈妈的笑容停滞了一下，然后了然。

"周周，你不懂。"

你不懂，求来的宠爱和关注永远不会是一锤子买卖，它就像张大嘴巴的怪兽，它永远不满足，它永远那么饥饿。

余周周的妈妈并没打算教给她这些乌七八糟的理论，她只是下决心，以后再给那位于老师带进口化妆品的时候，一定要嘱咐她别让孩子知道这件事。

最美好的幸福就是一无所知。她之前没有能力让女儿获得这种单纯的快乐生活，但是现在，她绝不放弃努力。

余周周执拗地看着她，于是她只能点头："好，妈妈以后不这样做了。周周凭自己的努力已经能做得很好了，对吧？"

小丫头终于咧嘴笑了，朝妈妈眨眨眼睛，关上门跑远了。

余周周的妈妈收敛起脸上的笑容，转头看向自己的母亲。

外婆缓缓地叹气："你真的决定了？还是先让我见见他吧。"

那天晚饭的时候，余周周从余乔手里抢到了一盘任天堂的红白机游戏卡带，六十四合一，大部分都是她没有玩过的。

上次林杨好像说过家里面只有两盘卡带，翻来覆去那几个游戏玩着很不爽。

那就借给他吧，余周周想着，抱紧了卡带死活不撒手。

"你不能白抢吧？要不你拿那个奖杯跟我换吧。"

余周周愣了一下，从书柜上抽出一本已经被她翻烂了的《格林童话》："拿这个换行不行？"

"你耍我啊？你这个堕落的家伙！"余乔假装生气地跳起来，颤抖着指向余周周，"太堕落了，太堕落了，你居然戴了两道杠，还得了奖。这也就算了，我就当瞎了眼，培养了一个错误的接班人，现在你居然骑到我头上来了！余周周，我今天不清理门户是不行了！"

话还没说完，他的后脑勺就挨了大舅一记重拳。

"周周，那盘带你先玩吧，你余乔哥哥一天到晚不好好学习，你就是还给他，我也得没收。"

余周周笑得阴森森的："所以乔哥哥你得谢谢我，我帮你保管。"

十四岁的余乔在这样一个秋天的晚上，深刻领会了白眼狼的含义。

周二晚上放学，余周周左手拎着饭兜，右手捏着那盘卡带站在校门口等林杨。然而她等到的是那个常常和林杨一起玩的矮小的男孩，她记得他叫蒋川。

蒋川是一个看起来永远擦不干净鼻涕的男孩，每说几句话，就会吸吸鼻子。

"林杨怎么了？今天他没上学吗？"

"他被他爸妈接走了啊。"

那为什么不告诉我一声？余周周没有问，她放学前一直满心欢喜地等待着把这盘带子给林杨的那一刻，想象着他会不会很开心地跳起来，还是像以前一样别别扭扭的，明明想要，却偏装出"没什么大不了"的样子……

也许太期待，所以有些失落。不过也许是有急事呢。余周周这样想着，朝蒋川笑笑："谢谢你来告诉我，那就再见吧。"

"我爸妈也说让我离你远点儿。"

余周周站住，转过身："你说什么？我本来就不认识你啊。"

虽然她不知道蒋川为什么说这样一句话，但是不管原因是什么，这句话已经让她有点儿炸锅了。

"反正我爸妈说让我离你远点儿。"蒋川比余周周他们小一岁，在这样的儿童期，一岁的差距也非常明显，所以蒋川看起来总是钝钝的，好像格外笨。

所以也格外坦诚。

"你怎么在这儿啊，我不是让你站到第三根柱子那儿等我吗？别老是乱跑好不好？你可吓死我了！"蒋川妈妈跑过来，一脸的焦急。

余周周几乎是撒腿就跑，仿佛蒋川妈妈是举着照妖镜来追杀她的一样。她大脑空白，下意识跑了很远，才停下来。

我为什么要跑？我又不是妖怪！

余周周茫然地站在十字路口上，只能听见胸腔里面怦怦的心跳声。

这种事情，不是第一次了吧？

其实……她一直知道自己是妖怪的。

从小就知道。

手里的红白机卡带上面有张贴纸，冒险岛的小主角只穿着小短裤，朝她无辜地笑。

18

你的格林，我的童话

我爸爸妈妈不让我跟你玩了。

我爸爸妈妈告诉我离你远点儿。

在余周周遇见奔奔之前，在她家还没有动迁之前，在她记忆还很模糊的幼年，这两句话并不是很陌生。孩子是大人的折射，他们学着大人的样子，用远离瘟疫的方式来凸显自己的洁白，过后还要抚胸长叹，一副劫后余生的后怕和庆幸。

这两句话，和动迁时候，站在一旁围观拼命扑灭火苗抢救木料的妈妈的那群邻居的笑容一起印刻在了余周周的脑海中。彼时她只有恐惧的感觉，出于本能，但是因为懵懂而并不怎么疼痛。然而随着成长，她越来越懂事，每每翻找过往的回忆，这些慢性毒药一般的伤害就会越发显示出它的厉害。

懂事。懂得当初上帝用懵懂来帮你屏蔽了的伤心事。

如果说以前的疼痛是因为有人拿刀划伤了她，那么现在的疼痛则是因为，她知道了那些人为什么伤她。

为了一些与她无关，她却一生也不可能摆脱的荒谬理由。

余周周独自蹲在马路边，哭不出来。她很用力很用力地挤了半天，眼泪也抛弃了她。

她并没有感觉到很愤怒，也没有感觉到很委屈，她只是视野一片空白地蹲在那里，什么都没想。以前，奔奔家的邻居是个因为工伤而失去右手食指和拇指的残疾叔叔，叔叔人很善良，小朋友们有时候会去他家后院捡小木板和刨花玩。余周周曾经问过他，断手的时候疼不疼。叔叔说，机器唰地切过来，他还没反应过来呢，手指就掉下来了。碴口是白的，甚至都没流血。

"他骗人。"丹丹小声说，"为了显示他不怕疼，逞能胡说的。"

叔叔听见了，只是笑，然后告诉她："只是太突然了，连神经都没反应过来。等它反应过来了，那才疼呢，流了好多血，疼得我差点儿昏过去。"

余周周从空白中惊醒，她下意识地抬起头去看夕阳，发现太阳早就不知道在什么时候隐匿了踪迹，天空像是被蓝黑钢笔水浸透了一样，只有边缘处还隐约泛着粉红。

回家吧，天都黑了。

她面无表情地站起身，拎起脚边的小饭兜，把卡带装进去，然后镇定自若地走回了家。晚饭的时候继续和余乔哥哥抢青椒炒肉里面的肉丝，然后把新生字抄了十遍——于老师今天刚刚表扬过她和另外三个小同学，说他们的字写得工整。和余乔一起看完了动画片，她回到了自己和妈妈的小屋。余乔紧随其后，再次索要那盘红白机卡带，余周周也再次从书柜上抽出一本《格林童话》跟他对峙。

"你能不能换一本？幼稚不幼稚？"余乔痛心疾首地扯过《格林童话》，"我一风华正茂玉树临风前途无量初具规模的美男，就非得看《格林童话》？"

余乔一大串修饰定语余周周通通听不懂，她执着地说："这书多好啊。"

"哪儿好？'从此他们幸福地生活在了一起'……骗鬼啊？《格林童话》充分证明了，婚姻是爱情的坟墓，爱情是童话的末路……"

余周周听得满头雾水，她一脸懵懂地看着余乔……被大舅拎着耳朵拖出了客厅。

真的有那么无聊吗？

比如出身贫寒的小姑娘，有一副出色的嗓子，她站在路边一边卖花一边唱歌，吸引了过路的王子，王子不顾众人的反对迎娶了小姑娘，他们从此一起过着幸福的生活……

余周周抱紧了书，闭紧了眼睛，用最大的努力去畅想自己是那个贫寒的小姑娘。

她旋转，跳跃，提起空气做的裙摆笑容满面地白送了穷苦小孩一枝玫瑰花，让他回家送给病弱的母亲。多么善良的小姑娘啊！余周周矜持地微笑着，面对着众人的赞扬和欣赏，然后不经意地抬眼，看到一匹白马停在眼前……

然后她突然感觉灯光很刺眼。

好像还是第一次，她的幻想被这种莫名其妙的原因打断。

余周周慌了，她从头开始，再次旋转，想象着自己裙摆摇曳——摇曳不起来，那就拽过毛巾被在腰间围上，然后继续转圈。很好，这一次脚踝感觉到裙摆的摇曳，她重新找到了卖花姑娘的感觉，然后她唱歌、跳舞，拇指和食指轻轻拈着一根铅笔，然后尖叫一声——该死，被玫瑰花的刺给刺到了呢。她正要低头吮干血珠，突然看到一匹白马停在身边。

余周周抬起头……

灯光好像更刺眼了。

余周周脸色苍白，她知道问题出在哪儿了。

蒋川妈妈的照妖镜，好像摄走了她的魔法。

余周周那根反应迟钝的神经，此刻终于觉醒，尖锐的疼和汩汩的血让她知道，原来，是真的伤到了。

她把《格林童话》插回书架上。

周四的下午，一班与七班同堂体活课。

操场上没有林杨。

余周周和四五个小朋友一起玩"两面城"，她今天奔跑得格外欢——其实人的身体和心灵结合得比想象中紧密，所有心里郁结的情绪，都可以通过流汗的方式排解出去。年幼的余周周并不懂得很多道理和技巧，但是她有自卫的本能。

快到下课的时候，余周周终于听到了那熟悉的声音：

"余周周！"

那一刻余周周是很开心的。她知道自己终归还是很期待的，虽然假装着和平时没什么两样。她不知道为什么对自己也要假装天下太平。

高兴就是高兴，不高兴就是不高兴，想笑就笑，想哭就哭。

余周周不知道，她失去的，是小孩子最美好的特权。

"周周，我……"林杨把手撑在膝盖上喘粗气，"我们老师让我去跑腿，体活课都不让我上，我好不容易才，才……"

"哦。"她点点头。

林杨终于把气喘匀了，才发现眼前的余周周有点儿不对劲。

哪里不对劲？

她好像……比平常要平静。

这也算不对劲吗？

林杨顾不得，他有急事跟她商量："我爸妈跟我说最近这附近有高年级学生劫道，很不安全，不让我自己回家，他们每天开车来接我。我求了他们半天，结果昨天我妈都发火了，硬是把我拽走了。你自己一个人走多不安全，我跟我爸妈说，反正咱们两家离得近，你以后也跟我一起坐车回家吧，好不好？"

原来是这样。余周周有一刹那的欣喜和如释重负，然后下一秒，她过分聪明的小脑瓜告诉她，事情不对。

就像昨天，蒋川说"我爸妈'也'说让我离你远点儿"。

余周周歪头问："那你爸妈怎么说？"

"我爸妈？"

"你说要我坐你家的车，你爸妈怎么说？"

林杨动了动嘴唇，然后沉默了。

林杨记得昨天妈妈被他烦得不行，最后突然朝他吼："你怎么那么多事？！消停点儿行不行？"

而爸爸，语气仍然温和，但说的是："杨杨，这两天茜茜和蒋川想到家里跟你一起上钢琴课，以后爸爸可能要一起接你们三个小朋友，车里恐怕坐不下。而且，我们不认识余周周的家长，这样贸然接送人家的孩子，恐怕她爸爸妈妈会有意见的。"

好像有道理，但又很别扭。

林杨觉得爸爸妈妈突然变得不喜欢余周周了。可是，他怎么可以告诉余周周呢？何况，自己的爸爸妈妈是那么好的人，他们怎么会做错事呢？所以……所以……林杨觉得自己的世界一片混乱，他只能跑过来告诉余周周，即使现在事情乱了套，至少……

至少他心里没有乱套。

林杨的沉默在余周周心里是不同的意味。

果然，是让你离我远点儿，是吗？

"我妈妈会来接我的，"她说，"林杨，谢谢你的好心。"

"谢谢你，"余周周想，"你还能来找我，已经很好了。"

已经够了。

"周周……你撒谎。"

"我没有。"

"你撒谎。"

余周周安静地看着林杨，她的面无表情让林杨开始觉得害怕。他从来没有看见过这样的余周周。

"所有人都撒谎，林杨。"

林杨只觉得心里莫名地酸涩，他还从来没有遇到过这样大的危机。

"对了，你等我一下。"

余周周匆匆跑回班，从书包里掏出六十四合一的卡带。

"给你的。"

余乔知道会哭的吧……余周周摇摇头，把哥哥的形象从脑海中抹去。

"……我不能要……谢谢你，我玩一阵子就还给你吧，要不我们换着玩，一人玩一个星期好不好？"林杨果然喜笑颜开，只是这次的快乐不再那么纯粹，而有了些惶恐和讨好的意味。

"不用了，"余周周背着手站在台阶上，居高临下地看着林杨，"林杨，我再也不想跟你玩了。"

窗台插销上的红气球，终于慢慢变成一个小小软软的椭圆体。余周周把它摘下来，放进床底的饼干盒子里面。

她跑到熟睡的外婆的房间查看输液瓶，然后去喊妈妈，该拔针了。

余周周站在一旁，看着妈妈把输液瓶从铁架的网兜上取下来，放在桌边。

空空的瓶子，里面曾是橙黄色的液体。

余周周忽然想起圣水，她用这样的瓶子装满了清澈的自来水，然后翻越魔界山，去拯救秋冬之神和春夏之神。

她想起林杨问她，后来呢？

后来？

后来他们在一起了吗？

应该……没有吧。

为什么？

没有为什么。

美好之三

无关爱情，只是发育

- 同伴，不一定非要一起走到最后。某一段路上对方给自己带来朗朗笑声，那就已经足够。

- 时间是公平的，一万个人的五分钟，还是五分钟。

- 为女人打架的男人，无论在什么年龄段都是惹女人喜爱的。

- 沉默是把选择权和两难困境一起交给心急如焚的对方，是不负责任，是躲避伤害。

1

似水流年，匆匆一瞥

　　余周周小心翼翼地护着怀抱里跟自己差不多高的公用大提琴，站在拥挤的乐器库角落看着团员们蜂拥而至，你推我搡地抢着将自己的乐器归位。

　　她抬头的时候无意间看到陈桉站在乐器库跟她成对角线的地方，左手护着小提琴，用同样的姿势贴紧墙角，眉头微蹙，嘴角带着苦笑，好像在远观蝗虫灾害。

　　他也看到了余周周，两个人无奈地相视一笑。

　　余周周不知道究竟是因为她和陈桉有很多细节上的相似，所以才觉得开心，还是她想要感受到那份开心，所以才不自觉地去模仿他。

　　终于，人群慢慢散尽，余周周才抱起大提琴朝着琴架走过去。

　　"你等一下，我放完琴后帮你抬上去。"

　　陈桉说着，把自己的小提琴按照团员编号放进指定的箱子，然后快步走过来，帮余周周把她的琴举上琴架的第二排。

　　"当初设计的时候怎么想的啊，小提琴琴架放那么低，大提琴琴架又摆那么高。"

　　余周周点点头："谢谢你，我得赶紧走了。"

陈桉扬起眉毛："有急事？老师说，所有乐器的前三席都要一起到会议室开会呢。"

余周周为难地抬头，用有些委屈的眼神看他，清澈的目光让陈桉连忙捂住自己的眼睛："行了行了，我就知道我拿你没辙，我帮你请假。"

她这才展颜一笑："嘿嘿，谢谢。"

"你这么急着回去，有事情？"陈桉和她一起走出乐器库，随手带上身后的铁门。

余周周张了张嘴，然后低下头去："没，就是今天排练结束得太迟了……我……我快要赶不上……《美少女战士》了……"

陈桉的大笑让她窘迫得不得了，她赶紧小跑几步到排练场大门口，也不看他，就那样胡乱地摆摆手说："再见！"

"再见周周，实在赶不及，就找个地方变身吧！"

余周周感觉自己像是被浇了一盆水的炭火盆，现在身上嗞嗞地冒着白气。她掉头跑出了门，抬手看看表，已经五点四十五分，她还有二十五分钟。

她几乎是用告御状拦轿子的方式截下了正在出站的 22 路汽车，然后跳了上去。她突然觉得，陈桉说的变身如果可行，那就太完美了。

最终还是迟到了三分钟，冲进家门的时候，余婷婷已经在沙发前坐好了。她抱着一盒冰激凌，听到开门的声音转过头说："甭着急，还演着广告呢，今天的广告格外长。你真有面子。"

余周周和余婷婷之间冷冰冰的关系，因为一部《美少女战士》而缓解不少。对于同一部动画片的热爱，让她们之间那些不可言说的微妙对抗一点点瓦解，虽然仍不算是亲密姐妹或者好朋友，至少能够相安无事。

不过，夜礼服假面的归属权问题仍然是她们两个之间的禁忌。

余婷婷总是一副极为戒备的样子，原本余周周还想好心地告诉她，《美少女战士》中，自己喜欢的根本不是夜礼服假面。然而看到余婷婷一副疑神疑鬼欲说还休的状态，她反而心底有种恶作剧般的开心，于是每当夜礼服假面一出场，余婷婷开始脸红，余周周就会在旁边好死不死地来一句："好帅啊。"

然后就能看到余婷婷红着脸，一撇嘴："哪儿帅？喊，那么自大的男人，还走到哪儿都拿着玫瑰花，多恶心。"

余周周憋着笑，将目光重新投向电视，心想：这么别扭，简直就像林杨。

林杨。

余周周被自己奇怪的思绪给吓到了，她晃晃脑袋，林杨就像一颗不小心闯入的小石头，被她甩出了脑海。

1998 年 10 月，刚刚升入小学五年级的余周周，已经快四年没有和林杨说过一句话了。

下午第一节课下课，余周周和单洁洁被于老师叫到办公室里。

两年前，小学三年级刚开学，由于心肌炎而休学大半年的单洁洁降了一级，从育新小学转学到师大附小，成了余周周的同学。

世界上有些人之间存在着天然的好感和吸引，比如余周周和单洁洁。自从和林杨断交，余周周一直对全体同学一视同仁，人缘极好——实际上就是孤独的另一种表现形式。单洁洁的出现终结了余周周的 lonely walk，虽然她们两家住得并不近，但是至少有一小段路可以同行。

同伴，不一定非要一起走到最后。某一段路上对方给自己带来朗朗笑声，那就已经足够。

此时的余周周已经是大队部的组织委员，詹燕飞则是大队部副大队长，她们两个早就已经是三道杠的校园骨干。小学一年级的七班班委会成员已经换了好几轮，徐艳艳在权力的道路上一退再退。三年级时的班干调整，小燕子仍然是班里的中队长，余周周则一跃成了正班长，单洁洁原本就比这些学生成熟一点儿，成绩又好，于是如一匹黑马杀出成了副班长。徐艳艳是最失意的——一个萝卜一个坑，萝卜多了，坑却没有了。

她最后成了三个学习委员中的一个。

在于老师面前表态会"起好带头作用，积极配合班长工作"的徐艳艳突然收敛了锐气，对余周周热情到有些吓人的地步了。

李晓智曾经说过："周周，我觉得徐艳艳见了你，比见了她亲妈还高兴。"

于老师从办公桌底下拖出一只棕色的纸箱子，用剪刀将上面的透明胶布划开，对她们两个说："这是省委青少年办公室搞的活动，厂家赞助的卫生巾，给全校五六年级的女同学集体免费发放。你们两个想办法，每人两包，今天赶紧发出去，别放在我办公室占地方。不过，记住了，别让男同学知道，躲着他们。"

她们两个点点头，对视了一眼，单洁洁开口说："老师，怎么躲避男同学啊？"

十一二岁的男生，不再像小时候那么听话，一个个仿佛要造反一样，嬉皮笑脸，阴魂不散，就像轰不走的苍蝇，连狗都嫌。

于老师想了想："要不，今天下午给堂体活课吧，让男生都出去，把女生留下。"

余周周点点头，她们两个一起把箱子拖出了教室。

"我说，周周，你来那个了吗？"

"什么？"

"哎呀，就是那个啊，那个那个！"

余周周迷茫地看着单洁洁一个劲地指着纸箱子，才反应过来，脸颊微微泛红："没呢。……你呢？"

"哈，半年前。所以每次我到那个时候都特别难为情，你记不记得上个月有段时间，每次上厕所我都让你挡在我前面当门？"

"啊，那你是在换……"余周周突然明白过来，有点儿不好意思地笑了。

这个年纪，有的女孩子已经来月经了，有的却没有。学校女厕为了方便，把每个蹲位前的小门都拆了，常常造成一个人上厕所，后面一群人排队，然后便出现了蹲着的人和排队打头阵的人大眼瞪小眼的尴尬局面。小时候不觉得如何，长大一些了，就有很多女生会拉着好朋友站在本应是木门的地方，背对着自己，充当隐私屏障。

"一会儿回班，就马上把男生赶出去吧。"

余周周点点头："好，你守着箱子在水房等我吧，我把人都清了再去叫你。"

她突然有种很兴奋的感觉，自己就像是危险当头却必须要找个隐蔽的地方变身的月野兔——哦，不，还是水野亚美吧，月野兔有点儿蠢，余周周想。

"我和单洁洁跟老师商量过了，下堂课体活。"

下面一直百无聊赖窃窃私语的同学在余周周进门的那一刻恢复安静，接着听到这个消息，集体两眼放光。余周周做了两年小班长，从来都不是仗着老师的宠爱对同学颐指气使的那种班干。她的小小狡猾让她懂得如何在同学和老师中间平衡周旋，也常常利用各种机会借花献佛，赢得大家的好感与支持。

无伤大雅的小谎言，比如某个同学上课说话被记名之后，战战兢兢地等待老师训斥，却得到余周周的一句"名单被我撕了，下次别再说话了，知道吗"；又比如现在，用一副为民请命的姿态来赢得下面的一片欢呼。

"班长大人你太好了！"最后排的几个男生已经把足球抱在怀里准备冲出门了。

"不过，全体女同学先留下十分钟，我有事情要说。"

都冲到门口了的一群男生突然集体转回头："为什么？"

"什么为什么？你们赶紧出去玩吧，跟你们没关系。"

"不行，你必须告诉我们，为什么单独把我们男生轰出去啊？肯定不是什么好事！"

"不是好事你还不赶紧溜?!"文艺委员是个泼辣的女孩，自从被本班男生用足球砸了头，她就一直跟他们针锋相对。

"哎哟，四眼田鸡不乐意了？我这不是为你们好吗？怎么不识好歹啊？"

又来了，这帮胡搅蛮缠的家伙。余周周压着心头的不耐烦，摆摆手："是艺术节的事情，女生要集体出节目。你要是再废话，我就让你领舞！"

小时候的习惯仍然没有改，随口就能胡编乱造。

男生集体肃然，迅速撤出了教室。

余周周把前后门都关好，轻声说："其实今天是给大家发……卫生巾的。"

下面响起一片笑声，余周周快步跑出门去喊单洁洁，两个人合力把箱子拖进屋里。女生们围上来，每个人领走粉色和蓝色包装的日用夜用各一包。

"大家放到书包里面装好了，别被男生看见。"单洁洁重复了好几遍，然后听见后门传来咣当咣当的砸门声。

"什么放到书包里面装好？为什么不让男生看见？你们在发什么？给我开门！！"

余周周大骇，班里的女生手忙脚乱地把卫生巾都塞进书包底层，然后被砸门声震得耳朵都快聋了的单洁洁不得已开了门。

"你要干吗？鬼叫门啊？"单洁洁一直都很火暴。许多年后，她过二十岁生日的时候，余周周送给她一幅自己写的毛笔字，内容是：生而御姐。

"你们不做亏心事，还怕鬼叫门？"领头的足球男生是班里最顽劣的许迪。

"我们做什么亏心事了？"单洁洁有些心虚，于是只能把嗓门拔高。

"有种就把刚才发的东西拿出来！"

所有人脸色一变，余周周赶紧从讲台上跑下来插到许迪和单洁洁中间，打算息事宁人——这两个人一直都是死对头，这次肯定更是吵起来没完没了。

"你听错了……"余周周开口就发现自己的话超级没有说服力。

"你们吵什么，别的班都在上课呢。"

场面霎时一片安静。

林杨抱着纪律卫生评比的计分本，安然地站在许迪他们身后。

"大队长！"

许迪叫起来。

余周周歪头移开目光。

四年级的末尾，林杨没有食言，他成了大队长。

然而时过境迁，这早就不是什么重要的事情了。

"……"

林杨在学校里面人缘很好，在女生一统天下的大队部和班委会，他被全校男生称为男人的旗帜和骄傲。许迪和林杨的关系一直很好，这次怪声怪气地故意叫他大队长，其实是在用头衔压制余周周她们。

许迪把事情说了一通，单洁洁刚要张嘴反驳，就被余周周拉住了。

"的确，别的班都上课呢，别吵了。反正该说的事情都说完了，让女生也一起出去上体活吧。"

"就这么完了？"许迪把足球往地上一扔，"余周周，你别以为我不知道，你最会乾坤大挪移，想糊弄我，没门！"

余周周不经意间抬眼，发现林杨抱着胳膊靠墙站着，好像在看热闹。

四年的时间，他们形同陌路，大部分时间，林杨都是用这种态度一言不发地看她，好像她是个不怎么好笑的笑话。

僵持许久，他才开口，皮笑肉不笑地说："你们这样对男生也的确有点儿不公平，难怪他们不高兴，又不是分财产，至于这么藏着掖着吗？什么东西，拿出来我也看看吧。"

男生集体欢呼。

得民心者得天下，余周周在这一点上从来就不可能赢得了林杨。

她心底忽然泛出一种酸涩的情绪。余周周跑回讲台，拿出两包蓝色的夜用卫生巾，一步步走到林杨身边。

余周周笑眯眯地把卫生巾塞到林杨手里。

四年了，她终于和他说了第一句话："给你，据说这个是大流量的。"

2

荷尔蒙之所以为荷尔蒙

林杨微张着嘴巴，他低头看了一眼，突然觉得手里那个软软的蓝色小包开始发烫。

我要这个东西有什么用?!

可是舌头打卷，开口的时候结结巴巴地变成："我……这个……要怎么用……"

那件事之后，七班的全体男同学都消停了很久很久，而林杨则从余周周的视线范围中消失了很久很久。

许迪领头的那几个七班小霸王都很仗义地保持了沉默，因为他们自己也脱不了干系。屋子里的女同学距离太远，都不清楚发生了什么，所以剩下的知情者只有余周周和单洁洁。

大队长因为一包卫生巾而威风扫地，面红耳赤地落荒而逃。

然而，余周周知道的比别人还多一点点。

只有一点点。

就是在林杨把卫生巾塞回到她手里的那一刻，他用轻得只有她能听得见的声音说："余周周，你就只会欺负我。"

你就只会欺负我。只有我。

余周周愣住了，刚刚被逼到绝境而爆发出来的霸气瞬间泄尽。她呆站在那里看着他跑进楼梯间消失不见，恍惚间好像看见他通红的面颊上只有一双眼睛清亮澄澈，泛起浅浅的泪光。

她下意识伸出手想拦住他，可是最终抓住的只有他跑动带起的一阵风。

下一秒，余周周冷静地收回手揣进背带裤的裤兜，转身对傻站在那里的男生说："是不是都不想上体活课了?"

淘气小子们推推搡搡地逃命一般消失在了楼梯口。

"共青团！"左手第一位的女孩上前一步走。

"共青团！"右手第一位的女孩上前一步走。

"你是永远的大树！"左手第二位的男孩上前一步走。

"永远的大树！"右手第二位的男孩上前一步走。

"一棵！！！"四人异口同声。

看着眼前的四个人一脸虔诚严肃的远目状，站在一旁的余周周忍着忍着，都快憋不住了。她觉得自己的小腹肌肉已经绷到痉挛了，嘴角还是上移到了一个可疑的弧度，半笑不笑，有些恐怖。

索性加大笑容，装出一副认真欣赏的微笑表情。

"徐艳艳你往哪儿看呢？眼神怎么就那么散呢？你今天就知道笑，连个表情都绷不住，心思都放哪儿了？再笑我就把你那发卡没收！别以为我不知道你逮着个镜子就照个没完！你们四个有没有余光啊，长眼睛是吃饭用的啊？！迈步的时候不知道用余光跟身边人对齐啊？蒋川是最后一个向前迈步的，你看看你们，四个人站出四行来，幸亏只走一步，要不然舞台都摆不下你们了！这都是第几次合练了？你们没睡醒啊？"

大队辅导员李老师今天的唇膏颜色格外扎眼，鲜亮的橙色一张一合让人容易产生幻觉。虽然挨骂的不是余周周，可是她也不敢再笑，只好低眉顺眼地站在一边。

刚才李老师训斥四个献词演员的时候，她感觉上嘴唇沾到了远处飞来的一星唾沫。

大队辅导员中午一定吃韭菜了。余周周无限痛苦地想。

她抬头，看到因为笑场而挨骂的徐艳艳的身体仍然在微微抖动，好像笑得憋不住了。

余周周知道，即使刚刚合练的时候徐艳艳和自己一样很想笑，但是当大队辅导员卷成筒的稿子敲到她头上的时候，她就已经笑不出来了。

继续装作憋不住，只是一种挽回面子的心态。明明尴尬得涨红了耳根，还要装作不在乎，装作认为朗诵词和大队辅导员都很可笑的样子。

她的做作让余周周在心底叹气。余周周转念一想，自己能够如此"善解人意"地参透她的假装，难道不是因为自己和她一样做作吗？

也许同类总是互相看不惯。余周周蓦然发现自己最近一段时间格外喜欢胡思乱想，动不动就会走神发呆，思维常常钻进某个细节的胡同里，兜兜转转地出不来。

虽然她以前也常常神游发呆，可是，这一次不一样。

我这是怎么了？她歪着脑袋想不明白，精神越发涣散，注意力从墙上起皮的壁纸开始，一直看到大队辅导员的胸罩肩带——黑色的，在浅蓝色的连衣裙下面很明显。余周周霎时有点儿脸红，乖乖地垂下目光，看自己的鼻尖，看着看着就有点儿对眼，眉心隐隐发痛。

上个星期，妈妈还突然伸手碰了她的胸部一下，她面红耳赤地叫了起来，妈妈却笑了："我还在想是不是需要给你买……现在看来还早着呢。"

她身体僵硬地站在那里，只顾着用胳膊护着胸口——那两个刚刚有点儿发硬的小小硬核稍稍触碰就会疼痛。胸口的痛时时刻刻提醒着余周周，自己好像在发生着什么变化——让人恐惧而又莫名地殷殷期待的变化。

不要想这个了。尽管她不是很明白，但是直觉告诉她，这种事情是很羞耻的。余周周稍稍转移一下目光，又瞄上了大队辅导员脚踝处乳白色丝袜的抽丝——好危险，马上就要破了。好险好险。

她回过神来，大队辅导员已经把稿子摔到了地上。窗外传来扬声器刺啦啦的声音。

是林杨的声音。

"李老师，李老师！马上到操场上来一下，大鼓队和号队踩不上点儿。"

余周周这才发现，外面操场上的鼓号队已经很久都没有声音了。

大队辅导员扔下一句"给我背"就摔门出去了。四个孩子刚才努力端着的肩膀很快垮下来，徐艳艳使劲往沙发上一坐，皮笑肉不笑地说："真是有病。"

余周周则拉着单洁洁坐到沙发附近的小椅子上，那里背着门，大队辅导员踩着高跟鞋精神亢奋的脚步声一传过来立刻就能听到。

省共青团的表彰大会，师大附小的大队部从鼓号队、花束队、少先队员代表发言到献词诗朗诵全权负责。余周周和詹燕飞是在大会上发言的少先队员代表，徐艳艳、单洁洁和蒋川等人则是献词诗朗诵的表演者。

有人开玩笑说，这是徐艳艳的翻身仗。

至于林杨，作为大队长要协调各个部分，同时还是鼓号队的两名指挥之一。

坐在沙发上的徐艳艳又一次不自觉地抬起手抚了抚发卡的位置，掏出小小的防冻裂透明唇油，微张着唇来回涂了两层，然后轻轻地抿了两下。

这个烦躁的秋天，悄然发生变化的不仅仅是余周周胸前的疼痛感，也不仅仅是大家对老师的敷衍。

还有徐艳艳的小镜子和唇油。

"我昨天去海潮图书大厦门口了，你都不知道那门口挤得要死，临时搭的台子周围全是保安守着，要不歌迷就都扑上去了！我亲眼看见一个被后面人扑倒的小姑娘，要不是被保安捞起来……"

徐艳艳很喜欢羽泉，从今天早上开始就不停地在念叨白天的签售会。

"那你是怎么拿到羽泉的签名的？挤得上去吗？他们唱歌了吗？"

蒋川平常说话的腔调就和诗朗诵的时候一样，有一点儿娘娘腔，脸上还是一副茫然懵懂的样子。

徐艳艳第一次在别人打断自己眉飞色舞的讲述时没有生气，因为对方提的问题很对她的胃口。

"想什么呢你？我干吗要去挤，我妈妈认识主办方，我直接去大厦里他们的化妆间拿到的签名。回来的时候我爸还给我买了德芙新出的巧克力。德芙黑巧克力，电视上刚做广告的。我觉得吃惯了黑巧克力，再吃牛奶的都觉得腻味，太甜，受不了……"

"真烦。"一直在一旁不说话的单洁洁终于忍不住抱怨。直肠子的单洁洁从来不掩饰自己的好恶。

徐艳艳脸红了，想辩驳一句，眼睛一转，却又笑起来。

"喂，单洁洁，你和张硕天是怎么回事啊？"

徐艳艳的八卦腔有点儿不自然，太过夸张，所以听起来反倒更有点儿醋味。

单洁洁白了她一眼，没有理睬。

可是余周周注意到，单洁洁白皙的脖颈上迅速飘上了一抹淡淡的粉红。

余周周记得昨天放学的时候，她和单洁洁一起路过门口，还听见徐艳艳跟几个女生在门口高声聊天。一个女生语气古怪地冒出一句："艳艳，你家张硕天……"

"什么我家张硕天？一直就跟我没关系！"徐艳艳被人家一激就急了，连忙撇清关系，尤其是余光又瞟见了单洁洁和余周周，更是连珠炮似的说了一串"跟我没关系"，然后才用不大不小的声音说："是单洁洁……跟我有什么关系，你们净胡说，人家单洁洁该生气了……"

十一二岁的女孩子，围在一起小心翼翼地谈论男生，一旦话题指向别人的时候就放肆而大胆，而轮到自己，既怕被人说"搞对象好不要脸"，总是急急忙忙澄清，却又害羞着，偷偷享受那份被谈论所带来的兴奋。

带有一点点刺激和羞耻感的兴奋。

哪怕别人安到自己头上的绯闻男主角长了一脸痘痘，嗓音又像尾巴被门夹住了的猫，那又有什么关系？只要面对他的时候，旁观者一起哄，就会有别样的脸红心跳。

余周周在那个秋天知道了什么叫荷尔蒙，尽管那个时候，她还不知道那种奇怪的反应来自荷尔蒙。

左耳边是徐艳艳的叽叽喳喳，右耳边却有锵锵的高跟鞋声，由远及近传过来。由于窗外的鼓号队又开始制造折磨耳朵的噪音，其他人都听不到脚步声。

余周周推了推单洁洁，两个人一起不动声色地假装伸懒腰，站起来，拎着稿子蹑了几步走到门口，另外三个人正兴高采烈的时候，门"嘭"的一声被迅速推开。徐艳艳第一个慌慌张张地想要站起来，却因为沙发太软，站了一半又一屁股跌回去了。

门口的余周周和单洁洁面色正常地站着，手里还捏着稿子。

大队辅导员的脸阴沉得像一片雨云，仿佛轻轻一碰就要电闪雷鸣。她把钥匙往桌上一甩，一大串钥匙撞到玻璃上面发出哗啦啦的声音，在鼓号队伴奏的背景下并不是很响，但刚刚站直的那三个人都随着钥匙落下而一激灵。

"都能耐了，你们真是能耐了，我说话都是放屁是不是？我管不了你们了是不是?！"

大队辅导员其实就是个泼妇。余周周想。

但是——骂得好。

她不知不觉地笑得像只坏心眼的小狐狸。

3

爱情的原因

余周周的小小坏心眼让徐艳艳他们三个人留在了大队部里面继续背词，单洁洁和她则被法外开恩送回班级。大部分同学都在操场上顶着阳光进行鼓号队和花束队的排练，所以空荡荡的班级很适合度过一个悠闲的下午。

余周周和单洁洁下楼的时候，正好碰上三个鼓号队的同学上楼，其中两个穿着鼓号队纯白色的指挥服，另外一个穿着绿色的小号手服装。

走在最左边的白衣少年是林杨，另外两个男孩子都比他稍微高一些、壮一些。

今天的余周周仿佛感官格外敏锐，在这三个男孩子出现的那一刻，她身边的单洁洁就挺起了胸膛低下了头，身体僵硬，好像一只马尾毛绷得过紧的琴弓。

单洁洁此刻却摆出了目不斜视的表情，她眼神坚定，只是面部表情过于僵硬。

这样的单洁洁让余周周觉得不解，她也只好不明就里地目不斜视——毕竟她也不是很想跟林杨对峙。

而林杨，自始至终面色如常，和她一样目视前方，好像步行在一片虚无中。

不过，大队辅导员说得很对，人的余光不是用来吃白饭的。余周周的余光告诉她，擦身而过的时候，那个走在中间、个子最大的男生迅速地抬眼看了一下单洁洁。

这一眼抬得太用力，以至于她都看到了对方的下眼白。走在最右边的陌生男孩笑得像只小耗子——长得也像，尖嘴猴腮，脸只有瘦长的一条。他一边嘿嘿笑一边用胳膊肘戳了大块头的肋骨一下，贼溜溜的眼睛朝单洁洁飞快地一瞟，又努努下巴。

"就是她？"他的声音带着几分轻佻。

余周周看到单洁洁咬紧了牙关，她的腮骨都像鱼一样张了起来。

这是她们从小到大经历过的最为漫长的擦身而过。

终于结束了，余周周长出一口气，走到楼梯口拐弯的时候才微微侧过脸看身后，只听见背后传来一声口哨和怪叫。

余周周尖然天」。

她转过身看着脸颊微红的单洁洁，把刚才徐艳艳的话用略带促狭的口吻重复了一遍：

"你和张硕天，怎么回事啊？"

在单洁洁的心里，男生就是一群面目模糊，顶着不同名字却同样讨厌的家伙。

贱了吧唧，爱出风头，没脑子，没有集体荣誉感，不遵守纪律，不虚心接受批评，嬉皮笑脸还爱顶嘴。他们只喜欢和徐艳艳那种穿着出挑爱照镜子的女生打打闹闹，揪辫子掀裙子，然后嬉皮笑脸地等着女生追上来，满走廊地上演追逐戏，"你给我站住""我偏不"……

最后还会被值周生抓住扣分，给班级抹黑。

就是这样的单洁洁，竟然会对余周周说："他的确挺好看的，好像还挺有礼貌的。反正你看，他跟旁边的那个男生不一样，对不对？"

一阵风吹过，坐在前院已经开始落叶的紫藤架下的余周周有一下没一下地晃着腿，时不时抬头看看对面自顾自低着头不知道在纠结什么的亲密伙伴。

鼓号队难听的旋律此刻显得很遥远，凉爽的秋风一直吹到心底深处，撩拨得人痒痒的。

"到底……"听得一头雾水，光顾着惊讶，余周周最终只好总结性地问了一句废话，"到底是怎么回事？"

"反正……反正就是那么回事。能有什么好说的啊？他们都是胡说的。"

单洁洁看起来有些不耐烦，但是仔细观察，会发现她似乎只是用大大咧咧的不耐烦来掩饰一丝羞涩。

余周周有一点儿失望，似乎她的小姐妹并不打算跟她说清楚。

她托着腮宽慰自己，总有些事情是不可以对别人说的，再亲密的伙伴也不行。

所以余周周没有继续盘问。她们面对面坐在下午的紫藤架下沉默，抬起头，湛蓝的天空被分割成一小块一小块，像是破碎的拼图，但有种漫不经心的美。

余周周并不知道，对男生"一视同仁"的单洁洁其实可以在人海中一眼认出张硕天。张硕天穿任何衣服最上面的两粒扣子都不系上，左额头有颗痘痘，个子在全校也算最高的几个，跟那些小豆子不同，他现在可能已经有一米六几了。然而单洁洁并不知道，如果一个男生十二岁长到了一米六几，那么他极有可能这辈子都会停止在一米六几。

还有，他的侧面有点儿像吴奇隆，就是小虎队里面单洁洁最喜欢的那个，一开始把名字听成了无气龙的那个……那个……

单洁洁想告诉余周周，她认出他，是因为他特别。

可是他真的特别吗？只是因为比别的男生高一点儿、好看一点儿，就叫作特别吗？

她也说不清，这种感觉让她很羞愧，所以几次想要开口，却只能摆摆手示意余周周放过她。

其实，她并没有对余周周讲过，昨天下午，她独自穿越操场，低着头从鼓号队旁边走过去，那一刻，周围人都在起哄。她绷着脸不抬头，但目光还是掠过了张硕天的腿。鼓号队的服装对他来说有点儿小，小腿部分不够长，露出一截白袜子，反衬着黑鞋很明显。

而且，大腿肉肉的。

刚才那三个男生一出现，她就凭这个特征认出了他。

她怎么可以一瞬间把他认出来？意识到这一点，单洁洁觉得羞耻得无法接受。

"我能问你最后一个问题吗？"

她们站起身即将回班的时候，余周周轻轻地说。

单洁洁点头："什么？"

"你是怎么认识那个张硕天的？"

最应该放在开头的问题，被压到了结尾。

单洁洁语塞，她摇摇头，很没有技术含量地岔开话题："快回班吧。"

"周周，"她在心里轻轻地回答，"你知道吗？我从来就没认识过他。"

张硕天这个名字第一次出现，就是在三八女生的聊天里。

她们说："你知道吗？张硕天喜欢单洁洁。"

后来，单洁洁早已经不记得听到过多少次这句话。四班的张硕天喜欢七班的单洁洁——自己班里男生的大叫，走廊里说悄悄话的女生嚼舌根……不知道从什么时候开始，班里很多人看她的眼神都不大一样了。

连余周周有时候听见，也会用询问的目光看自己。但是谢天谢地，余周周稍微察觉到她的一点点犹疑，就保持沉默什么都不问了。

那之后，每当她走过走廊，外班女生会偷偷瞟着她说："就是她就是她，她就是单洁洁。"男生被女生追打，她皱着眉头喊一句"别闹了，走廊里不许跑跳"，男生回头朝她变着调拖了长音喊："张——硕——天——"

直到一天，她在操场上跳皮筋，突然被一个人撞了个趔趄，她愤怒地回过头，发现是嬉笑着的同学把一个高个子男生狠狠地推向她。高个子男生回头骂了一句"王亮你他妈找死啊"，又立刻转过头来在大家的哄笑中朝她腼腆地一笑，好像刚才那句彪悍的怒吼只是她自己的耳鸣。

昨天，当她拿着稿子低头从操场上的鼓号队前走过，急匆匆地去找大队辅导员时，鼓号队员们集体兴奋起来，起哄和怪叫的声音此起彼伏，像一个魔咒包裹着她。她心里慌张，表面上仍然极沉得住气，只是步伐有一点点乱。在周围混乱声音的围堵中，她看到他在前方，被人从人群中推出来，有点儿腼腆又有点儿浪荡的样子，堵着她的路。

她低头绕过他，开始小跑。

但不知道怎么，就在低头的那一瞬间，她记住了他的白袜子、黑皮鞋和肉肉的腿。

像是一个身份证明，让她今天一眼认出他。

原来，和一个男生被人围在中间起哄，感觉是这样好。

她以前不是没有听说过张硕天，是真的"听说"过。校门外的大街，中午她出来买话梅，看到马路边有好多人，男生喊："张——硕——天！"女生立刻接上："徐——艳——艳！"

应该是被围起来了吧。当时单洁洁牵着余周周的手，两个人相视一笑。她想，真不知羞耻，围观的人更无聊，这样交替地喊两个人的名字，喊得那么用力，为什么每周一唱国歌时声音那么小？喊别人的名字是很开心的事情吗？幼稚，真幼稚！

但是，现在徐艳艳的名字换成了她的。

她一下子想到，以前自己只是一视同仁地鄙视"他们"，什么时候徐艳艳脱颖而出得到了她的格外鄙视？难道是因为……

单洁洁不敢深想，干脆就把这个步骤跳过。

总之，她听到他们说："张硕天，你连单洁洁都敢喜欢？你看她一天天板着脸，脾气火暴，还认死理，老是劲劲的……"

张硕天，你连单洁洁都敢喜欢？

这个疑问种在她心里，有一天她迂回再迂回地问起余周周："周周，你说……唉，他们真讨厌，净是乱说，说张硕天……你说，我跟他那么不一样，他喜欢我什么啊？能造出这种谣言，真胡扯。"

没想到当时余周周太过沉迷于《少年漫画》，一边往嘴里塞着话梅一边含含糊糊地说："月野兔又笨又懒，可是夜礼服假面喜欢她的善良。别人都是俗人。"

这个答案让单洁洁悲喜交加，余周周却不自知。

总之，单洁洁觉得，自己……可能也喜欢张硕天。

她连张硕天是什么样的人都不知道，她喜欢他，只因为他喜欢她。

但是那又怎么样？连想一下"我喜欢张硕天"这句话都能让她脸红成番茄，深深地低下头僵硬成一块石头，那么，是不是真正的爱情又怎么样？

他们只懂得喜欢。

余周周从校门口小摊前围成一堆挑选千纸鹤折纸的女生身边挤过去，一路飞奔。她今天扫除，出门晚了，所以如果不快跑，六点十分的《美少女战士》就赶不上了。

到家的时候是六点五分，她喘口气，放下书包坐到余婷婷身边，静待片头曲响起。

这就是替月行道、降妖除魔的故事。影片的最后，月野兔终于和夜礼服假面抱在一起，利用撑开的伞带来的阻力从阳台跳下，也照样平安落地。

然后……他们……

接吻了……

余周周目瞪口呆地看着两张漂亮的脸越离越近，她心慌得张大嘴不敢相信，突然听到有人拿钥匙开门的声音，应该是下楼遛弯的外婆回来了。她瞥了一眼电视上还没分开的两张脸，身边的余婷婷则已经吓得炸了毛。她们两个连忙站起身到处寻找遥控器，然后余婷婷抓起来随便按了一个键，画面立刻跳到了省台新闻。

不知道是省委的哪个领导视察基层，在群众的夹道欢迎下，走过蔬菜大棚，走过猪圈，走过沼气池……

"你俩干吗在客厅站着？看新闻干吗？难道动画片演完了？"

外婆诧异地盯着把遥控器紧紧搂在怀里的余婷婷。

吃晚饭的时候，连一向多话的余婷婷也格外安静。余周周偶尔抬头，她们目光相对，两个人会立刻脸红，然后扭开头。

完全不知道在别扭什么。

晚饭后，余周周独自趴在书桌上面发呆。作业在学校都写完了，她摆弄了几下台灯的拉绳，开，关，开，关，拽了好多次。

心里乱，不过并不是心烦。

不知为什么，她把铁皮盒子从床底下拖了出来，拂掉上面的灰尘，努力撬开上面的盖子，然后把里面的东西一样样地清理出来。

已经拥挤不堪的铁皮盒子里面装满了记忆。

余周周忽然觉得自己心里很空，那种不再是公爵大人和小甜甜能填满的空虚。成长让她心底开了一个洞，她好像缺少了一样东西，而那样东西连单洁洁都拥有了。

她只好低下头去寻找，把铁皮盒子倒空，一样样地翻找。

翻找一件能填补心灵空洞的东西，或者，一个人。

4

那个女人的死活

最终余周周还是万分惆怅地关上了铁皮盒子。

她把小时候的宝贝，还有上学以来一点点积累的字条、贺卡、胸章通通浏览了一遍，觉得心中很温暖，似乎胸口不再发空，然后一眼瞟到了那只干瘪的红气球。

在各种文艺会演中多次主持串场的余周周，对自己所得到的第一个"故事大王"称号已经有些印象模糊，可是只要一回想起那时候的受宠若惊，嘴角还是会不受控制地上扬，再上扬。

回忆在林杨递出红气球的那一刻，嘴角弯曲到最大弧度，然后急速耷拉下来，有些苦涩。

余周周定定神，迅速把铺开的一地狼藉一点点放回到铁皮盒子中去。

她终究还是没有找到。其实她想找的，只是和单洁洁、徐艳艳她们脸上出现的一样的表情。

那种表情发自内心，神秘莫测，余周周用尽全力也模仿不来。

她打开小屋的门打算去客厅倒杯水，刚迈入客厅就看到余婷婷慌张地弯下腰，把什么东西捂紧了塞在怀里，用手护着。

"你……你在做什么？"

"找剪刀。"

"找到了吗？"

"找到了。"

"把剪刀搂在怀里多危险啊……"

"要你管！"余婷婷一龇牙，如果她是一只猫，现在后背的毛肯定早就竖起来了。

余周周一歪头，瞥见茶几桌上浅蓝底色铺满白色星星的包装纸和深蓝色的缎带。

"你在做包装？"

"要你管！"

"……你还能说点儿别的吗？"

"要你管！"

余周周无奈地摇摇头，转身离开了客厅。回到自己的小屋，她才想起来——忘记倒水了。

算了，忍着吧。

早上五点十五分，余周周被妈妈从被窝里面拖出来。

今天就是正式演出的日子。市政府广场上午十点举行"省共青团委成立××周年纪念暨表彰大会"，他们却必须六点半就在学校集合。单洁洁等人被老师拉进大队部里面换上演出服，化妆，而花束队和鼓号队则集体到仓库取出统一的花束和乐器。七点半，所有人都挤上了车，三辆大巴载着满登登的小学生开往市政府广场。

余周周和詹燕飞的情况要好很多，她们可以穿自己选择的衣服，也不需要画很恐怖的舞台妆，单洁洁他们四个就比较惨。单洁洁一直拒绝照镜子，因为她知道，照不照都无所谓了，毁灭性的效果是无法改变的。

单洁洁被梳上了两条高高的羊角辫，每条上面都缠了长长的一段红绸带，穿着明黄色带浅绿色亮片的连衣裙，脚上还有一双配着白色长筒袜的鲜红娃娃鞋。此刻她和余周周一起站在大巴的前门附近，偶尔车行驶到光线较暗的地方，她就能透过玻璃隐约看到自己的血盆大口和猴屁股一样的腮红，还有睫毛上面黏黏的不知道是什么，她不敢碰。

最关键的是，通过起哄的方向，她知道，张硕天和自己在同一辆车里面，就在后门的方向。单洁洁不敢往那个方向看，只是努力地扭过头用背影对着他所在的后门，即使这个姿势让她很难抓住扶手，只能在车上晃晃荡荡，时不时得拉紧余周周的袖子。

余周周并不知道单洁洁的复杂心思，她只是觉得单洁洁今天格外话多。虽然平时她跟自己就有很多话说，但是今天她对周围那些为她所不屑的八婆也格外热情。单洁洁不停地开着无聊的玩笑，隔几句话就抱怨一句："大队辅导员怎么能把人画成这样啊，简直是女鬼啊女鬼……"

余周周困惑极了。她是因为演出而紧张吗？

就像她们初见时一样紧张。

单洁洁的确紧张，但原因不是余周周所想象的那样。

她此地无银三百两地不停解释这副妆容有多丑，只是害怕别人传话给张硕天，或者议论一句："喂，单洁洁好难看啊。"

只是这样简单。

又是那么复杂。

这一路随着起车和刹车而摇摆不定的少女心情。

大队辅导员带着几个小演员一起百无聊赖地坐在广场大台子的后方，其他鼓号队员都把乐器往旁边一堆，然后席地而坐。余周周看到徐艳艳又把那个棕色发卡悄悄地别在了小辫旁边。"这可是货真价实的玳瑁发卡，是真的玳瑁，真的，可贵了。"徐艳艳这个星期一直都在反反复复说着这句话。

抬起眼，就看到张硕天和林杨走了过来。他们身上雪白的制服远远看过去有点儿像军官。

林杨和张硕天这对指挥，会在四个献词队员出场前走到台子上指挥鼓号队吹前奏，然后退场，迎接他们四个出场。最后在献词完毕时再次上台指挥。

所以，他们也被大队辅导员叫过来，一起坐在后台候场。

单洁洁早就不是四年前那个总是临场紧张不已的小丫头了。这几年，和余周周一样，大大小小的活动她也参加了不少，虽然算不上身经百战，但也经验丰富。本来她并不紧张，然而现在一切都不一样了。如果出丑了怎么办？如果在他面前出丑了怎么办？她手心冰凉，却出汗，往裙子上抹了一下，滑溜溜的，一点儿用都没有，手上还是黏湿的。

更重要的是，她不敢面对他，顶着这张鬼脸看人是需要勇气的。当她看到徐艳艳也尽量背对着他坐，从刚才叽叽喳喳一直不停嘴到现在变身为大家闺秀，单洁洁才第一次知道，无论她们互相多么厌弃，女人的心思总是相通的。

单洁洁的不安悉数落进了余周周眼底。

她突然也有些为自己的小伙伴担心了。

余周周无奈地叹口气，回头的时候，第一眼看到的却是鼓号队的张硕天也已经被大队辅导员画成了一个鬼脸。

洁洁，你不用躲了，你们彼此彼此。

而林杨，正坐在座位上尴尬地仰着头，双唇紧闭。大队辅导员左手恶狠狠地捏住他的下巴，右手拿着唇线笔一下下地描着他嘴唇的轮廓。

余周周忽然笑出来。

林杨擦了粉的脸瞬间变得更苍白。他在大队辅导员放开他的一刹那，迅速低头说了声"我上厕所"，就扭头跑了出去。

尽管知道跑出去会被那些小哥们儿拦住展览，但是，对林杨来说，被一群人笑，也远远好过被某一个人笑。

单洁洁和徐艳艳很沉默，詹燕飞又和大队辅导员一起出去了，只剩下余周周与另外三个男生大眼瞪小眼。

她突然觉得很烦躁。

不知道为什么，余周周不喜欢张硕天。她觉得这个男生油腻腻的——尽管外表上，他的确长得比一般的男生好看些，也并不油腻。

说不清的直觉。

她转身问单洁洁："你去厕所吗？"

单洁洁摇摇头，余周周就站起身自己出去了。走到露天洗手台打开水龙头洗手的时候，她突然听见背后纷乱的脚步声。原来是场地组织者在指挥花束队员调整站位，大家纷纷起身朝余周周的方向挪过来。她转回头继续用清凉的水冲洗着手臂——毫无意识，只是不知道应该做什么好。

不知怎么，思绪又飘到那个吻上面了。

余周周感觉周围的空气忽然有些燥热，她闭上眼睛，告诉自己：我就……我就无耻一次。

想象中，有一张脸离自己越来越近，越来越近，似乎温热清香的气息都喷在脸上了。

是涅夫莱特的脸。

余周周一直没有告诉过余婷婷，她喜欢的不是夜礼服假面那个跩到天上的男人。

她喜欢的是黑暗四天王里面的涅夫莱特——被单洁洁称为海带脑袋的黑暗殿下，总是冷酷地对着黑色水晶说"星星无所不知"。

余周周看《美少女战士》唯一一次哭泣，就是涅夫莱特死去的时候。他是反派人物，可是他爱上了月野兔的好朋友奈留。余周周想，那就是爱吧，虽然从来没说过，虽然在同伙背叛他，抓走了奈留要挟他的时候，他也只是别扭地说一句"那个小丫头是死是活跟我有什么关系"，可是，他还是去救她了，还失去了生命。

当奈留怯怯地含着泪，问躺在树下受了伤的涅夫莱特："你们黑暗组织……有没有休息日？我们一起去吃冰激凌好不好？"

余周周的眼泪也跟着奔流不止。

她学着奈留的样子，在脑海中轻声问："我们去吃冰激凌好不好？"

突然听到一阵哄笑。

余周周这才回过头来，就看见一个穿着红色演出服的花束队的男孩子从自己的身边跑远，跑动带来的风鼓动起他的衣服，反而更清楚地勾勒出他衣服下面瘦小的身躯。他一边跑，一边不住地回头看，好像很希望看到余周周的反应。周围的男孩子一边摇着花一边夸张地起哄，女孩子们则在脸红地叽叽喳喳，所有人都掩饰不住地兴奋起来。

后来，当余周周回忆起这一切，虽然大家的脸都模糊了，可是，那一刻那种微微不知所措的印象仍然很清晰。

忽然，一个白色的背影慌忙出现。

林杨劈手抓住那小个子的领子，在冲力下那个男孩被自己的领子狠狠地勒住了，于是很没有面子地弹了回来，弯下腰咳嗽，眼泪鼻涕横流。林杨并没有松手，大家都在一旁惊诧地观望，现场鸦雀无声。

林杨的声音懒洋洋的，更凸显了几分要酷的味道。

"你找死啊？"

小个子男生惊吓得不敢出声，只是不停地咳嗽。毕竟，他也只是个小破孩而已。

这时候才反应过来的群众演员们冲上去拉开了两个人，小个子落荒而逃，林杨却笑着对大家说："跟着老师的指挥赶紧各就各位，动作快点儿！"

声音不大，可是透着一丝威严。很快，人群散尽。

他竟然把妆洗掉了。

余周周讶异地看着他。

林杨眼睛看着别处，微微脸红，用满不在乎的声音说："我们班的，我替他说对不起。"

余周周歪着头笑了："他做了什么？"

林杨张大嘴巴吃了一惊，目光直直地盯着她："你开什么玩笑！"

"我真的不知道，大家笑的时候我转过身来，只是看见他往外面跑。"

"可是，他……他刚才……他打了……打了你的……一下。"林杨的声音越来越小。

"什么？"

"屁……股……"声音低不可闻。

"哦？"余周周摸摸后脑勺，"我不知道，没感觉。"

林杨涨红了脸，瞪大眼睛，再次扭开脸，大踏步地朝门口走去。

"林杨！"

"干吗？"

回头的少年脸上带着一丝不易察觉的欣喜和羞涩。

"谢谢你。"

余周周后来记不清涅夫莱特的脸，也不再记得那句"那个小丫头是死是活跟我有什么关系"，可是，那个努力试图把"屁股"两个字用文雅的方式说出来的林杨，一直站在心里的某个角落。

余周周这才知道，其实，她的心从来就不曾有过空洞，所以，也就无从填补。

5

有什么过不去的

重要的人都迟到，比如领导。

终于，十点半，各位领导笑容满面互相寒暄推让着，在主席台就座，主持人宣布大会正式开始。

经过各位领导和共青团委代表的轮番讲话，熬到几乎挠墙的余周周终于等到了自己上台的时刻。站定，敬队礼，假笑，把她自己写的那篇情感充沛的发言稿念完，在掌声中再次敬队礼，下台。

后台的四个献词演员已经排成一列纵队，手捧花束准备上台。鼓号队站位就绪，花束队也在场外调整完毕，就等着一会儿指挥下命令，然后在鼓号队的音乐声中高举着花束冲进场内。

余周周走到他们身边，对单洁洁说："加油。"

徐艳艳也在同一时刻突然小声朝蒋川说："怎么办？我突然很紧张。"

徐艳艳是第一次参加这么大型的活动，单洁洁不由得暂时抛开成见，觉得有些同情她。何况因为张硕天的存在，她自己也有些紧张，所以有生以来第一次放下架子干巴巴地安慰她："怕什么，这有什么可紧张的？"

就在此刻，张硕天和林杨已经迈步进入舞台。和四个演员擦身而过的瞬间，张硕天竟然朝单洁洁眨了眨眼，轻笑着说："看你表现喽。"

徐艳艳冷笑一声，面对单洁洁的安慰，她只是轻声地回复："的确，是没什么可怕的，不过指不定一会儿是谁在台上出丑。"

说这话的时候，单洁洁正好看到张硕天上场，他后背挺直踢着正步，白色的背影就像个王子。

单洁洁一下子忘记了自己该说的第一句词是什么。她慌得瞬间冒出了一头汗，只好偏过头张大眼睛惊恐地望着余周周，仿佛在用眼神绝望地说：救救我。

余周周还没来得及对那个神情做出反应，排在最外侧的蒋川就轻声
说："准备，齐步走！"

单洁洁手忙脚乱地跟着前面的蒋川上了台。

还好，背景音乐响起来的时候，她凭借本能说出了第一句。

心情稍微平复一些，脸上假惺惺的笑容也放松了些。机械地背着词，
眼神不经意间瞟向一片碧绿的鼓号队海洋，突然看到小号方阵里面两个
男生正交头接耳，不知偷偷说着什么。

手还朝自己的方向指了又指。

是……他的朋友在对自己评头论足吗？

单洁洁有些恍神。

"共青团！"徐艳艳上前一步走。

"共青团！"单洁洁上前一步走。

"你是永远的大树！"第三个男孩上前一步走。

"永远的大树！"蒋川是最后一个，也上前一步走。

"一棵！！！""大树！！！"

全场静默了一秒钟。

其他三个人喊"一棵！"并右手敬队礼。

单洁洁喊的却是"大树"，左手敬队礼。

确切地说，她喊的是"大……大树"。第一个"大"字爆出来的时候，
她听到了别人的"一"，可是收不住了，停顿了一下，还是结结巴巴地说：
"大树。"

大树。

她听见底下的笑声，排山倒海。

余周周看着单洁洁继续强作笑脸，把后半部分的献词结束。

又看着她笑容满面地下台。

然后注视着单洁洁的嘴角弧度是如何一点点垮下来，眼泪是如何一
滴滴滑落。

她牵着单洁洁的手，在大队辅导员劈头盖脸唾沫横飞地训斥的时候

紧紧地攥着。

不重要，这都不重要。同学们怎么笑，怎么窃窃私语，这都不重要。

她们只能感觉到彼此冰凉的指尖和手心里黏腻的汗。

单洁洁一边掉着泪，一边抿紧了嘴巴，仍然努力地摆出严肃的脸。余周周什么都没有说，也一直没有撒手，和单洁洁并肩站在大巴的前门附近。来时路上随着起车刹车飘荡的少女心此刻酸涩饱胀到沉底，无论怎样都无法再动摇一分。

鼎沸人声是恐怖的背景，偶尔会冒出刺耳的杂音。

比如徐艳艳黄莺出谷般清脆却又拖着长音的一句"大家辛辛苦苦排练这么久，真是可——惜——啊——"

又比如张硕天和一群男生女生站在后门附近嬉笑打闹不时发出的尖叫声。

余周周回过头，徐艳艳的玳瑁发卡被阳光照着，小小光斑晃进眼底，刺痛了她。

"你真的很烦。"余周周面无表情地说，却被淹没在沸水般的嬉笑海洋中。

然而那一刻，愤怒不平的余周周的心里竟然有一丝开心。

并不是阴暗的幸灾乐祸。余周周为这份小小的欣喜感到十分不齿，可是她没有办法抹去自己的情绪。她觉得单洁洁终于和她平等了。

或者说，单洁洁终于有可能理解她了。

直爽热情的单洁洁一直是余周周的亲密伙伴，可是亲密不代表无间。单洁洁对余周周的了解并不深，也不知道她一天到晚发呆都在想什么。她小小的炫耀，天生的优越，还有大气的口无遮拦，全都需要余周周去忍耐和包容。单洁洁从来不曾被孤立或者伤害过，她的世界充满正义阳光，有时她也会直率地表达对余周周的圆滑中立的不理解，甚至，还有一点点的不屑。

余周周从来都只是低头笑，不争辩。

而此刻，她轻拍单洁洁的肩膀，很想问她：现在，你懂了没有？

这个世界，喜欢幸灾乐祸。

这个世界，大鱼吃小鱼。

这个世界，非常非常不善良。

到了学校，在大队辅导员碎碎叨叨的埋怨声中，单洁洁沉默地换下了演出服，交还老师，然后被余周周拉去卸妆。

余周周觉得她有太多话想要对单洁洁说。安慰也好，倾诉也好，她终于遇到了一个突破口，和这个小伙伴更进一步的突破口。

然而刚刚走到校门口，她刚要开口，单洁洁就突然号啕大哭起来，一路向前冲，扑到一位短发阿姨的怀里。

羞耻和委屈搅在一起，一并从眼睛中流出来，单洁洁断断续续地说不出一句完整的话。然而单洁洁妈妈什么都没有问，就是那样抱着她。余周周走到她们身边，单洁洁妈妈身上衣物柔顺剂的清香，缓缓飘进鼻子里，格外安定人心。

"哭什么，你爸爸刚才还打电话说，今天晚上要露一手做豆豉鱼头呢。高兴点儿！"

余周周怅然，刚刚那个由于阴暗心理作祟而发掘到的小小突破口，瞬间弥合。

她有种失落的感觉，却又实实在在地为单洁洁高兴。

终究是不同的。她妄图使对方因为沮丧挫折而变成自己的同类，然而忘记了，对方并不是一无所有的可怜虫。

余周周终究还是笑了，真心地笑了。

想法很混沌，但是她莫名地觉得，自己的同类，还是越少越好。

"你还哭起来没完了是怎么的？大小姐，有什么过不去的？"洁洁妈妈不停地轻拍着她的后背。

余周周在一旁温柔地微笑。是啊，有什么过不去的。

单洁洁的妈妈后来请假在家休息了三天，陪女儿四处玩，说是散心。单洁洁终于不再哭泣。

于是眼泪会过去。

等到单洁洁回校上课，在余周周的陪伴下，指指点点的人和好奇的目光越来越少。

于是嘲笑会过去。

由于绯闻女主丢丑而人气低落，学校里再也没有关于张硕天喜欢单洁洁的谣言，校门口又听到了"张硕天""许晶莹"的起哄声。

于是爱慕会过去。

余周周也知道了张硕天为什么喜欢单洁洁。

午休时，她坐在第二排啃着排骨，背后几个女孩子大声地聊天，聊着张硕天的花心。"当初他还喜欢单洁洁呢，他说喜欢下巴尖尖的大眼睛长发美女。正好看到路过的单洁洁，就说是那样的。净胡扯，你看现在他喜欢的那个许晶莹，欸，那方下巴，那大脸盘子……"

余周周并没有告诉单洁洁。她们从那之后，再也没有提过张硕天的名字。

只不过，有天傍晚，某个女生和余周周在同一组扫除，锁门的时候突然蹦出一句："周周，单洁洁是不是还一直喜欢张硕天？"

余周周抬起头，冰山脸上慢慢地露出一丝笑容："你才喜欢张硕天呢，你们全家都喜欢张硕天！"

那时候，她还不知道这句话很多年后会流行。

青春中的疼痛和伤害，的确不会那么容易过去。

但是，她们还有大把时间。

6

白雪、李晓智的故事

"等一下！"詹燕飞喊住了正躬身推着桌子的李晓智，却没有看他，微皱着眉头观察着乱七八糟的班级。

全省中队会观摩表演，四年级七班筹备了很久，终于通过了初赛，在评委的指点下再次修改流程和节目，然后继续无休止地彩排。包括李晓智在内的二十几名男生正在詹燕飞的指挥下挪动教室的桌椅，先是靠着墙根紧密地摆成一排留出位置，后来又分散开围成一圈，满屋子都是桌椅腿与水泥地面摩擦的声音，让人起了一身鸡皮疙瘩。

"又怎么了？"许迪忍不住嘟囔出声，"有完没完？折腾死人不偿命啊？"

李晓智安然停下，擦了擦汗，靠在桌边看着詹燕飞，等待新的指示，并没有露出不耐烦的神情。

"还是搬出去吧，"詹燕飞把手中的串联词卷成筒，在空中画了个圈，指向门外，"桌子都搬到走廊去，只留下椅子，摆成半个圈绕着班级。"

大家愣了一下，许迪好像很不爽地张张嘴想要说什么，却听到尖利的摩擦声——李晓智已经低下头开始把手中的桌子往门外推了。

男生们面面相觑，然后也纷纷低下头推着桌子往门口的方向前进，屋子里面顿时又噪声滔天。

正蹲在讲台前给诗朗诵背景音乐倒带的余周周抬起头，看着李晓智瘦小的背影，心里不知道是什么滋味。

站在舞台灯光下，进行最后一次总彩排。作为中队长的詹燕飞宣布中队会开始，全体起立，四个小组集体报数，然后小队长们依次以广播操结束后统一训练的小跑姿势跑到詹燕飞面前，立定，敬队礼，大声说："报告中队长，第 × 小队共有少先队员 ×× 人，今日出席 ×× 人，全部出席，报告完毕！"

詹燕飞回礼，然后小队长向后转，再次用小跑姿势回到座位。

就是这样简单的过程，排演了整整五遍。

余周周看着被于老师骂得狗血喷头的李晓智，把稿子捏得紧紧的。

"就这么两句话背不下来？你到底要结巴多少次？你耽误了大家五分钟了，全班一共五十七名同学，每个人五分钟，你自己算算你一共浪费了多少时间？"

这样的话，于老师从小学一年级说到现在。大家集体静坐，某个小朋友动了一下，于是时间延长十分钟，还要加上一句："你耽误大家的时间，一个人十分钟，全班××人，你自己算算……"然后收获全体小朋友对那个罪魁祸首的仇视目光。

时间是公平的，一万个人的五分钟，还是五分钟。

余周周低下头，一面是掩饰嘴角轻微的不屑，一面是不想看到炙热的舞台灯光下，李晓智亮晶晶的冒着汗的额头。

当她和詹燕飞站在台前一唱一和，背诵着华丽的串联词，引导着一个又一个节目，她总会隐约想要回头。

背后穿着校服坐得整齐的同学里，有一个面目格外模糊的人。

有时候下午的自习课上，余周周把作业写完了，百无聊赖，就会趴在桌子上看窗外的天空。他们的教室窗户对着的方向，总能看见下午的月亮。

"你看，的确是'一抹'，对吧，就像是笔刷不小心蹭上去留下的痕迹。"她小声地对李晓智说。三年级的时候被老师当作错别字改掉的"一抹月亮"，始终让余周周耿耿于怀。

李晓智顺着她指的方向看过去，先是面露惊喜地笑了一下，然后收敛回去，认真地想了想，说："考试的时候还是不要这样写了……老师说这是不对的。"

余周周愣了愣，笑："放心，我不会的。"

很神奇，从二年级开始，李晓智就再也没有拿过100分。他总是会出点儿无伤大雅的小差错：马虎、格式错误……但是，又不至于惊人到让老师单独提出来训斥或者提醒的地步。

大扫除或者冬季扫雪，他很卖力，但又不够卖弄——至少没像某些同学为了表现自己的积极肯干而跪在地上用手捧着雪往垃圾袋里装，倒垃圾的时候也没有故意绕到监工的老师或主任面前。所以每次总结的时候，他得到的表扬总是相同的一句："其他同学也很辛苦，大家都很卖力。"

余周周不爱讲话，李晓智也不爱讲话。

但是一旦想要表达，余周周可以开口，而李晓智仍然只有沉默。

其实余周周也不知道李晓智到底什么时候想要争辩，或者和自己一样大声表达吸引别人的注意。

也许并不是所有人都做梦想成为变身的小甜甜。

她只知道李晓智很喜欢收集小浣熊干脆面里面的英雄卡片，但是始终集不到最想要的那张。某天中午她和单洁洁到校门外乱逛一圈，听到"张硕天""许晶莹"的起哄声后倒了胃口匆匆回班，看到李晓智正趴在桌子上摆弄着他的收藏品。

"我看到小摊上有卖你最想要的那张卡片，不知道多少钱，你要不要去买？我怕一会儿就没了。就在食杂店对面的那个小摊，摊主是个老奶奶。"

李晓智闻声抬头，腼腆地笑了笑："不用了，我喜欢自己收集。"

"很慢的。说不定你吃干脆面吃到撑死也集不到。"

李晓智抬头，微笑。

"可是我喜欢。"

那是第一次，也是唯一一次，余周周听到李晓智用这样坚持、这样自我的语气说话。

可是他喜欢。

六年级的下学期，四月，北方的柳树第一批绿了起来。

少年们的心也第一批绿了起来。

不知道是谁第一个怪叫着说，《美少女战士》我只看变身的那部分，然后一群男生围在一起贼兮兮地笑。

不知道是谁先开始装作小不良，在校服里面穿花哨的衣服，只要有机会就脱掉外套，满走廊闲逛。

也不知道是谁先开始四处散播张三喜欢李四的谣言。当然，并不都是谣言。七班的八婆联盟和八公组织霸道地坚持，每个人都得有一个喜欢的人，于是很多人都被问道："咱们班里，你喜欢谁？"

仿佛是一种身份证明。推三阻四，说实话或者放烟幕弹，总之还是要说的。

也有被绯闻惹得苦恼不堪的人，比如余周周。

然而，当余周周拿小刀在桌子上偷偷地一刀刀划，不知道在诅咒谁的时候，她并没有注意到李晓智羡慕的眼光。

一种并不确定的羡慕。

余周周无奈地趴在桌子上，听着班里的老八卦新八卦被翻来覆去地谈论。体活课上，女同学们也不再跳皮筋，开始发育的大家都不再喜欢满操场乱跑，跳皮筋也好，跳大绳也罢，胸前的累赘总会既疼痛又让人羞涩，所以她们三五成群地坐在花坛边或者紫藤架下，继续叽叽喳喳地聊天，时不时爆发出不知是兴奋还是羞涩的尖叫声。

男生竟然也开始心猿意马。他们仍然踢球，可是瞄准得比以前还差，好像球门长在女生堆里，一脚踢过去，女生们的尖叫和咒骂比进球后的喜悦还让他们满足。有时候，他们也会恶作剧地集体把某个男孩子朝着他的绯闻女友身上推，乐此不疲。

夕阳西下，日光温柔地笼罩在余周周身上，只有李晓智和她坐在座位上发呆。余周周突然犯懒不想动，她不知道李晓智为什么也没有出去。

"今天，白雪来学校找我了。"李晓智的声音很轻，极为羞涩，甚至有些犹豫。

空旷的教室里，这句话让目光涣散的余周周以为自己幻听了。

"嗯？"

"没什么。"他不再说，站起来急急跑了出去。

白雪？余周周歪头盯着他的背影。

还是那么瘦小。

可是后来，向来默默无闻的李晓智突然成了热点人物。

余周周不知道白雪这个名字怎么会出现在八婆们的讨论中。李晓智突然很受男生欢迎，一举一动都非常受人关注。曾经的那些起哄游戏里面，现在又多了一个选项。

这个选项，叫白雪。

"喂，周周，你知道白雪是谁吗？"单洁洁在放学的路上问。

"听说过。"

"她是谁啊？"

"不知道。"

"真的？别装了，告诉我吧！"

"我真的不知道。"

"你都不问问吗？你们是同桌欸——"

余周周觉得李晓智有些奇怪。他对自己躲躲闪闪的，大家突如其来的关注让他有些不知所措，似乎又甘之如饴。他开朗了许多，和那些男同学的关系也更亲密了，大家讨论《美少女战士》或者《灌篮高手》《足球小子》的时候，也会带上他一个。

当他评论自己喜欢水野亚美的时候，会有人怪叫："白雪和她比，谁比较漂亮？"

"李晓智""白雪""李晓智""白雪"……

终于有一次，他被围在其中。

当然，也有看不过眼的，会在旁边酸一句——名字挺好听，长得肯定不咋的。

余周周从来没想到，涨红了脸的李晓智竟然会出手打那个出言不逊的人。他们在大家的尖叫声中翻滚到一起，互相揪着领子、头发，像两只幼兽。

被匆匆拉开，被老师叫到办公室去训话，被女同学视为英雄典范。

为女人打架的男人，无论在什么年龄段都是惹女人喜爱的。

哪怕，没人知道白雪是谁。

每当有人问起，他总会回答："今天晚上白雪可能来我们学校，我们一起回家。"

"哪个是啊？"

"她拎着黑书包，米奇的黑色书包。"

当单洁洁再问起余周周白雪是谁，余周周总会回答："一个拎着黑书包的外校女生……呃……米奇的黑书包。"

小学升初中的制度突然改革。他们要抽签，只有一半的人能进入师大附小对口的师大附中。那是全市最好的初中。剩下的人，要去另一所差一些的八中。

所谓抽签，其实是给家长信号。他们开始运作，送礼，争取拿到那一半的名额。

李晓智去了八中。

他并没有沮丧，满脸笑容地说："白雪说不定也会分进八中。"

余周周歪头笑："是吗，那太好了。"

初三的时候，余周周路过杂志摊，买了一本《动漫时代》。她正要付钱，身边路过一群赶着上公交车的学生，把她撞到一边，踩到了别人的脚。

她一边说着"对不起"一边抬头，那个少年看起来有些面熟。

"周周？"他微笑。

是李晓智，但好像又不是。李晓智从来不会这样笑。

聊了聊近况，还有全市模考的排名，几个回合过后，突然无话。

本来他们就很少有话可说。

余周周抬头望着漫天的杨絮，突然恍神地问出来："白雪……还好吗？"

李晓智一头雾水："谁？"

她才回过神，可是又有些难堪，只好硬着头皮说："……白雪。"

李晓智已经长开了些，虽然算不上帅哥，可是眉目疏朗很耐看。他愣愣地看了余周周许久，突然大笑起来。

李晓智笑得一点儿都不像李晓智。余周周不自觉地微笑起来，大家都长大了。

"你还记得啊。"他挠挠头。

"怎么？"

少年的目光盯着远方不知道的什么地方，眼神里有些自嘲，有些庆幸，也有一丝说不清道不明的遗憾。

"周周，从来就没有什么白雪。"

那是他第一次踏出循规蹈矩的羞涩世界。白雪这个女孩，皮肤白皙，头发长长，温柔善良，笑容浅淡。她陪着他度过了青春期躁动却孤独的开始，甚至被耐不住寂寞的自己有意识地露出了一点儿狐狸尾巴，就赢得了前所未有的关注。

当白雪在他心里，他放学路上就不寂寞。因为脑海中有个拎着黑书包的温柔女孩子一路倾听他的心事，听他讲述学校的琐事和自己的看法，听到会心处，微微一笑。

当白雪出现在众人的起哄声中，他在班级里也不再寂寞。

余周周不会知道，六年级时大家的关注，是怎样改变了李晓智沉默羞涩、面目模糊的人生轨迹。

她也不会知道，自己曾经有多妒忌白雪，妒忌他们。

还好，白雪出现了。

虽然，她已离开很多年。白雪从他心里走出去，就再也没回来。

可他记得她。

白雪过得怎么样？余周周竟然还记得。

李晓智看着她，粲然一笑。阳光透过榆树叶在他脸上留下星星点点的光斑，异常耀眼。

"白雪过得很好。"他说。

7

初雪

余周周很不喜欢十一月。

因为十一月基本上没有节日，不能放假。

一个学期正进行到最最无聊的中段，天气又转冷，让人只想吃东西不想动。天空永远是铅灰色的，好像在酝酿着一场初雪，却又犹犹豫豫别别扭扭不肯降临。

于是就这样压在头顶。

外婆发现，家里的三个女孩子这几天都格外安静。

高中二年级的余玲玲每天都戴着随身听的耳机，一边听英语听力一边没完没了地写着作业。但是几天后证明，她听的并不是听力，而是摇滚，一个男人用半死不活的声音在嘈杂的背景音乐下，含糊不清地唱着"我的爱赤裸裸……"。此外，她做的也不是作业——作业本下面是口袋言情小说。

余玲玲因为小说被撕掉、卡带被没收而跟家长冷战的时候，两个五年级的小丫头余周周和余婷婷也格外消停。

当然，余周周从前很消停，以后也会一直消停下去——如果余乔不来外婆家蹭晚饭的话。

吊儿郎当的余乔在1998年秋天经历了高考并考入本地一所二流大学，这让所有人都大吃一惊。在国家尚未开始大学扩招的年代，余乔等于一步迈入了天之骄子的行列。

连一向黑着脸的大舅都笑得合不拢嘴。余乔一直不用功，一直热爱打游戏和逃学，但是高三最后三个月的冲刺，竟然让他一举混成了大学新生。

余周周很开心，但是仍然学着余乔当年的样子，痛心疾首地指着他说："乔哥哥，你看你都堕落成什么样子了……"

余乔咧嘴一笑，扯着余周周的马尾辫阴阳怪气地说："我这叫打入敌人内部，不入虎穴，焉得虎子？你目光太短浅，注定无法理解我的卧薪尝胆。"

余周周愣了："你想要得什么虎子？"

余乔的表情几乎可以称得上小人得志。

"要有虎子，先得找到一只母老虎啊。你等着，乔哥哥立刻就去敌人内部给你劝降一个嫂子！"

这话的声音不小，可是这一次，大舅并没有对余乔的后脑勺使出如来神掌。仿佛所有人都默认，高考是一道线，在高考前一天，爱情仍然是见不得光的早恋，是糊涂不上进，是不知羞耻；然而通过那几科几乎与爱情无关的枯燥考试之后，他们就长大了，可以牵手，可以拥抱，可以光明正大地高歌爱情万岁了。

余周周很小的时候就懵懵懂懂地觉得，录取通知书是一张包罗万象的准许证。被关在笼子里面的半大不小的孩子们被放飞，欢呼雀跃，但是不一定会到达打开笼子的那一刹他们心里想要到达的地方去。

迷恋上了计算机游戏和母老虎狩猎的余乔住在宿舍里面，很少再来外婆家吃饭。于是余周周彻底沉默了。

外婆早就习惯了余周周的安静，所以只是很耐心地一遍遍询问余婷婷是不是在学校遇到了不开心的事情。余婷婷只是摇头，什么都不说。

余周周也低头扒饭，假装对眼前的状况一无所知且毫不关心。

她只是不说。有时候世界上最残忍的事情就是告诉对方：嘿，我什么都知道了。当余周周懂得这一点的时候，她才想起来自己在很小的时候已经用这种方式恐吓过余玲玲了。

但是，余婷婷的心事，她还是知道的。

余婷婷喜欢上了一个人。

上个星期三的晚上，余周周练完琴，正在弯着腰用干布擦着琴身上沾到的白色松香，突然听见背后传来一句幽幽的话语："周周，你有喜欢的人吗？"

余周周吓了一跳，一直喜欢蹦蹦跳跳的余婷婷竟然练就了这样悄无声息的本事，她惊讶地回过头问："你说什么？"

"你不可能没有喜欢的人。"余婷婷表情严肃，不知道在紧张什么。

这句话和余周周班里那些逼供的女同学一模一样。她们集体发誓一定要撬开余周周的嘴巴。全班女生几乎只有她和詹燕飞没有说过自己喜欢的对象，这简直不可理喻。群众纷纷表示，这两个人太端架子了，太假了，以为自己是小班干就了不起了。

虽然没有人能推断出小班干和恋爱之间的互斥关系究竟是什么。

余周周依然摇头，一脸抗拒和……羞涩。

她的细微脸红在余婷婷眼里被浓墨重彩地重新涂抹了一遍，对方不依不饶："你今天必须说！"

余婷婷倔强起来，也很要命。

几番拉锯战之后，余周周感觉到手心的松香已经因为出汗而变得又涩又黏，她局促地搓着手，憋得满脸通红，终于还是大义凛然地开口了。

"……我喜欢上杉和也。"她轻轻地说。

余婷婷一脸茫然。

"谁？"

"上杉和也——是和也，不是达也！他们都喜欢达也，我倒也挺喜欢达也，可是……"余周周还在原地忸忸怩怩，抬头的时候才看到余婷婷一脸愤怒。

"怎么了？"

"你这人真没劲，一句实话都没有。算了，谁稀罕问你。"余婷婷转身离开了。

余周周先是发了一会儿呆，然后一股小火苗也从心口蔓延到头顶。

"你才没劲呢！"她叉腰对着空气说。天知道她有多真诚，她羞涩了那么久才鼓起勇气。

真是不知好歹。

余周周那时候还不能懂得余婷婷的心思。这种心思不像被老师批评了一通之后的难过，它不会很快就过去，也不会因为在操场上疯跑一周汗流浃背而蒸发掉。这种心思比当初单洁洁那种因为被起哄而泛起的涟漪更加深沉隐蔽，自己，它无处不在，阴魂不散。

只要这个人还在余婷婷眼前晃，她就会一直难过下去。即使这个人不在她眼前晃，也会在她的记忆里晃。

喜欢上一个人，是最最无可奈何的。

余家的三个女孩子，带着不同的表情，在十一月阴沉的天空下，一同静默地等待着第一场雪。

十一月的尾巴上，北城终于下了第一场雪。

郁积了太久，导致这场雪许久不停，纷纷扬扬，从早上一直下到午后两点多才停。老师们格外开恩让大家出去打雪仗玩，因为按照规矩第二天肯定是要全校扫雪的，还不如趁机玩个够。余周周还在笑眯眯地用脚尖在平整的雪地上写字，冷不防被已经兴奋不已的单洁洁用雪球砸在了肩膀上。几星凉丝丝的雪溅到脸颊上，有种奇异的触感。

地上的雪还很疏松柔软，单洁洁又太过心急，所以雪团松松垮垮的，威力很小。

余周周戴上浅灰色的绒线帽，背对单洁洁站着，无视她在背后徒劳的密集攻击，而是弯下腰，用两只手挑起雪，包在掌中，狠狠地挤压，捏实。

余周周的嘴角挑起一条贼兮兮阴森森的弧线。

"洁洁，你死定了。"余周周笑眯眯地想。

然后，她迅速转身，朝着单洁洁的方向把那个结结实实的巨大雪球用最大的力气投了出去。

余周周拥有完美的计划、绝佳的忍耐力、精良的装备……以及最差劲的瞄准。

她和单洁洁呆若木鸡地站在原地，看着眼前的人一言不发地抹掉脸上的雪。

"你——死——定——了。"他平静地说。

是林杨。正中脑门。

后来的场面，如果用他们最近学习的成语来形容，那就是惨绝人寰。

一失手成千古恨。

余周周和单洁洁一边逃亡一边徒劳地进行零星的反击。其实单洁洁是不用逃跑的，因为林杨的大雪球又稳又准，弹无虚发地只打余周周一个人。

于是走投无路的余周周做了一件只有小学一年级的小孩子才会做的事情。

她蹿进了室外女厕所。

"有本事你出来！"

"有本事你进来！"

单洁洁无奈地叹了口气。

"都多大的人了，还玩这套……"她鄙视地看了一眼正在厕所门口对峙叫嚣的两个人，拍了拍手套上的残雪，转身走了。

而那两个人竟然就以这种状态对吼了许久——余周周骑虎难下，林杨乐此不疲。

终止两军对垒的是一声清脆的呼唤。

"林杨，林杨！你站在女厕所门口干吗？你变态啊！"变态这个词刚刚开始流行，和帅、酷等词语一样，小学生们常常挂在嘴边。

余周周已经对厕所的味道忍耐到极限了。趁着林杨和那个女生说话，她猫着腰鬼鬼祟祟地挪到了门口。

"我在你的书桌上发现的，这是谁给你的啊？"

"什么东西啊？"

"一看就是礼物啊。快说，谁给你的？"

余周周听到很多女孩子的嬉笑声和窃窃私语，好像那个领头的女生带来了许多围观群众。

"我怎么会知道？"林杨的声音有点儿不耐烦，但是仍然克制着，很礼貌，"凌翔茜，你最好不要随便翻我的书桌。赶紧放回去吧。"

余周周忽然发现，林杨好像只有在自己面前才会龇牙咧嘴毫无风度耐心全无。

果然，这家伙就是跟我过不去，真烦。

她这样想着，从拐弯处悄悄探出头，想观察一下敌情。然而进入眼帘的某种颜色，让她惊讶地定在了原地。

浅蓝底色，白色星星。

那样眼熟的包装纸，此刻就在凌翔茜的手里像火炬一样被高高举着，被女孩子们各种各样含义不明的微笑包围着。

但是那些笑容，带着探究的笑容，总是带有一丝丝让余周周觉得不安的东西。好像，是某种幸灾乐祸，或者阴谋，或者……总之，直觉让她感受到某种不善良在靠近。

那张包装纸。

余周周做梦一般，下意识地开口："你这个人，怎么能随便动别人的东西？"

8

雪都快化了

余周周不知道这种齐刷刷的目光和诡异的沉默究竟意味着什么。在她还没有意识到的时候，已经脱口而出的一句话，竟然让这些人表情如此复杂。

余周周记得那个惊慌地把剪刀抱在怀里的小小表姐，尽管她和余婷婷的交情始终很一般，上一次更是因为余婷婷鄙视自己的小恋人，导致关系更加紧张。然而，此刻她还是深深地为余婷婷不平。

余周周的善解人意总是来自她旺盛的想象力。推己及人。

如果此刻是浅仓南高举着自己送给和也的礼物呢？

她立即变得怒不可遏。

余周周从厕所门口走出来，站到人群外围。

大雪覆盖的世界格外安静，连那些打雪仗的孩子的嬉闹都好像被隔在了玻璃罩子外面。余周周上初二的时候在物理练习册上看到了一道题，才知道新雪的疏松孔洞具有吸声作用，那一刻她盯着圆珠笔笔尖，眼前突然重现了五年级的这个雪天。

一个女孩子怯生生地打破了平静："难道……这个礼物……是你的？"

余周周原本已经在肚子里想好了一大套说辞，结果这个问题把她彻底搞晕了。

我的?

让她更晕的是，一直在一旁观望的林杨忽然一脸欣喜地劈手从凌翔茜那里夺过礼物，在大家惊讶的目光下煞有介事地整理了一下微微凌乱的缎带，然后一脸假惺惺的正经，淡淡地说："该上哪儿玩上哪儿玩去，都别那么三八行不行?"

这句话一点儿都不像林杨平时对待女生的风格。他从来不会像其他男生一样说女孩子三八、多嘴、烦人。虽然冷淡，但是一直很有礼貌，至少是表面上的。

所以他的话音刚落，周围的女孩子全都愣住了，脸上的表情都惊讶而尴尬，有几个人已经听话地散开了。凌翔茜身后站着的几个小跟班也犹豫地拉了拉她的袖子："茜茜……走吧。"

凌翔茜一动也不动，她喘气的声音有些粗，胸脯一起一伏，不知道是委屈还是愤怒还是别的什么。她没有看林杨，反而紧盯着余周周，死死地盯着。

凌翔茜长得很俏丽，那是一张总是粉扑扑的小脸，嵌着一双丹凤眼。余周周上了初中后无意中在书中读到"人面桃花"这几个字，第一个想到的，竟然是凌翔茜。

她认识这个女孩，相信这个女孩也认识她。凌翔茜和余周周都是三道杠的大队委员，平时开会也好，组织活动也好，也常能遇见。

可是，她们竟然从来都没有说过话。

余周周和林杨之间的回避、冷淡是双方刻意的，但是余周周与凌翔茜之间的这种说不清道不明的气场，无从探究。

也许是因为她是林杨的好朋友，所以……和蒋川一样，都需要离找远点儿吧。余周周这样想着，想起背后隐藏的原因，虽然有一瞬间的刺痛，却也安然接受，接受凌翔茜在大队部开会的时候时不时飘过来的略带探究的高傲目光。

她不知道，自己其实只猜对了一半。

余周周似乎早就忘记了当年是谁把四皇妃的挂历塞进自己手里的，

也忘记了夕阳下是谁带领一群嫔妃、大臣、宫女、太监在背后追杀自己和皇帝的。

其实小时候的游戏是不需要耿耿于怀太久的，但是凌翔茜显然还没有成长到可以释怀的年纪。

余周周从来没有想到，幼年那一场"宫廷政变"，到最后，真的改变了所有人的命运。

"这不是你的。"凌翔茜的声音竟然有些恶狠狠的意味。

刚刚通过直觉感受到的那种不善现在再次爬上余周周的后背。就是这种感觉——刚刚在厕所门口偷窥到的，带领一群人举着礼物跑过来的凌翔茜，其实早就知道礼物是谁的。

余周周沉默。

这种沉默是与生俱来的天赋，并在后天一点点打磨得圆滑而锋利。当遇到困境时，她总会沉默。

沉默是把选择权和两难困境一起交给心急如焚的对方，是不负责任，是躲避伤害。

对林杨，我绝不会说礼物是我的；对你，我绝不会说礼物是余婷婷的。

对方对自己的沉默怎样理解？是心虚、默认，还是羞涩，或者不耐烦？

选择权在你们手里。余周周歪头浅笑，不置可否。

单洁洁曾经无意中说过："周周，你有些像我哥。"

陈桉？

余周周和单洁洁之间从来不会提起陈桉，毕竟他年长她们太多，他已经是高中二年级的学生了，完全是另一个世界的人。

余周周笑了笑，不置可否。单洁洁立刻跳起来指着她的笑容说："你看你看，就是这样！你跟他太像了，他就老是这副德行……"

德行？余周周哭笑不得，当单洁洁说自己像陈桉时，自己心底却有一丝异样。

此时林杨已经皱着眉头朝凌翔茜狠狠地挥了挥手："你赶紧去玩吧，

一会儿雪都化了。"

"雪都化了"……这种胡扯简直是对凌翔茜最大的侮辱。她咽了一口口水，调整了一下面部表情，努力不做出愤恨的样子让旁边的女生抓到把柄，而是笑嘻嘻地带着一脸八卦的表情对旁边的女生说："撤了撤了，人家小两口都着急了，咱们都是大灯泡！"

女孩子们这才哄笑起来，四散跑开，三三两两窃窃私语，边走边不住地回头。

余周周对于"小两口"这个词反应淡然，倒是林杨，对着女生的背影进行了经典的越描越黑的解释："胡说什么？谁跟谁是小两口?!"

"你和余周周呗，脸红了？"有个女生笑着喊出来，尾音还没出来，就被凌翔茜急急地拽走了。

终于，周围一片安静。

害怕手套上的雪弄湿包装纸，林杨已经脱下了手套，把那个不大不小的盒子抱在怀里，真的羞红了脸，眼睛四处乱转，清了好几回嗓子也没说出一个字。

"你……"

"礼物不是我的。"

从厕所走出来后就没怎么说话的余周周，终于又开口了。

清凌凌的声音，没有起伏。

林杨因为紧张而端起的肩膀蓦然沉了下去。

"什么？"

"礼物不是我的。"她重复。

"那你刚才干吗……"林杨的语气中，有一丝小小的气急败坏。余周周比异地望着他，不明白眼前的人到底吃错了什么药。

或许她隐约知道，否则她不会误导林杨那个礼物是她的。

好像自己那么笃定，原本对礼物持一副无所谓态度的林杨，会因为误会而极力偏袒自己。

潜意识中，那么笃定。那么自然而然的笃定，从来不曾想过原因。

余周周突然被自己的念头吓到了，她慌忙把那个浮上水面的念头压下去，假装刚才并没有看到水下的真相。

"我干吗了？"她躲开他的目光。

"你干吗说……"林杨愣住了，对，余周周从来就没说过礼物是她的。

"我只是跟你一样，觉得她们不应该随便动别人的东西啊。"

余周周一脸无辜的笑容。

林杨忽然觉得很愤怒，没来由地愤怒，小盒子在他两手的挤压下都快要变形了。余周周盯着盒子，轻轻地说："你轻点儿，盒子要破了。"

"关你屁事！"林杨咬着牙低声说，却还是放松了力道。

两个人相对无言地沉默了一会儿，林杨忽然有点儿勉强地笑了笑，然后低下头迅速地把包装纸拆开了。顶着余周周惊讶的目光，他取出里面用白色泡沫包裹着的紫色苹果。

紫色的玻璃苹果，在一片洁白雪地的映衬下，闪着微微的光，很漂亮。

多好看的苹果。余周周想夸奖一下这个礼物，最后却还是闭上了嘴巴。她直觉感到自己要是此刻说了什么，林杨立刻就能把苹果扔到墙外面去。

从盒子里掉落了一张小小的纸片，余周周俯身捡起来递给林杨。她并不想偷看，奈何纸卡片没有折叠，她扫一眼就看到了内容。

只有两行。

生日快乐

你一直是我心里最优秀的大队长

没有署名。

余周周心里忽然变得很柔软，自己小表姐的玲珑心思，就这样被自己触碰到了。

林杨诧异了很久："这人是谁啊？"

余周周微笑："她不想让你知道，那你就不必知道了啊，这样多好。"

这样多美好。

可是林杨嘴角抽搐："我的生日在三月……"

余周周愕然，谁知道余婷婷的情报居然这么离谱！

她结巴了一会儿："这个……你……你就当是阴历生日……"

"我的生日在春天！你家阴历生日和阳历生日差半年?!"

余周周笑起来，眼睛重新眯成新月，和小时候幼儿园里初见时一样，她用刚才林杨哄走凌翔茜的话回敬他。

"怕什么，雪都快化了。"

刚刚的火药味渐渐散去，林杨也低头温柔地盯着手里的卡片，笑了笑。余周周抬头看了看已经是浅灰色却不再阴沉压抑的天空，终于敢开口说了。

"多好看的苹果。"她笑。

然后抬头，就看到不知什么时候，林杨的爸爸妈妈已经站在了后门，安静地看着他们。

看着手里拿着苹果和包装盒的他们。

林杨有一瞬间的慌乱。

"好久不见啊，周周……都长这么大了。"林杨妈妈微微笑着。

9

反派

林杨妈妈和善地微笑着，眼睛却盯着林杨手里的礼物，好像在等待他们两个中的某一个做出解释。

林杨还在盘算应该从何说起，余周周已经微笑起来，朝林杨妈妈和爸爸认真地鞠了一躬："叔叔阿姨好。"

然后转过脸对林杨说："你爸爸妈妈找你有事吧，我去找同学了，再见。"

林杨愣愣地看着余周周礼貌地向自己的父母道别，还没有反应过来的时候，那个深灰色的身影已经一溜烟地跑开了。他说不清这种感觉，好像余周周突然变身了一样，这个女生还站在自己身边，但是感觉不到她的存在。

余周周走后，林杨妈妈不再笑了，用审视的目光把林杨和他的苹果从头到脚扫描了好几遍，几乎把玻璃苹果看出裂痕来。她欲言又止，最后只是看了看自己的丈夫。

林杨爸爸却没有回应她的求助，温柔地拍拍儿子的头说："爸爸单位的陈奶奶病危了，咱们一起去医院看看吧。你小时候有段时间住在陈奶奶家，她一直很疼你，跟我们一起去看看她吧。"

林杨点点头："那一会儿还回学校吗？"

"不回了，我跟你们小张老师请假了。"

"那我去教室拿书包。"

"去吧。"

林杨如释重负地跑进教学楼，一溜烟不见了，呼吸吞吐着白气，好像一列小火车。

林杨妈妈责备地看了自己的丈夫一眼。

"杨杨越来越滑头了，你刚才不趁机问他个措手不及，他过一会儿肯定给你胡编个理由。"

林杨爸爸笑了，低头摸摸鼻子——每次妻子用这种口气说话，他都会有这种表现，乍一看竟然有些像高中生。

"你想让我问他什么？"

"问……"林杨妈妈顿了顿，叹口气。

的确不知道应该怎么开口问，否则她刚才就不会示意让丈夫开口了。

余周周这个名字从记忆里消失很久了。四年前儿子的小玩伴，一段被他们"策略性"地中止了的幼稚友情。林杨妈妈后来每每看到林杨和其他小朋友一起玩得开开心心茁壮成长的样子总会觉得很庆幸，他们用最直接又最委婉的方式解决了一个不大不小的麻烦。林杨妈妈觉得丈夫说得很对，小孩子的所谓交情是很容易被掐断的——他们一直坚持接送林杨整整一年。其实，从第一个星期开始，林杨就再也没提过余周周的名字。

是她把问题想复杂了。一切都顺利得难以想象。

直到刚才在小张老师的指引下来到了后操场，满操场的小孩子穿着鲜艳的冬衣跑跳追逐，他们搜寻了半天，竟然就在围墙附近看到了自己的儿子——和一个小姑娘说着话，急不可耐地拆着包装纸，把一个玻璃苹果在手中来回把玩，而且，说话的时候眉眼飞扬，表情格外生动，生动到了有点儿喜怒无常的地步。

好像是跟其他小孩子在一起的时候从来没有过的状态。和其他孩子在一起的时候，林杨总像个小大人；而抱着苹果的时候，他看起来只是个耍无赖的小孩。

而且，非常无赖。

林杨的妈妈站在一旁看得有些发呆，那种表情似曾相识，但又很久没有出现过了。

儿子的每一点琐碎都是顶顶重要的大事。

所以当林杨妈妈绕到一旁，看到那个女孩子有些熟悉的侧脸时，她觉得自己有种被捉弄的感觉，哭笑不得。

原来他们一直都没有断了往来。

她的宝贝儿子居然瞒了她四年多。

林杨妈妈心里轻轻嘀咕着"以后长大了可怎么了得"，却不知道自己的愤怒不满并不仅仅来源于儿子的撒谎。

当林杨背着书包跑下楼的时候，林杨妈妈动动嘴唇，把话咽了下去。可是疑惑卡在喉咙口，在他们把车门关上的瞬间，随着车子打不着火发出的吭哧吭哧的声音一齐犹犹豫豫地冒了出来："杨杨，你以前不是说跟周周……跟周周都不在一起玩了吗？"

忘了是二年级还是一年级的尾巴，她突然想起那个小大人一样讲故事的小姑娘，于是试探性地问过林杨他是否还和周周一起玩，在学校是不是经常能见到，等等。

林杨的表现很正常，极为轻描淡写，甚至像个早熟的小老头一样语带沧桑地说："那都是什么时候的事了，早就不在一起玩了，见都见不到。"

很决绝的语气，让人很难怀疑。

林杨妈妈现在回想起来，越来越心寒。

独自坐在后排的林杨却没想到，妈妈问的不是苹果而是周周。

他不知道自己妈妈已经坚定地认为，余周周和她送的苹果一样可怕，仿佛林杨就是那个白痴的白雪公主，而巫婆已经带着毒得发紫的苹果找上门来了。

何况林杨这个白雪公主是非不分，还是个撒谎精。

林杨一下子放松下来，笑嘻嘻地说："周周啊，原来的确不在一起玩了，现在又好了啊！"

"又好了啊。"结尾的那个"啊"，轻快上扬，带着一种毫不做作、毫不掩饰的喜悦。

林杨妈妈反而被噎住了。她瞻前顾后的各种考虑在林杨的回答下都变成了透明的。的确，他们从来没有明确说过，至少没有像蒋川或者凌翔茜的父母一样明确地叮嘱孩子不要和周周一起玩。所以林杨这样解释，她反倒无话可说。

林杨再接再厉："而且，以前关系不好，不代表不能重来啊！"

这个"啊"比刚才的还要翘尾巴，都甩上了天。

林杨妈妈深吸一口气："你妈妈我要是和那个余周周一起掉河里，你救谁？"

一直沉默的林杨爸爸扑哧笑出来，一个急刹车。三口人一齐向前冲，坐在后排的林杨没有系安全带，几乎冲到前排来。

他挣扎着坐起来，认真地看着他的妈妈："妈，你真幼稚。"

林杨爸爸大笑着重新打火起步。

林杨正坐在车里安然地对着车窗哈气，另一边的余周周却在一种诡异的气氛中备受煎熬。

刚刚指着余周周挤眉弄眼窃窃私语的那群一班女生，在下课铃打响后纷纷走回教学楼去上课。上一秒才和大家一起乐呵呵地八卦着的凌翔茜，不知道什么时候绕到了周周的背后，语气复杂地说："我妈妈说，让我离你远点儿。"

余周周并没有停下步伐，只是微微一笑。

"所以你应该听你妈妈的话。"

凌翔茜先是愣了一下，想了两秒钟才明白余周周话里的含义。她不甘心地追上来，继续说："我妈妈说，你不是正经人家的小孩。"

余周周仍然没有停步。

"你妈妈真幼稚。"

凌翔茜这次不需要思考这句话的含义了，她尖叫着冲上来，一把揪下了余周周的帽子，浅灰色的绒线帽在她手里被拉扯变形。余周周站在原地，和许许多多被尖叫声引来的围观者一起，看她使劲地朝着帽子泄愤。

"茜茜你怎么了？"有个胆大的女孩已经冲过去拦住了凌翔茜。

"她骂我妈妈！"凌翔茜用食指狠狠地指着余周周，另一只手把帽子扔到地上用脚使劲地踩，一边踩一边不时抬眼睛观察周周的反应。

余周周还是笑，仿佛这辈子没有第二个表情可以摆出来。

"所以你扯我帽子啊，咱们扯平了。"

凌翔茜愣住了，脚还踩在绒线帽上，但是因为鞋底的积雪都是干净的，所以帽子根本没有脏。

"你说什么？"

"我说咱们扯平了。不过我的帽子，我不要了。你的妈妈……你看着办。"

她背着手转身离开，被绒线帽的静电带起的几根碎发还骄傲地立着。留下背后一堆呆傻状的观众。

余周周脸上的微笑直到无人的水房还没有放下来，她对着脏兮兮的用红漆刷着校训的镜子，看到自己假得不能再假的笑容。

试了几下，嘴角都撇不下来，好像笑出了后遗症。

你们以为我还是那个余周周？她仿佛看到自己穿着黑色的紧身衣和宽大的斗篷，把那些满口正义的圣斗士狠狠地踩在脚下，还非常配合地狞笑了两声。

然后她被自己吓到了。

余周周觉得心口有种怪异的感觉，慌张、后怕、兴奋……

手指抚着身体里跳动的灵魂。

余周周第一次假装不在乎，她压抑着在听到"不是正经人家"的时候喷薄的愤怒，憋出了一脸的笑容。

做反派竟然比打倒反派还要开心。

余周周抚摸着镜子里的那张假脸——嘴角上扬得连食指都按不下来。

直到她听到教室里爆发出巨大的笑声和尖叫声。

10

旧时王谢堂前燕

余周周走回班级门口，刚才那阵尖叫声和嬉笑声已经平息了下来。门里面班主任的咆哮声盖过了一切。

"都能耐了是吧？嗯？给你们一堂体活课都不知道姓什么了是吧？"

余周周对这一套说辞已经习以为常，她转身绕开了正门，走到后门，推门避开讲台前正在发生的一切。正好在门口遇到了单洁洁。

"洁洁，怎么了？"余周周小声问。

单洁洁笑了一下："许迪和同学刚才进班的时候打打闹闹的，把水桶踢翻了，洒了詹燕飞一身。"

余周周不解："那刚才大家笑什么？"

"就是有人开玩笑说现在把詹燕飞拎到操场上冻半小时，马上就能冻成个雪人。"

"这有什么好笑的？"

单洁洁轻推了她一把，小声说："你傻啊，雪人是什么形状，詹燕飞是什么身材？"

余周周恍然，目光越过人山人海投向正站在讲台中央哭到哽咽的女孩子。曾经矮小圆润像个团子一样可爱的瓷娃娃，到了初步发育的尴尬年纪，既没有少女的窈窕优美，也没有幼童的稚嫩可爱，曾经令人羡慕的肤色现在仍然像雪一样纯净洁白，只不过曾经是小小白雪公主的白皙，现在仍然是雪白——雪人的白。

余周周说不清楚自己心里是什么感觉，她承认在单洁洁给她解释那句话的时候，她也觉得很贴切很想笑，可是目光胶着在那个小雪人身上的时候，突然心底蔓延过一阵酸涩。

她知道班里同学对詹燕飞的态度。曾经一二年级时盲目崇拜，把她当作第二个小老师来拥护，下课时总有一群人围在她周围听她讲电视台录制节目中发生的故事，以及见过的省里的笑星和名人私底下的样子……只要有人和詹燕飞争执，不论事情起因如何，詹燕飞一定是对的，就仿佛于老师永远不会错一样。

不知道是从什么时候开始的，有人在看到新发下来的全省中小学生学报的时候，指着关于詹燕飞的专访中那段"即使常年在外参与各种节目的录制以及电视剧的拍摄，小燕子从来没有放松过学习，曾经有一次她几乎一个学期没有上过一天完整的课，可是仍然在期末考试中得到了全班第一的好成绩"，笑声充满整个课间，然后大家一起窃窃私语。四五年级的孩子们一边制造着属于青春期和美少女战士的粉红泡泡，一边急不可耐地推倒曾经亲手树立起来的神像。

余周周已经想不起来小燕子这座神像，是什么时候被摔成一地的碎片的。

也许是在老师第一次批评她的作业格式不正确的时候？

也许是在省台第一次剪掉了她在台庆文艺晚会中的诗朗诵表演的时候？

也许是在《小红帽》启用了新的"小燕子"的时候？

没有哪个孩子永远幼小可爱。

但是，永远都有幼小可爱的孩子存在。

童年是可以榨取的。

至于后来的事情，没有人关心。于老师并没有像以前一样疾言厉色地维护詹燕飞——詹燕飞并不是家里很有背景的孩子，她的背景，从来就只有她自己。

可怕的是，她长大了。

小燕子长大了，并不会理所当然地变成大燕子。

"给你家长打个电话让他们接你回家换衣服吧，别冻感冒了。还有你们，闹什么闹？是不是以后都不想上体活课了？赶紧给我收拾干净！"

这件事情就这样落幕了。以前从来都不会这样轻松简单。

余周周突然心口揪紧了。她形容不出这种感觉，班里同学略带幸灾乐祸的表情，班主任的轻描淡写，还有哭泣而软弱的詹燕飞，一切都在告诉她，好像有什么变了。

她还太小，以至于很久之后余周周才明白，这种感觉叫作兔死狐悲。

人心散了，队伍不好带了。她何尝不知道现在同学们对这些班干部的态度尚且恭敬，只是因为积威还在。更何况，自从上个星期于老师宣布学校进行改革，期中班干部改选实行竞选投票制度，像许迪那样的男同学面对小班干的口头禅纷纷变成了"老实点儿，小心我们不给你投票"……

然而余周周所担心的事情并不仅仅是竞选的票数问题。她敏锐的直觉隐隐约约地告诉她，有一种所谓的资历证明，已经过期；有一个所谓的辉煌时代，到此结束。

此时的余周周还没有成长到能够看清这一切的高度，她只能站在原地仰望，等待时间的潮水将她没过。

星期天的早晨，余周周第一个到达了排练场，把双手放在暖气上方烘烤着取暖，同时跺着脚，缓解冻僵的脚趾。

"周周来得这么早啊。"

余周周回头，刚好看见谷老师朝排练场走过来。他的声音在回声效果极好的排练场里有种异样的沧桑感。

她已经两个月没见过谷老师了。曾为少年宫总负责人的谷老师在三年前就已经退休了，现在是被返聘回来继续担任学生乐团的主管和顾问。余周周觉得自己的面前仿佛竖起了一面神奇的镜子，她一天天地成长，镜子里的谷老师却一天天地衰老、佝偻。有几次活动因为他的健忘而导致了不大不小的演出事故，虽然没有人敢怪他，但是早就有其他老师和团员在私底下议论，这么老的家伙还天天来乐团折腾个啥？

似乎是他们的议论起到了神奇的诅咒作用。从去年冬天开始，谷老师的身体就越来越差，也辞去了顾问的职位，但是仍然坚持每星期来乐团看一眼。这个周期从一星期，慢慢拖延到两星期、三星期、一个月、两个月……

"谷老师。"余周周恭敬地站起身。

谷老师仍然非常严肃，有时候听到余周周的胡言乱语还会在右嘴角勾起一丝似乎是嘲笑其实是赞赏的浅笑，不过，现在的余周周再也不会看见他就心虚害怕了。

谷老师是个好人。

余周周渐渐长大，已经学会了用各种方式来观察他人，评价或玩味他们的行为与品质。可是面对谷老师，余周周永远会选择最简单直接的一句话。

谷老师是个好人。他改变了余周周的人生轨迹。

四年前，他到学校找到余周周，带她去参加汇报演出，让她学会如何站在舞台上。

刚开始还有些拘谨和做作的余周周在他的教导下一点点变得放松和自然。她在刚起步的时候总会下意识地模仿小燕子在班会和学校艺术节舞台上的表现，可是那种天真可爱的腔调从她嘴里冒出来的时候，谷老师总是会笑得前仰后合。

"闭上眼睛，想象你已经是大明星了，不管你表现成什么样，下面的观众都会傻乎乎地觉得那是你的个人风格，你最出色。想象周围都是漂亮的灯光，所有人都在台下为你加油。闭上眼睛，把你的台词重新说一遍。"谷老师耐心地说。

余周周愣了："就像小甜甜？"

"小甜甜？"这回轮到谷老师发愣了，不过他很快就笑了笑，"好，你就是小甜甜。"

余周周那一刻的兴奋是难以言喻的。

第一次有一个大人愿意做她的观众，告诉她，好，现在你就是小甜甜。

然而在余周周已经在省内的各种晚会中崭露头角的时候，谷老师却拒绝了电视台的邀约，似乎不希望让余周周向小燕子的方向发展。

"周周不会怪谷爷爷吧？"谷老师拍着余周周的头，脸上一丝笑容也没有。

余周周笑眯眯地吐了吐舌头："您这表情，我哪敢怪您啊。"

"死丫头。"谷老师脸上也露出了一丝笑容。两个人站在已经熄了灯的剧场里，只有舞台边缘橘黄色的小灯温柔地亮着。

"我从年轻的时候起就在少年宫工作，看到很多孩子从很小的时候到这里学习书法、唱歌、主持、表演、乐器、舞蹈……然后再看他们长大，有些人把这条路走下去了，有些人半途而废，有些人明明走不下去了却回不了头。世界上很多路都非常窄，但是所有人都觉得自己肯定是那个最幸运的。其实我在这里看了这么多年，早就知道……唉，这么说好像有点儿严重，不过人在小时候走错了路，是很多年之后才会意识到的，意识到了之后，又需要很多年时间才肯正视，才肯承认错误，才肯补救。"

低下头看到这个一年级小丫头懵懂的表情，谷老师止住了这个话题："周周，听得懂我说什么吗？"

小学一年级的余周周自然听不懂，可是很多年后回想起来，她突然懂得了谷爷爷。动画片中的小优在最后关头还是放弃了永远成为小甜甜的机会，变回了原来那个单纯快乐的小丫头。而谷爷爷让她成了心中幻想的小甜甜，却阻止她走上小燕子的那条路。所以，她还有机会重新成为一个快乐的小优，安然成长。

不过幼小的余周周当时只是低头思索了一会儿，然后抬起头用清凌凌的眼神看着这个老爷爷，说："听不太懂，但是，谷爷爷肯定不会让我走错。"

谷爷爷大笑起来："我以前怎么不知道你嘴这么甜啊？"

余周周一脸严肃地纠正他："我是认真的。"

谷爷爷眉开眼笑，望着观众席不知道在想什么。矮矮的余周周抬头仰视他，又看了看下面漆黑一片望不到边际的观众席，忽然感觉到有点儿寂寞。

是一种属于谷爷爷的寂寞。她站在他身边，才能感觉得到。

这种感觉只有在她小学毕业的时候才再次浮上心头。

矗立在那里的灰色教学楼，张大嘴巴吞吐着一届又一届的学生，看他们带着同样懵懂天真的神情迈进校门，再看他们被打磨成各种形状带着万般不同的神情迈出去。它仿佛是一个吞吐青春年华的怪物。

可是谁也不知道，这个独自站在时间的河流中央看着一代又一代人被冲走却无能为力的怪物，它究竟有多么寂寞，多么难过。

"周周，想不想学乐器？"

"乐器？"

"学音乐对性情有好处。而且，你不需要走这条路，只是学着玩，好不好？"

"可是很贵。"余周周言简意赅，表情真诚。

谷爷爷摸着她的头："没事，我教你，你嘴那么甜，我就不收学费了。"

余周周几乎毫不犹豫地立即上缴"学费"："谷爷爷，我觉得您真是个好人。"

"还有呢？"谷爷爷挑着眉毛笑着看眼前的小豆丁。

"还有……"余周周搜刮着肚子里面存货不多的好词语，最后只能干巴巴地说，"还有，您眼光很好。"

谷爷爷狠狠地敲了她的头一下："你这到底是在夸谁?!"

四年前余周周第一次触摸到大提琴闪着美丽色泽的琴身。谷爷爷告诉她，有人说过，大提琴的声音像是一个健壮而善良的人在闭着嘴巴哼歌。

余周周喜欢这个说法，她微笑着问："谁说的?"

"高尔基。"

余周周骇然，原来这位高尔基不仅仅会说"书是人类进步的阶梯"。

"周周，想什么呢?"

余周周从神游中回过神，看到谷老师也站到自己身边，在暖气上面烤着手。

"我……我想起以前，您告诉我，大提琴的声音像是……呵呵，就是高尔基说过的那句话。"

"嗯嗯，我记得。"越来越健忘的谷老师竟然也还记得。

他们沉默着，头顶闪亮的白色大灯像一个巨大的按键，按一下，时间就会静止。

"周周快要上六年级了吧?"

"嗯，还有半年。"

"明年夏天考九级吧?"

"是，沈老师说现在开始准备。"

谷老师在两年前就已经把余周周这个关门弟子转给了少年宫一位名气很大的沈老师。余周周的学费仍然比别人便宜很多，沈老师是谷老师的学生，所以对待余周周仍然非常用心。

"想考上海音乐学院附中吗?"

"什么?"余周周抬起头。

"想不想一直把这条路走下去?"

她曾经说过，谷老师一定不会给她领错路，然而听到这句话，余周周还是没有反应过来。

"不要。"她几乎是脱口而出，没有原因。

谷老师并没有惊讶，他微微笑着，望着窗子上面厚厚的窗花。

"你跟陈桉真像。"他说。

"不过，还是考虑考虑吧。"谷老师背着手，慢慢穿过排练场踱回了办公室。

余周周安静地看着这个老爷爷佝偻的背影，突然有种恐慌毫无理由地满溢心间，仿佛是命运在对她耳语，可是，她听不懂。

· 这个世界上，对你好的就是好人，对你不好的就是坏人。

· 世界上还有一种角色叫炮灰，他们资质平庸，他们努力非凡，他们永远被用来启发和激励主角，制造和解开误会，最后还要替主角挡子弹——只有幸运的人才能死在主角怀里，得到两滴眼泪。

· 死亡是一把匕首，然而流血负伤的是活着的人。

· 难过的时候就吃东西，因为胃和心的距离很近，当你吃饱了的时候，暖暖的胃会挤占心脏的位置，这样心里就不会觉得那么冷清，那么空落落的。

1

家路

整个乐团的排练结束之后，余周周并没有急着去送琴。她今天是自己背着琴来排练的，并没有使用乐团的公用乐器。

十五分钟后，她还要参加新年汇报演出的排练。余周周参加了陈桉他们的四重奏。

人群散尽之后，她才小心翼翼地抱着琴，背着书包挪动到另一个中型排练场。陈桉和另外两个团员正在一起聊着天。陈桉高二，另外两个团员都是初三，只有余周周还是个小豆丁了。

"学长，这两天方便让我爸爸给你家打电话吗？唉，他们都烦死我了，他们特别希望我能考上振华，可是刚结束的市统考我根本没进前五百名，我爸差点儿没把我皮给扒了。我早就不想来乐团了，他们就为了那五分的中考加分逼着我来排练。我爸说，想跟你打听一下振华现在高三的师资配备，明年我入学的时候，高三老师大批下到高一来带班，他想先了解一下。"圆脸的中提琴手一边说话，一边拧着琴弓末尾的调节杆。

旁边正在擦琴的短发女孩大笑起来："你爸想得真远，你能不能进振华还是个问题呢，就在这儿考虑起分班的问题了。长远，真够长远的。"

圆脸男孩有些不乐意了："这有什么，大不了花钱上议价生啊，才几万。"

"才几万？行，你们家有钱，你们家真有钱。"短发女孩一撇嘴，背过身去。

陈桉一直站在旁边没有说话，微笑着看他们斗嘴，远远望见杵在门边、抱着大提琴的余周周，才开口打断了他们的对抗："开始排练吧，周周过来了。咱们早些结束，要不她就赶不上六点钟的动画片了。"

另外两个人扑哧笑出来，圆脸男孩开始怪叫起来："青春啊，这才是青春啊……"

余周周红了脸，恶狠狠地瞪了一下陈桉。他却摊手，朝她毫不愧疚地咧嘴一笑。

排练的过程很顺利，中间被陈桉打断了几次，让把合音不协调的地方反复磨合了几次，才五点十五分，他就宣布排练结束。

另外两个人还要匆匆赶往农大附近的中考冲刺补习班，于是陈桉帮余周周背着大提琴，送她回家。

"其实真的不用了。"余周周不好意思地推辞。

"天冷路滑，你一个人背这么大的琴去挤车，多不安全。"陈桉说话时呼出的白气转瞬即逝，余周周仰头看着他隐藏在白气后温润的眼睛，不由得感到心底一暖。

"谢谢你。"

陈桉仍然喜欢揉余周周的脑袋，居高临下，即使她带着小小的绒线帽子，他也会揪着帽子上垂坠的小绒球拉来拉去。

"客气什么。"

北方冬天的夜晚天黑得很快，华灯初上，余周周小心翼翼地盯着脚下，她今天穿了平底的雪靴，所以感觉脚下格外打滑。

突然感觉到右手一紧，是陈桉拉住了她的手，深灰色的手套把她那浅灰色的手套紧紧地包在了里面。她笑笑："谢谢，这段路特别滑。"

"所以说，你一个人背着琴走很危险啊。"他们穿过了少年宫前面的广场，到了大门口，陈桉扬手招了一辆出租车。

"周周，现在在看什么动画片？"坐在副驾驶座位上的陈桉回头问。

余周周闻声，表情立刻不再平静："《灌篮高手》，特别！特别！特别好看！"

陈桉好看的眉眼也弯起来："哦，是这个啊，我也喜欢。"

每当余周周提起《美少女战士》一类的动画片时，陈桉只是摆出哭笑不得的表情，而这一次，他说他也喜欢。余周周立即在座位上跳起来，结果头狠狠地撞到了车顶。

"没事吧你，这么激动？"

余周周疼得泪眼汪汪，抬起头迎着对面的车灯，眼里霎时像是亮起了两盏水莹莹的灯。

"因为……特别好看。"

陈桉朗声笑起来，他知道余周周比同龄的孩子早熟些，说话做事也很有自己的主见，可是每当提及她十分看重的人或事物，她总是词汇量很贫乏，用一些最最简单朴素的词语，一遍遍地用重复的方式来笨拙地表达自己的喜爱。

"的确。我也是以前在电视上看到的，然后跑去借了全套的 VCD，后来又收藏了漫画，为了看全国大赛的部分。的确……"陈桉顿了顿，最后还是低头笑出来，学着余周周的样子说，"的确，特别好看。"

余周周的小女生特质瞬间大爆发："所以，你喜欢谁？"

陈桉做出痛心疾首的样子摇头："我就知道，你们这些小丫头看《灌篮高手》和看足球一样，都是冲帅哥去的。"

"我不是！"余周周严肃起来，瞪圆了眼睛。

"哦？"陈桉半眯着眼睛，"那你为什么问我喜欢谁？"

余周周愣了半天，张张嘴，最后还是伸手揪住他的羽绒服："总之你喜欢谁？"

陈桉耸耸肩："我喜欢樱木花道和水户洋平。"

这个答案出乎余周周的预料。的确，她周围的人都喜欢樱木花道，愿意看樱木花道出糗的情节，但是没有人会把樱木当作最爱。他是个会要宝的主角，可是，他们喜欢他，他们不爱他。

陈桉似乎早就预料到了她的反应："你看，我就说，你们只知道冲着帅哥去。你喜欢谁？流川枫？"

余周周摇摇头。

"仙道彰？"

余周周又摇头。

"那是谁？"

余周周歪脑袋想了很久，才无比认真地、慢慢地说："我喜欢的不是某一个人。我喜欢他们……我喜欢他们的样子。他们每天上学的样子、打球的样子。还有，他们敢挑战，敢夸海口，但是会努力，而且，不怕输，也不怕差。他们输得起。"

陈桉愣住了，回过头认认真真地看着余周周。

眼前的小丫头，一脸严肃和憧憬的表情，那双眼睛折射着橙黄色的车灯，闪耀出一片意味不明的光彩，一不留神，就会被灼伤。

陈桉转过头去不再看她："周周，你输不起吗？"

余周周点头："我输不起。"

陈桉再也没说话。

到了周周外婆家附近，陈桉先把钱递给司机，然后下车打开车门，从后排将大提琴从余周周怀里接过来。

"你不直接坐车走吗？"

"直接送你到家门口吧。"陈桉把大提琴背到肩上，"看你上楼了，我再回家。"

余周周不再推辞。只是这一次，她主动拉住了陈桉的手。

她忽然想起来，也是在这样一个冰天雪地的季节里，她一路前行，沉浸在自己的世界中，抬头却看到了陈桉。这一次，他们能一起走在回家的路上。

余周周突然觉得一种单纯的喜悦满溢心间，说不清楚是一种什么感觉，然而却踏实笃定。每次看到陈桉，看到他永远淡定自若的样子，余周周就会觉得，世界上没什么大不了的。苛刻易怒的大队辅导员，凉薄自私的班主任，班级里面的世态炎凉，这一切让余周周觉得难以忍受的事情，摆在陈桉面前，他一定都是一笑了之的。

陈桉是她的榜样。余周周时时刻刻告诉自己：你要像陈桉一样，一定要像陈桉一样。

可是她知道自己的一切都只是拙劣的模仿，她可以假笑，但终究是假的，心里还是疼，还是在乎，还是不平。

"周周，"到了家门口，陈桉放下肩头的大提琴，"忘了告诉你，这次元旦演出之后，我就离开乐团了。"

余周周接琴的动作停顿了一下："为什么？"

"我在准备数学联赛和物理联赛，参加这些联赛主要也是为了取得保送的机会。原本我只要升上高一，和乐团以前签订的合约就算终止了，何况当年我并没有利用那五分的加分，所以即使我初中时退团也是没有关系的。不过，因为谷老师和教我小提琴的江老师，我才一直留在这里帮他们带小提琴部的。现在谷老师和江老师都要离开乐团了，我留在这里，也没有意义了。"

余周周反应了好一会儿，才点点头："哦，也好。"她慌乱地摇摇头，"也好。"

陈桉微笑着看着小丫头一边摇头一边说"也好"。还是抬起手放在她头上："以后还是会偶尔来乐团看看的，我们还会见到的。"

这种承诺，一定不要相信。

余周周仰头微笑："我知道，一定的。你要好好复习。"

她背起琴朝陈桉摆摆手转身离开。

"周周！"

余周周回头，陈桉双手插兜，站在橙色路灯下微笑地看着她。

"其实，周周，你是个输得起的丫头。动画片比现实夸张纯粹得多，但是现实也比动画片残酷和精彩得多。别总羡慕他们，也别总活在想象里。"

余周周想要说些什么，可是却突然觉得鼻子发酸，她连忙转回身大步朝着门口走过去，不知道为什么想要留下一个潇洒的背影——像片尾曲中拍着球的少年一样挺拔自信的背影。余周周左手抓着大提琴的肩带，右手假装是在拍球，耳边模拟着片尾曲的旋律，突然觉得很悲壮很豪迈，很热血很青春。

然后脚底一滑。

整个人扑进了垃圾堆。

陈桉说得对，余周周想，现实的确比动画片残酷和精彩得多。

或者说，未必精彩，但一定更残酷。

2

我也不是故意的

"你瞧许迪那德行！"单洁洁一边啃着排骨，一边恶狠狠地瞪着正被一群人围在中央的许迪。

"华罗庚"杯全国奥数联赛，一班的林杨和七班的许迪获得了金奖。

余周周看着许迪"翻身做主人"之后满面春风地在人群中夸夸其谈的样子，忽然觉得，如果许迪有尾巴，那么现在一定摇得比飞机螺旋桨的转速还快。

她忽然回想不起来，当他们在学习奥数的时候，她在做什么。奥数仿佛是一项极为长远的投资，当余周周和詹燕飞等人得到台前短暂的快乐的时候，还有很多人伏在书桌上跟数字搏斗，然后终有一天，真正站在台上的，是他们。

余周周负责的红领巾广播站连着三天早上宣读对林杨和许迪的通报表扬，直到某天早上她念到这两个人的名字就很想吐。她不知道这是一种什么感觉，仿佛这种对于奥数的狂热会卷起一场大火，把她和他们都焚烧殆尽。

女人的直觉，永远准得不像话。

学校里面开始举办奥数补习班，每个星期三、星期六、星期天上课，采取的几乎是半强制的方式，班级里面所有被老师"看得上眼"的学生，通通要去上课。

"周周，你去吗？"单洁洁把排骨的骨头吐在桌子上。

余周周已经不再是懵懵懂懂的一年级小丫头了，这样的补习班，有多少程度是为了跟风，多少程度是为了创收……她心里清楚。

然而当于老师发现学习委员报出的名单里面没有余周周和詹燕飞的时候，她还是把这两个曾经的班级栋梁叫到了办公室里面。

余周周安静地站在靠墙的一侧，盯着于老师的玻璃杯子里面上上下下浮动的茶叶。

"你们还以为这是过去呢？学校的奥数班有多少家长来求我让他们家孩子参加，我都没给名额，给你们，还不领情，以为我闲得没事干是不是？"

詹燕飞低着头小声说："于老师，全国学联那边一直都有事情，我恐怕……"

"你那个什么学联，我早就想说，都是骗人的。你有名气，就让你到那儿挂个名，你还真以为能指着它混一辈子啊？你给我醒醒吧，你都要上初中了，过去的事就过去了，历史再辉煌也都翻过去了，你现在的成绩在咱们班都够呛，何况上初中，你还能跟得上吗？嗯？你爸妈目光短浅不替你考虑，老师难道也由着你乱来？"

余周周仍然低头沉默，余光却看到小燕子眼角已经有泪光闪烁。

"学校开班是为了你们好，怎么一个个都不知好歹呢？别嫌老师说话难听，初中可是跟小学不一样了，没人管你是不是会唱歌、跳舞、诗朗诵。我告诉你们，女孩子天生就笨，越到高年级，越容易跟不上，天生就没有男孩子脑袋瓜聪明，自己还不抓紧点儿，想等着上初中吊车尾啊？考高中，不考主持也不考大提琴，你说你们两个傻不傻？嗯？"

余周周心里咯噔一下，可表面上仍然是陈桉式的表情。她自认为镇定自若，在老师眼里，却是典型的水泼不进。

"而且余周周，有件事情我早就想跟你妈妈谈谈了，今天既然话谈到这儿了，我就先跟你说清楚。咱们现在小学升初中体制改革了，师大附小的学生只有一半有机会升入师大附中，还有一半要去八中。不过，你当初是择校进来的，户口还是在你家动迁之前的管区，所以你上初中还是要回户口所在区的，唯一的办法就是参加师大附中和八中这些好学校的入学考试，如果能通过就有可能被破格录取。考的内容，自然就是奥数和英语，特别优秀的孩子才有可能被录取。不过话说在前面，人家可不管你以前是不是市三好，大提琴考了几级，或者会不会诗朗诵。人家根本瞧不起这些，所以你自己掂量吧。"

于老师的语气比以前凉薄一百倍，曾经被她摸着头发夸奖的那些所谓"才华"瞬间就变成了不值一钱的花拳绣腿，而当初三天两头被她骂得狗血喷头的许迪一瞬间成了班里的红人。余周周放学之后，一边扫地一边看着于老师抚摸着许迪的后脑勺，笑容满面地对许迪的父亲说："我就喜欢小男孩，脑袋瓜聪明，有灵气。以后得让你家许迪多带带我儿子。我儿子也淘啊，特别特别淘，不过淘孩子都聪明。你看你家许迪就是，虽然爱捣蛋，但是多有灵气啊。"

余周周把同一组地来回扫了三遍，不耐烦地推开一直揪她裙子的那个小男孩——班主任的宝贝儿子，今年六岁，是否聪明目前还无从考证，但是顽劣得惊人。

"你敢推我，我去告诉我妈妈，让她训你！"小男孩一脚狠狠地踩在余周周的白色帆布鞋上。

余周周压下心头的怒火，反倒笑得一脸灿烂，她指了指站在后门附近跟值周生说话的副校长，轻声说："踢我算什么本事，有本事你去踢他。"

小男孩一仰脖，鼻孔朝天地跑了出去，从背后一伸脚就踹在了副校长的腿弯处，副校长一个不留神直接跪倒下来。

教室外一片惊叫，余周周背着手，扫帚在手中一翘一翘的，像是小麻雀的尾巴。她微笑地看着班主任忙不迭地跟校长道歉，反手就狠狠地抽了儿子后脑勺一巴掌，小男孩哇哇哭起来，外面霎时乱作一锅粥。

她扬起脸去看窗外郁郁葱葱的一片绿色。不知道从什么时候起，初夏就这样覆盖了北方的小城。余周周因为教室外的哭闹喧嚣而得来的小小快乐，夹杂在她纷乱酸涩的心事中艰难地生长，那种阴暗的报复就像攀缘的爬山虎，一不留神，长满心房。

然而她还是去了，星期三的晚上，低着头，潜进了学校的奥数补课班。

五六年级擅长数学的老师轮番授课，余周周低头缩在角落，忙着记笔记。

她也只能记笔记。因为根本听不懂。

余周周后来干脆放弃了。老师刚刚在黑板上开个头，写了不到两行字，底下就有同学喊出了答案，附带一句："这道题都做过不知道几百遍了，太老的类型题了。真无聊。"

是啊，既然人生对你来说毫不新鲜，你就去死吧。余周周一边转着笔一边腹诽。他们的频繁打断导致老师出的题越来越难，而且每次都是在她还没有抄完题的情况下，答案就冒了出来。老师立即带着一种"孺子可教"的欣喜表情停止抄题，站在原地把玩粉笔头，听着下面的天才少年们踊跃地给出同一道题的各种解法和各种思路。

半小时过去了，余周周的本子上面写满了各种奥数题的前半部分。

她猜得中开头，猜不中结局。

"老师，咱讲点儿有意思的吧，难一点儿的，或者新一点儿的类型题，这些在农大顾老师的班里都讲过好几百遍了。"

余周周竖起耳朵，说话的人是林杨。

那个顾老师的奥数班，单洁洁曾经对余周周提起过，能容纳三百多人的大教室，完全按照每个月的考试成绩排座位。尽管如此，托人找关系求爷爷告奶奶地想要把孩子送进去的人，还是多得数不过来。

老师有点儿尴尬地笑笑："这些题你们几个都会了，不代表别的同学也会啊。老师不能只教你们，也得照顾大多数同学啊。"

林杨的声音带着笑："不是吧，就这么简单的题，谁不会做啊？"

谁不会做谁是白痴。余周周听懂了其中的意味，低下头，随手在白纸上画了一个小人，旁边写上"林杨"二字，然后狠狠地用自动铅笔在他脑袋上扎了两下。

"你不信？好，咱们就看看。"老师这句话让余周周心里一凉，她还来不及收起自动铅笔，就看见老师低头盯着手里的名单，带着惊喜的声音说："哟，鼎鼎大名的余周周也来上课了？来来，上黑板做题！"

余周周觉得时间都停止了，她站起身的时候，椅子腿和水泥地面摩擦的声音悠长刺耳，仿佛永远都不会停止。

在众目睽睽下走上讲台，余周周记不清自己曾经多少次站在舞台上，面对几千名观众她也不曾紧张过。然而此刻，教室里面虽然只有几十个人，她却觉得他们的眼睛亮得吓人，那种动物园看猴子的表情让她第一次想要逃开。

老师自顾自地在黑板上写了两道题，余周周终于看到了两道完完整整的原题。可是此刻她宁肯坐在角落里面，看到所有题都被腰斩才好。

第一题：鸡兔同笼，共有头 100 个，足 316 只，那么鸡有多少只，兔有多少只？

余周周茫然，直接查不就得了吗，这样算不是纯属有病吗？

第二题：游泳池有甲、乙、丙三个注水管，如果单开甲管需要 20 小时注满水池；甲、乙两管合开需要 8 小时注满水池；乙、丙两管合开需要 6 小时注满水池。那么，单开丙管需要多少小时注满水池？

余周周骇然，这绝对是有病，浪费水资源是可耻的。

她盯着黑板两分钟，在那份难挨的静默中，她突然懂得了什么叫作认命。

就是詹燕飞苦笑着说"如果天生就笨，我也没办法"的那种认命。

余周周摇头："对不起，我不会。"

老师摆出一副"你看，我说得没错吧"的表情，而下面的同学则笑开了，许迪笑得尤其大声，夸张地前仰后合，有种"打土豪，分田地，翻身农奴把歌唱"的快感。

余周周却笑了，她歪头看向林杨的方向，对方正满脸通红地看着她，眼神满是惊慌，似乎在拼命地告诉她，自己不是故意的。

余周周低头微笑，笑着笑着忽然有点儿想哭。

于老师说的那些，也许不是危言耸听。她早就知道那个时代过去了，也早就知道，未知的前途在等着她。而她发现这一点的时候，才看到，周围人早就做好了起跑的姿势，只有她还傻站在这里，说"对不起，我不会"。

林杨，我知道你不是故意的。

就像我也不是故意这么笨的。

3

世界上有什么是不变的

下课的时候，教室里面乱糟糟的，余周周低头收拾桌子上面的铅笔盒和笔记本，并没有注意到另一边的林杨正急三火四地越过千山万水，往教室右后方她所站的位置拼命地挤过来。

"周……周周！"林杨的红领巾都已经歪到了侧面，看起来有些滑稽。

余周周抬起头，朝他笑了笑："什么事？"

看到余周周的笑容，林杨猛地刹车停在了原地。

又是这种笑容。

曾经有一次，他告诉过余周周，如果你难过或者生气，最好把它表现在脸上。

"我上次和爸爸妈妈去一位老中医家里做客，他说，喜怒形于色——那个，是这么说吧，我没说错吧？"林杨用询问的目光看了一眼余周周。

"是，喜怒形于色。"余周周点头。

"对。"得到肯定的林杨笑起来继续说，"他说喜怒形于色对身体是有好处的，你不能总压……压抑……对，压抑着情绪，对身体不好，嗯……不能有效排毒。"老中医提到的很多词语林杨完全无法理解，所以只能断章取义挑重点断断续续地说出来。

余周周闻言，脸上又浮现出一种林杨完全看不懂的笑容。她眯着眼睛打量着林杨，怀里抱着七班的纪律卫生评分记录，淡淡地说："喜怒形于色是需要资本的。"

林杨愣愣地看着余周周转身离开的背影，她的马尾辫总是骄傲地微微摆动着，就像当她说出这些自己完全无法理解的话的时候，那种不知名的、居高临下的疏离。

"周周，你变了。"

在嘈杂的教室中，林杨带着满肚子的解释和歉意，最终开口说出的却是一句莫名其妙的话，就像余周周常常说的那种话一样。余周周闻声不再笑，自顾自地低头收拾书包。

有什么是不变的呢？近五年的分离，学校周边的小摊位都被市容市政大队收进了简易棚子里面，那家食品商店三易其主最终开成了家具城，甚至连省政府幼儿园都搬了家，原址动迁，准备建成一个市民休闲广场……

原来的那条回家的路，早就已经回不到家了。

有什么是不变的呢，林杨？喜怒形于色和拒不改变、从不妥协，这都是需要资本的啊。

余周周背起小书包，朝林杨摆摆手，从后门走了出去。

不出意外地听到凌翔茜的声音："林杨你怎么在这儿啊，我和蒋川还想问你呢，下次你还来吗？这个班真没劲，讲的题都这么简单，不过也难怪，你看还有人一点儿都不会做啊……"

"你烦不烦？"林杨转身吼了凌翔茜一句，急急忙忙穿过人群朝余周周离开的门口冲了过去。

凌翔茜脸上一阵红一阵白，身边的蒋川万年不变地吸了吸鼻子，突然笑起来。

"谁也别说谁，你们一个比一个笨。"

余周周躲开人流密集的主楼梯，绕了个道从侧楼梯下楼。隐约听见背后噼里啪啦的脚步声，她猜到是林杨，可是试了几次，嘴角都扯不上去。刚刚林杨喊她的时候自己做出的那个笑容，其实已经是极限了。

其实余周周是觉得很难堪的，所以此刻一点儿都不想见到林杨。站在讲台前众目睽睽下做不出来数学题的窘迫，就好像把"笨"这个字刻在了脑门上。她从来没有怪过林杨，因为林杨说得没错。

余周周抬头望向窗外泛红的天空，已经七点多了，虽然现在接近夏天，太阳落得越来越晚，可今天是阴天，所以外面已经很昏暗了。

她第一次觉得有种异样的沉重，第一次开始思考一种名为"未来"的东西。

她何尝不记得小时候听到的大舅教训余乔哥哥的话？

"你上不了好初中就考不上好高中，上不了好高中就考不上大学，上不了大学你就等着出去扫大街吧！就你这德行，连扫街都扫不干净，等着喝西北风吧！"

西北风会比东南风难喝吗？余周周想逗自己笑笑，结果发现这个笑话非常无聊。

那是一种令指尖颤抖的对未来的恐慌。

余周周甚至开始毫无理智地埋怨自己，想当初，为什么没有早一点儿知道奥数的重要性，为什么没有早一点儿开始认真学习数学，为什么……

往事不可追。余周周懊悔而无助地站在空无一人的楼梯间，盯着邈远的暗红色天空发呆。

脚步声越来越近，她几乎要脱口而出："林杨你让我一个人待一会儿行不行？"

回头，却看到一张陌生的脸。

"你妈嫁不出去了吧？是不是？"

"什么？"余周周大脑一片空白。

"我妈跟我说在学校里面要装作不认识你，因为对我爸影响不好。不过那天我听我妈说了，人家都不敢娶你妈，你妈跟人家谈了半天，还是吹了，嫁不出去了！"

余周周手脚冰凉，她紧紧攥住书包带，咬着嘴唇一言不发。

她记得，几年前妈妈曾经带她见过一个叔叔，三个人一起吃过饭。虽然她那时候还很懵懂，但是也隐约猜到叔叔在追求妈妈。周周一直觉得自己的妈妈是世界上最美丽的女人，比动画片上所有的妈妈都美丽得多。这样仙女一样的妈妈，应该被一个好人娶回家。

那个叔叔待她们很好。

可是最近，那个叔叔的确很少出现了。

余周周从来没有问起过。每当妈妈问她喜不喜欢那个叔叔时，余周周都会用力点头。她记得听到过别的大人聊天，说起家长再婚，孩子往往持阻止的态度。余周周生怕自己成为那个阻碍，总是利用一切机会来宽慰妈妈，告诉她，自己不介意。

"你是谁？"她仰头问。

"周沈然！"林杨气喘吁吁的声音出现在楼梯口。他粗鲁地揪住周沈然的领子，这个动作让余周周蓦然想起，那次共青团大会，在大家的哄笑声中打了她的屁股一下然后快速跑走，结果被林杨抓住领子的，就是这个瘦小黝黑的男孩。

"你凭什么又拽我？我干什么了我？"周沈然的嗓音尖利，不知道是不是变声期提前到来，好像一只小鸭子在呼救。

"你放学不回家在这儿晃悠什么？又欺负女同学是不是？给我赶紧走！"

"林杨你放开我，你要是再不松手，我就去告诉我妈。你妈都跟我妈保证过了，上次你当着那么多人的面打我，你妈都跟我妈道歉了，你还敢拽我，你是不是想挨揍?!"

"什么你妈我妈的，你多大的人了还动不动就说'我告诉我妈去'，你他妈要不要脸?!"

余周周第一次听到林杨爆粗口，刚才被那句话震住的神经终于慢慢复活。他们的对话让余周周不再茫然。

这个周沈然，就是那个人的儿子吧。

他们竟然在同一所学校待了这么多年，如果不是害怕"影响不好"，恐怕她的世界早就被这个男孩和他背后的人搞得天翻地覆了。

余周周背后的冷汗已经浸透了白色的校服上衣，她靠在窗台上，木然地看着林杨和周沈然对吼。

"林杨你管什么闲事？哈，我知道了，你喜欢余周周，是吧？"周沈然嬉皮笑脸地晃着脑袋，"你喜欢余周周，余周周是个野种！"

同样的称呼，从上一代人传到下一代人，鄙视与恶毒远比遗产更容易继承。

话音未落，林杨的拳头已经招呼上去。

"她要是野种，你他妈根本就是多余的！"

林杨人生中仅有的两句脏话都贡献给了周沈然。他们打作一团，从楼梯上方一路滚到余周周脚边。

余周周只是沉默地站在楼梯间看着他们，一言不发。她冷冷地盯着地砖，眼睛里一丝泪光都没有。

林杨，打死他吧。

余周周坐在座位上，微微脸红，看着林杨在他妈妈的训斥下向周沈然道歉。鼻青脸肿的周沈然想说什么，可是嘴张不开，只有小眼睛还在喷射着怒火。值班的美术老师在一旁打圆场，场面热热闹闹的，只有她自己坐在门口的小凳子上看着他们。

余周周觉得心里非常难受，也很慌张。刚刚那种愤怒和委屈交织的情绪让她无法控制地想要在林杨揍周沈然的时候大喊"加油"，可她只是木然地站在那里，并没有阻止。此刻终于平静下来了，抬头看着冷冰冰的白色灯光，还有灯光下显得不那么真实的林杨与周沈然，她终于清醒过来。

惹祸了。

余周周什么也说不出来，只能用愧疚的神情望着低着头一脸倔强的林杨。林杨妈妈发了很大的火，在训斥林杨的时候，目光时不时地像刀子一样射向余周周。余周周低下头，盯着自己雪青色小皮鞋的带子，发现左脚的鞋带上出现了一条裂纹，并不明显。她紧盯着那条浅色裂纹，太过紧张和专注，一直看到后脑勺生疼。

"雨清你别急，我现在就带然然去医院。我都快被我们家这个小祖宗气死了，这两天他跟我们也闹，跟他爷爷奶奶也闹，在家闹就算了，上个奥数班还欺负然然。我看这是得个奖给他显摆坏了，你看我回家不揍他！行了，你也别上火，我现在开车送他去省二院看看，你先开会吧。"

余周周低头听着林杨妈妈的电话，很容易地推理出，林杨妈妈和那个女人彼此认识，说不定很相熟。

她此刻已经找不到自己的心跳，大脑思维却异常清晰。

于是蒋川知道，于是凌翔茜知道，于是林杨……一定也知道。

所以很久之前，他们说："我妈妈说让我离你远点儿。"

余周周刚刚还在眼圈里转着的眼泪转瞬就干了。她抬起头，感觉到胸口的心脏怦怦地都要跳出来了，可是人彻底冷静下来。

美术老师在一旁打圆场打累了，就把战火蔓延了过来："那个小姑娘，是余周周吧，来来来，过来，一块儿道个歉。要不是因为你，也没这么多麻烦，快过来把事情处理完了就算了。"

为什么要我道歉？！余周周站起身，终于鼓起勇气正视在场的每一个人。

她记得林杨妈妈的眼神。她第一次见到林杨妈妈，就是她用饭盒里的西红柿鸡蛋连累了对方的宝贝儿子，林杨妈妈是个有教养却很护孩子的家长，所以目光里面的克制与责难互相抵抗，眼神极为复杂。

今天，她的眼神同样复杂，可是这一次，占上风的，明显是责难与怨怒。

低头息事宁人，还是拒不认错？

余周周第一次觉得很害怕，却必须挺直腰杆。

"跟周周没关系，都是我不好！"林杨仰脸喊起来，没想到林杨妈妈狠狠地一巴掌打在他的后脑勺上。林杨一下子没了声音，自己捂住后脑勺低头咬着嘴唇，似乎在努力克制不要哭。

林杨妈妈放下手，看向儿子的目光里充满了懊悔和疼惜，可还是做出一副极为严肃和生气的表情。

余周周靠在墙上，忽然嘴角渗出一丝冷笑。

她在两个大人的注视下，走到周沈然的面前。

"对不起。"余周周弯腰鞠躬，轻轻地说。

4

八爪鱼

余周周牺牲了晚上的《灌篮高手》，付出了一句"对不起"，得到了一本学校强制购买的华罗庚奥赛教材，还有几页记录着许多只有一半的习题的笔记。

余婷婷已经很久没有和她说话了。

那个苹果事件结束不久，余婷婷曾经气愤地跑到余周周的房间指着她半天说不出话来——也许是不知道应该怎么说。她认为余周周冒领了那个苹果，想要指责，又不好意思大声宣布那个苹果的主人其实是自己。

没想到，余周周歪头一笑，就把当时的情况跟她从头到尾描述了一遍。

"所以，你怎么会记错林杨的生日？"

余婷婷一言不发，低下头，眼泪像小金豆一样顺着脸庞滚落："她们说的。"

尾音是浓浓的哭腔。余周周黯然，怪不得她们看到了意料之中的礼物那么兴奋，还招摇地举到操场上去示众。

余婷婷从此之后变得很沉默，从来不爱看书的她迷上了一本小说，还热切地向余周周推荐。

余周周凑到她的小书桌前，和她一样鬼鬼祟祟地瞟了一眼藏在数学书下的封面，上面四个大字很醒目：花季雨季。

"什么故事？"

"高中生的故事。"

余周周张大嘴巴："好看吗？"

余婷婷没有理会她这个无聊的问题，而是幽幽地叹了口气，用右手轻轻摩挲着书皮："我刚刚看到欣然从打工的地方离开了，她哭了，可是她自己都不知道自己为什么哭。"

余周周终究没有看《花季雨季》，可是她觉得整本书已经写在余婷婷的脸上了。

那样梦幻神往的表情，仿佛已经去了另一个世界。

"婷婷，你……喜欢林杨吗？"余周周背着手歪着头，打算把话题从《花季雨季》上引开。她问出这个问题的时候，自己心里好像打起了一面鼓，余周周连忙盯紧余婷婷的眼睛，忽略胸腔里怦怦的声音。

余婷婷好像已经走出了苹果的阴影，她双手托腮，目光飘向窗外，右手食指尖还在有一下没一下地描摹着封面上的字形。

"我们只是朋友。"余婷婷说。

很多年后，当余周周回忆起余婷婷说这句话时稚嫩的语气和做作的表情时，总是会笑出来。那样一本正经，却又故作淡然，装模作样，又一百二十分真诚。惆怅里一半是模仿，一半是真的伤心。

可是当时的余周周，毫不含糊地被震撼了，只能愣愣地站在那里，泛起满心说不清楚的情绪。

似乎是羡慕。

她知道这种姿态，一定也来自那本神奇的《花季雨季》，它就这样改变了余婷婷，让余婷婷挂着梦幻的表情疏远地鄙视着余周周。她的目光投向了极远极远的地方，把余周周、凌翔茜等人通通化为虚幻的背景。

不过，此刻的余周周对余婷婷的羡慕已经超越了《花季雨季》。余婷婷没有被一班老师要求去学奥数，她的户口保证她至少可以升入八中，她不需要去参加入学考试。

我不会奥数，我也没有学过英语，余周周低着头翻着手中的那本奥数教材，看着目录上的"鸡兔同笼问题""植树问题""求和问题""倍差问题"……她被密密麻麻的字迹击败了，不知道从哪里开始。屋子里面只有挂在墙上的石英钟发出嘀嗒嘀嗒的声音。余周周纠结万分，连额头上都渗出了细细密密的汗。

怎么办哪……马上就要六年级了，还要期末考试，还要练琴考九级，我要怎么办？

闭上眼睛，又看到了那个小个子周沈然眯缝着眼睛瞪她的样子，还有红着眼睛的林杨低头从她身边经过时带过的那阵温柔的风。

我为什么这么笨呢？余周周从宽大的椅子上滑下来，蹲在地上，刚才离家出走的眼泪现在大颗大颗地从脸庞上滑落，她用双臂搂紧身体，突然间觉得万念俱灰。

心里那种悬空的慌张现在还没有缓解，她还是害怕的，害怕明天上学的时候，于老师因为晚上周沈然被打的事情训斥她，害怕林杨因为她受处分，害怕周家的人找妈妈的麻烦，害怕自己学不会奥数考不上好的初中，害怕……

思绪不知怎么就飘到了小学一年级时站在舞台上抱着奖杯对着林杨爸爸手中的照相机微笑的那一刻。她记得，闪光灯在自己的眼中折射出一片明晃晃的未来，炫亮异常，可是谁也没有告诉过她，光芒再耀眼，也无法抓得住。

现在的她和被于老师训斥为"笨得要死，啥也不是"的小时候，并没有根本区别。

余周周揪着床单，像个正常的五年级孩子一样，哭得稀里哗啦。

只是不敢出声。

不知道过了多久，她终于哭累了，抓了毛巾擦擦脸，吸吸鼻子，站起来，望着台灯下安静地躺在那里的数学书，缓缓闭上了眼睛。

湘北队永远是被逼入绝境的时候才会爆发，余周周学着眼镜兄木暮的样子轻声对自己说："比赛，现在才真正开始。"

即使还剩五分钟，只要主角小宇宙爆发，那么之前的部分就不算什么。

比赛，现在才真正开始。

余周周这一刻才懂得陈桉所说的，生活远比动画片要残酷和精彩。余周周面对的对手，像一条大章鱼，可是，她不害怕。

志气满满的余周周小脸涨得通红，耳朵里盘旋着《灌篮高手》的片头曲，攥紧了手里的维尼熊自动铅笔，翻开了"鸡兔同笼"问题的那一页。

十分钟后。

余周周蹲在地上继续哭。

她忘了，动画片里面的小甜甜也不会做数学题，圣斗士星矢不学数学，而樱木花道，是个挂科王。

为什么我就是看不懂呢？她爬回桌前，告诉自己，我就是太着急了而已，我慢慢来，一定会找到敌人的破绽！

十分钟后。

敌人无懈可击。

余周周无能为力地垂下手。她第一次明白，世界上有种东西比自己的父亲是谁还要让人无能为力。它的名字叫奥数。

我上不了好初中，上不了好高中，考不上大学……余周周第一次觉得现实的残酷距离自己如此近，近得能看清八爪鱼脚上的吸盘。

苍白的灯光下，余周周抱着一本崭新的奥数教材，默默思考着自己活下去是不是一件真的有意义的事情。

突然，电话铃响起来。外婆接电话的声音在客厅中响起。过了一分钟，周周听到敲门声。

"周周，电话是找你的。"

余周周连忙抹了抹脸上的泪，打开门跑向客厅。

"喂？"

"周周吗？我是陈桉。"

周周忽然觉得心底灌入了一股清冽的甘泉。

"嗯。"她抱紧了听筒。

"周周，你家长方便送你来一趟省二院吗？"陈桉的声音好像在空旷的地方响起，显得非常遥远。

"怎么？"

"谷老师，恐怕是不行了。"

5

好人

余周周请示过外婆之后，跑到余玲玲的房间门口，想要让二舅送她去省二院。

刚走到门口，就隐约听见里面压低声音的争吵。

"我管孩子的时候你总拦着，你自己又不教育，成天和你那群哥们儿在外面往死里喝酒。你喝酒，我不拦着，可人家喝酒是谈生意，是往自己家揽钱，你们呢？这孩子越来越像你们家人，死偏死偏的，一天到晚胡思乱想不干正事，净看这些闲书，全是些什么爱来爱去的。你是不是想眼睁睁地看她考不上大学，还得走上她那小姑姑的老路？！"

余周周听到"小姑姑"三个字的时候，从门口退后几步，羞愧而又愤怒地盯着门把手，想了很久，还是跑回自己的房间。

余婷婷和爸爸妈妈一起出去吃饭了，余周周没有其他的办法，她急着去医院见谷老师，所以没有惊动在客厅看电视的外婆，悄悄穿上外套，从抽屉里面拿出一百元钱揣到裤袋里，打开门溜了出去。

第一次自己坐出租车的余周周坐在后排，脑子里面翻来覆去想到的都是晚报角落处抢劫杀人案的报道。她的手紧紧地攥住门把手，做好了随时跳车的准备。

或者……或者如果这个面色不善的大胡子司机真是个歹徒，而她制伏了他……是不是就能像报纸上面那个勇敢小市民一样成为少先队员标兵，然后被保送到师大附中？

余周周突然兴奋起来。

歹徒叔叔，帮个忙吧！

她还在对着窗子幻想，突然一个急刹车让她撞上了副驾驶的椅背。

"到了。"大胡子叔叔言简意赅。

余周周的美好畅想在椅背上撞了个粉碎，她挺直身子坐起来，拉开车门。

"小姑娘，拿钱来！"

余周周出门的姿势停在半路，她略带紧张地捂住裤兜，一百元钱在腰间发烫。

"我……你……我可没带多少钱……"

余周周和大叔面面相觑，过了几秒钟，大叔忽然哈哈大笑起来。

"你没带多少，我也不要多少啊。十元钱，零头给你抹了，你不能白坐车啊。咱俩到底谁打劫？"

余周周的脸红得发烫，头上冒着白气。她递过一百元钱，大叔在车内橙色的小灯下简单验了一下真伪，就找给她九十元钱。

刚刚的胡思乱想和虚惊一场让余周周从奥数的低落情绪中解脱出来，然而一踏入省二院的大门，扑面而来的消毒水味道和苍白的灯光让她一下子踏入了另一片混沌。

谷老师要不行了。很简单很残酷的事实。

人的情绪像是四月天，说变就变。余周周从来没有近距离接触过死亡，然而仿佛是出于人类最最本能的反应，只要想到"死"这个字，眼泪就可以开闸。

按照护士指的路，她跑上五楼，来到重症监护室的走廊。

即使在这样的情况下，余周周仍然在胡思乱想，她觉得这样是对谷爷爷的不敬重，可是她控制不住。脑海中一会儿是一群穿着白大褂的大夫走出抢救室，一边摘口罩一边说："我们已经尽力了。"一会儿又变成了他们所有学生围在病床周围嘤嘤哭泣，而谷老师则缓慢艰难地说着最后的嘱托，慈爱地拍着他们的头……

很快余周周就发现，电视剧都是大骗子。

重症监护室外面一点儿都不荒凉安静，也没有紧张的气氛，甚至没有成群站在一起流泪的学生。

只有陈桉，穿着白色的衬衫站在那里，好像末世的天使。

"周周？自己过来的？"

余周周喘着粗气，用手撑住膝盖，累得说不出话，只顾点头。

"这么晚多不安全。我给你家里打电话吧。"陈桉一边说着，一边拿出一部黑色的个头不小的手机拨着号码。余周周在自己妈妈手里也看见过类似的手机，她用它玩过贪食蛇游戏。

"嗯，您别担心，她可能是太着急了，就自己跑出来了，还好没出危险。嗯嗯，您放心，我会把她送回去的，您要是着急的话随时打我的手机号吧。对，我叫陈桉，我的号码是 139×××××××××……"

陈桉挂上电话，才摸摸余周周的头，说："下次不许这样了。"

余周周抿着嘴点点头："我也是没办法。"

陈桉有些奇怪地看看她，略微思索了一下，但是没有追问，只是朝玻璃门指了指："谷老师昏迷了，在抢救。"

余周周踮着脚，透过门玻璃朝里面望了半天，可是什么都看不见。

"为什么只有我们，其他人呢？"

"还应该有谁？"陈桉低头看着她。

是啊，还应该有谁？谷老师没有子女，爱人患乳腺癌去世多年，少年宫是他全部的精神寄托，他没有家人。

"其他的团员呢？还有少年宫的老师呢？"

"乐团来了几位老师，他们刚才一起去附近买衣服了，还没回来。"

"买衣服？"

"寿衣。"

"兽……医？"

陈桉笑了："就是人去世后，必须穿上的衣服，用来参加葬礼，参加……自己的葬礼。"

谷老师还在抢救，可是寿衣已经买好了。

"必须在死后赶紧穿上，否则身体冷却后很僵硬，再穿寿衣就很困难。"

陈桉的声音平静极了，毫无情绪，他仍然带着一点点浅笑，可是一丝温度都没有。余周周看着这样陌生的陈桉，有点儿慌："你对这个……程序……很熟悉？"

"噢，"陈桉的思路好像被打断，他恢复过来，朝余周周点点头，"我外公去世的时候，是我帮他穿的寿衣。"

余周周觉得很难过，她不知道说什么好，只能呆呆地望着那扇门，干巴巴地说："其他的学生怎么不来？"

"他们为什么要来？"陈桉冷静地看着她。

"他们不应该来吗？这样……凄凉……"余周周尝试了一个她只在作文中使用过的词语，"这样多凄凉。"

"是啊，的确啊，来给他送别的人的确越多越好，越多越温馨，越多越感人。"陈桉的语气有些嘲讽，甚至有一点儿愤怒的意味，但是余周周直觉感到他并不是在针对自己。

陈桉的目光早就穿过了走廊，到达了某个余周周不了解的领域。

"但是再温馨再感人，也跟死者没关系。那些都是做给活人看的。急救室外面站了两个人还是两百个人都没有区别，他都看不到，也不会觉得难过。"

陈桉停顿了一下，半蹲下来盯着余周周的眼睛："难过的，其实是你。而且只有你。"

这样的陈桉，好可怕，又好可怜。余周周觉得大脑已经停止运转了，陈桉说的话她听不懂，却又好像能听懂。

"那你为什么叫我过来？"她有些怯怯地问。

"因为你是真心喜欢谷老师的，谷老师也喜欢你。"

"别人不喜欢谷老师吗？"

陈桉意味不明地笑了，他亲昵地搂着余周周，漫无边际地问："周周，你觉得谷老师是个什么样的人？"

"谷老师是好人。"余周周无比认真地一字字地顿着说。

"那什么样的人是好人呢？"

余周周愣住了。陈桉的笑容显得如此遥远缥缈。

"这个世界上，对你好的就是好人，对你不好的就是坏人。"陈桉点着她的脑门，"就这么简单。"

"不是！"余周周有些愤怒，她不喜欢这样的陈桉。

"好人都很善良，很……公正，他们不会瞧不起人，也不会偏心，而且……"她搜肠刮肚地定义着自己心中的好人，在午夜时分空旷的走廊上，和一个笑容淡漠的大哥哥徒劳地辩论着。

"谷老师对你善良，对你公正，也不会瞧不起你，更不会偏心——不，他偏心，但偏向的是你。所以他是好人。但是，如果我告诉你，谷老师和你跟我抱怨过的那些老师一样，他也收礼，对于那些没有前途的孩子，他也不会阻拦他们来少年宫追梦，甚至还夸下海口哄骗他们的家长。在乐团的位置安排上，他也不公正，他也偏心。很多人不喜欢他，对别人来说，谷老师是坏人。"

余周周安静地站在那里，没有大喊着"你撒谎"或者流着眼泪跑掉，她认真地思索着陈桉的话，回想着其他乐队成员对谷老师的态度，低下头，迅速地做出了自己的判断。

许久之后，余周周才倔强地抬起头："他对我是好人，就够了。"

陈桉微笑起来："看来你听懂了。"

余周周仍然期待着动画片和幻想世界中纯粹的黑白善恶，可是那一刻，她学会了用另一种方式来安慰自己，用另一种方式来看待这个"精彩又残酷"的世界。

在她眼中，无论多么残忍多么凉薄自私的人，其实都会对其他某个人倾尽自己的爱和热情，只是那个某人不是她而已。就像在班级很多同学眼里，于老师是个负责又温柔的好老师。就算是个幻象，也没必要打破。

"陈桉，你觉得谷老师是个好人吗？"

陈桉回过头，温柔地拍拍她的肩膀。

"他对我很好。"陈桉说。

可陈桉一直都是站在是非黑白的外围安静旁观的人。

这一次，他把余周周也拉到了看台上。

虽然余周周一直都不知道，他为什么对自己伸出手。

6

道别就是死去一点点

少年宫的几个老师赶到的时候，刚好医生们开门走出来。余周周从门口朝里面望，刚好看到谷老师像鲤鱼打挺一样被医生手中的两个大吸盘从病床上"吸"了起来，又重重地落回去，他瘦弱苍白的胸腔上肋骨分明。她吓得捂住了嘴巴，抬起头求助地看着陈桉。

"只是电击，别怕。"

陈桉依旧温柔极了，可是此刻余周周突然觉得他很像小时候看到的月亮，下午的月亮，淡得摸不着，却让人着了魔一般忍不住久久仰望。

"衣服都准备好了？"一个做心肺复苏弄得满头大汗的大夫一边擦汗

一边问那几个老师。一个女老师递给他一瓶可乐，笑着说："大夫，这是刚买的，喝口水歇一歇。"

似乎是因为眼前的人都不是谷老师的亲属，大夫说话很直白，拧开瓶盖咕咚咕咚灌了两口，皱着鼻子说："看样子是救不过来了，差不多就准备一下吧。"

这句话好像是在给死神打信号，余周周跑到门口，靠在门边朝里面巴巴地望着，竟然看到谷爷爷张开了眼睛，直直地望着她。

干枯的眼睛里面闪过最后一丝光彩，余周周瞬间泪流满面。

"谷爷爷有话要说！"她转身朝陈桉大喊，"你们把他脸上的面罩摘下来啊！"

陈桉安抚地拍着她的肩膀："周周，冷静点儿。"

可是他有话要说，他说不出来。余周周很快就哭得抽抽搭搭。她紧紧抓着陈桉的袖子，泪眼蒙眬中，好像忙忙碌碌的医生护士都停了下来，撤走了谷老师身上的各种管子和仪器，然后对旁边的老师们说了几句什么。

"陈桉，你看着这个孩子在外面等等吧，我们进去收拾一下。"

陈桉搂着余周周，轻轻地拍着她的头。

"死亡和出远门没什么区别，都只不过是再也见不到了。你就当作谷爷爷出远门了，就像你小时候的那些小伙伴，或者即将到别的地方上初中的同学们，一切都只是消失了而已。"

"不一样。"余周周倔强地摇头，"那些人，也许会见到，也许见不到。但是死了的人，就再也没有也许了。"

陈桉被她噎了一下，只能讪讪地笑："大多数也许，都是骗人的。"

大约半小时后，谷老师的遗体已经整理完毕，准备推往太平间。余周周怯怯地走到床边，愕然发现床上躺着的人竟然有一张如此陌生的脸。

"这是……"

"人死后都会变样的，你长大了学多了知识就明白了。"

余周周的眼泪一下子收了回去。面对这样一个愈加陌生的人，她哭

231

不出来。

对于眼泪突然没了这一事实，余周周感到万分恐慌——不哭泣就代表冷血，不哭泣是不孝顺，是不礼貌，是……这种焦虑让她拼命地往外挤眼泪，脑海中不停地回放着当年谷爷爷帮她在新买的琴弦下安装微调器时弓着身子笑眯眯的样子，还有站在舞台上无限寂寥的佝偻背影。她只是疯狂地回忆着，并不是为了回忆而回忆，她只是想要唤起自己丢失了的悲伤。

余周周低下头，陈桉肃穆的侧脸让她很羞愧，于是更加不敢抬头让他发现自己忽然干涸的双眼。

"哭不出来就别硬往外挤眼泪了。"

说来好笑，这句温柔的话让余周周一刹那眼泪开闸——并不是对谷爷爷的缅怀，余周周纯粹是急哭了。

"谷爷爷总是能明白你的小心思，所以他会体谅你的。"

陈桉真的很会诱导别人哭。余周周听到这句煽情的话之后，眼泪汪汪无限感激地看看他，又看看躺在病床上的陌生人。

葬礼举行时，少年宫给足了谷爷爷面子，拥挤的花圈海洋，还有被组织来参加葬礼的，足以证明"桃李满天下"的熙熙攘攘的学生……余周周依偎在陈桉身边，紧紧地搂着他的胳膊，低着头，生怕别人发现她没有哭。

余周周发现自己的身体里面总是会有某种功能暂时失灵，但是它们都会在某个不经意的瞬间回到家来重新工作。又一个星期天的早晨，当余周周早早来到乐团空旷的排练室，放下书包踱步站到早已经冰凉冰凉的暖气前的时候，忽然有一种时空错乱的违和感。

她伸出手，雪白的手背，修长的手指，轻轻地放在暖气上，感受不到一丝热气。

突然背后传来开门的嘎吱嘎吱声，余周周猛地回过头，无形中有一双大手狠狠地攥住了她的心脏。

办公室的门被缓缓打开，余周周紧张地提了一口气，瞪大了眼睛盯着门口透出的一丝微光。

"我跟你说，孩子放到我这儿，你就让嫂子放心好了，咱们这关系你还客气啥……"

新团长腆着肚子推门走出来，一边往大厅门口走，一边高声地打着手机。

粗声粗气的话音远去，排练场大门"哐当"一声被狠狠带上。余周周愣愣地盯着办公室那扇仍然在吱吱呀呀的木门，突然感觉下巴上凉凉的。

她伸手一抹，是眼泪。

终于，哭出来了吗？

再没有人会用宠爱的目光看她，背着手笑眯眯地问她："周周啊，上个星期是不是又没好好练琴？"

再没有人会站到她身边和她一起在暖气上烤手，佝偻着背望着窗上的冰花叹气。

再也没有也许。

那个出远门的人，再也不会回来。

"你已经打第四遍松香了，琴弓不会太涩吗？"

余周周歪头问身边的女孩子，她从一小时前就在不停地折腾着自己的小提琴——跟钢琴对了五六遍A弦，拉几个和弦之后就神经质地用干布将从琴弓上飘落到琴身上的松香擦拭掉，然后立即掏出长方形的小盒子，用力地将琴弓上有些泛黄的马尾在上面来回摩擦。

女孩子也侧过脸不自然地一笑，指着余周周大提琴下面的支架，轻声问："你不怕一会儿考试的时候，你的音阶还没演奏完，支棍儿就突然松动了，一下子缩回去了，然后……"

余周周也脸色一变："你就不能想点儿好事？"

女孩子哭丧着脸："我倒是想，可是想不出来好事啊。"

"难道你是第一次考级？"余周周一边说着，一边还是俯下身把自己的提琴支棍儿狠狠地拧了好几下，确认拧紧了才抬起头。紧张果然是会传染的。

"我才不是呢，你见过谁第一次就考十级？我，我就是……"女孩子咽了一口唾沫，"我今年准备考 S 市的音乐学院附中，今天里面的三个考官中间有一个就是 S 中负责今年招生的老师。我其实已经跟他拜过师了，不过我妈一直在跟我说，那都是拿钱堆出来的基础，她还是希望我能给人家留个好印象，来考试之前已经唠叨一路了，让我这次一定要好好发挥。我能不紧张吗?!"

余周周忽然来了兴趣："你说……拜师？为什么？你没有老师吗？"

女孩子看样子比余周周大了一两岁，她站起身，有些故作成熟地翻了个白眼，点了一下余周周的脑门："一看你就什么都不懂。你以为考附中只需要拉琴水平高就可以了？笨。你得疏通好多关系。当初我妈一边帮我跑关系一边骂我不争气，我烦都烦死了。"

余周周坐直了身子，笑得很诡媚，装出一副天真懵懂的样子问："姐姐，你说的关系是什么意思啊？"

"就是负责招生的人啊，好多好多，而且你必须在考试前和附中的老师取得联系，里面没人，那根本不行。"

女孩子说得眉飞色舞，语气稚嫩，然而神态已经有些成人的模样了。

余周周弯下腰，捧着脸，笑得眯眯眼："那如果你的确水平很高呢？还需要这样吗？"

女孩子再次狠狠地敲了一下余周周的头："说你笨你立刻就犯傻。你以为我是为了考上才找关系？我不是为了考上，我是为了不被其他有关系的人挤下去！我妈说了，这叫自卫！"

前方不远处的白色木门开了，上一个考核完毕的孩子拎着小提琴走出来。女孩子停顿了一下，复又安分地坐下，拿起松香继续虐待她的琴弓。

白木门旁边的暗色铁门也开了，一个考核完毕的男孩抱着大提琴走出来。余周周也不再笑，俯下身狠狠地拧着支棍儿。

"对了，你说的这种……自卫，"余周周低头小声问了最关键的问题，"要花多少钱？"

女孩子大大咧咧地笑了：“你说送礼啊？”

余周周压低头，轻轻地笑了：“嗯。”

“嘁，我们都不送礼了。我们直接去上课，到招生老师那里去上课，一堂课四十五分钟，三百元钱，我前期光‘上课’就花三万多了。”

“这只是前期？”

“要花钱的不仅仅是在这上面。以后我要是真的去了S市，我妈还得跟我一起去，那时候花销就更大啦。”

“那你为什么要……为什么要考附中呢？你很喜欢小提琴吗？”

女孩子脸上终于不再有那种年龄带来的居高临下的优越感了。

她并没有急着回答余周周的问题，只是放下手里的琴弓和松香，捧着脸呆望着窗外。

“我当然……早就知道我不是莫扎特。”

她轻轻地说，恍然一笑。

7

左边

余周周低头的时候，发现左脚的白色雪靴上印着一个大脚印。

应该是在车上的时候被那个抱小孩的阿姨踩到的。她叹了口气，朝师大门口的人山人海走过去。

又是这样的十一月，铅灰色的天空又开始一年一度的压抑。余周周低头看看表，才七点二十五，她以为自己会到得很早，然而在上班高峰的公交车里面挤了四十多分钟后，竟然看到了更多比她到得还早的人。

全市“新苗杯”数学奥林匹克竞赛，据说，获得一等奖的孩子很有可能被各个重点初中争抢。余周周在学校的奥数班里面挣扎了半年多，仍然学得稀里糊涂。她勉力支撑着自己，记笔记，揣摩，做那本教材上面的例题习题。奈何习题答案都只有结果，没有计算过程和思路，她弄不懂的东西无论如何都无法弄懂。余玲玲正在学校的高三集中营寄宿，余婷婷不学奥数，余乔忙着围捕"母老虎"，她孤立无援。

她可以去问奥数班的老师，可是她不好意思。余周周第一次体会到班级里面那些所谓"差生"的心情。当老师眉飞色舞地聆听一群天才发表高见的时候，余周周抱着那本奥数书站在一边，低头看看自己用红笔在题号上画了一串圈圈的那些问题，一个比一个看起来更粗鄙。

于是她低下头，灰溜溜地离开。

当然，她也可以去问林杨。只是，那天之后，林杨再也没有去过学校的简陋奥数班。

也许是因为学校的奥数班实在水准不佳。

也许是因为别的原因。

以前她总是能遇见林杨，后来她总是遇不见林杨。

余周周从那一刻开始懵懵懂懂地猜测，是不是这个世界上根本没有巧合与缘分，一切的一切都是人为。

七点四十，当余周周在门外站了一刻钟开始觉得手指冰凉的时候，大铁门打开了，人群一拥而入。里面操场上，靠近教学楼一侧的地方站着一排老师，每个人手中都举着一块大牌子，写着考场号，大家纷纷按照准考证上面的号码寻找自己的考场去排队。

余周周站到了 14 考场的队尾，抬起头，发现前方有个女孩子的帽子看起来有些熟悉。

等人家排队进入考场，依据桌子左上角贴着的白色字条上面的考号寻找位置的时候，余周周才发现这个女孩子果然是个熟人。

凌翔茜，就坐在自己左边的那一桌上。

余周周竭力保持面色如常，可是从左边传来的一丝一毫的响动都能牵制她的神经。凌翔茜轻哼一声，凌翔茜趴在桌子上打哈欠，凌翔茜拎起自己的准考证抛着玩，凌翔茜托腮斜眼看她，凌翔茜在笑她，凌翔茜……

余周周原以为自己能够像动画片中演绎的一样，很大气很热血地偏过头对她说："你看什么看，我一定会打败你，觉悟吧！"

然而这不是篮球场，也不是魔界山，十分钟后发到手里面的是奥数卷子，奥数，是奥数。

她没底气，只能假装视而不见。余周周第一次知道，主角不是演出来的，旁观者知道他们终究会爆发终究会胜利，他们不死，他们不败。可是在生活中，没有人会拍拍她的头，告诉她：小姑娘，放心吧，你是主角，尽管说大话吧，反正最后赢的一定是你。

世界上还有一种角色叫炮灰，他们资质平庸，他们努力非凡，他们永远被用来启发和激励主角，制造和解开误会，最后还要替主角挡子弹——只有幸运的人才能死在主角怀里，得到两滴眼泪。

那时候她尚且不能想明白这些困惑的事情，但是那个铅灰色的早晨，沉闷阴暗的教室里，来自左边的窸窸窣窣的各种声响，像针刺一般刻进了她的记忆里，每每回忆起来，都会觉得沉重难耐。

监考老师举高牛皮纸袋，表示封条完好，然后从当中开封，发卷子。

余周周接过前排同学传来的卷子，从笔袋中取出一支维尼熊的圆珠笔，在左侧小心地写上考号和姓名、学校，然后开始正视那张卷子。

二十道填空，六道大题。

第一道题是倍差问题，算了两分钟，解决。

然后很谨慎地检查了一遍，没问题。

第二道题是植树问题，很顺利。

余周周开始有点儿兴奋了。她满怀希望地解决了填空题的前六道，第七道题有些困难，在题号上画了个圈，暂且放下。然后继续看第八题，嗯，勉强蒙出了一个答案，代入原题，好像挺靠谱，不错，继续看第九题。

二十分钟后，余周周很尴尬。

一开始是把没做出来的题号画圈，后来，她放弃了画圈，因为整张卷子上，不画圈的只有七道题。

余周周尝试了很久，终于还是伏在桌子上默默地听着手腕表针嘀嗒嘀嗒的声音。

她真的努力了，练琴考级，同时奥数班从不缺课。虽然做题的时候有些胆怯和不求甚解，每次都像是撞大运，但是半年时间，在一片迷茫中半路出家，和一群从小就参加奥数训练，脑子又聪明的孩子竞争，她真的觉得很艰难。

其实她知道，是她太渴求，又太胆怯，太希冀，又太在乎。

然而余周周还是坐起身，并不是想要再接再厉继续寻找思路，她只是倔强地握着笔，在演算纸上徒劳地写着半截半截无意义的算式。

因为左边的女孩子做题做得很顺畅，演算纸哗啦哗啦地翻页，清脆的声音像是一首残忍而快乐的歌。

凌翔茜做完了卷子，伸了一个懒腰，侧过脸看余周周时，嘴角有一丝含义不明的笑。

余周周尽量用演算纸盖住自己的卷子——六道大题的空白，无论如何都实在太刺目。

$3 \times 7 = 21$

考试结束的铃声打响的时候，余周周才发现，自己的演算纸上，排列了无数个这样的两位数算式。

$3 \times 7 = 21$

世界上不管三七二十一就豁出去拼命还能成功的事情，或许只存在于动画片中。

她把卷子递到老师手里，低下头，假装没有看到凌翔茜笑嘻嘻的目光，认真地把圆珠笔放进铅笔盒里，小心翼翼，表情虔诚，仿佛手里拿的是传国玉玺。

这个年纪的小小虚荣，往往挂着一张自尊的脸孔。

余周周走出教室之后跑到女厕所去了。她并不想上厕所，只是希望借用时间差把凌翔茜的背影涂抹掉。

可是随着稀稀拉拉的人流走出大门的时候，她一眼就望见了大门左边停着的三辆车，几个大人围着四个小孩，在那里彼此寒暄，不知道说着什么。

余周周低下头，追赶绿灯跑过不宽的马路，然后站到对面的天桥下一个戴着墨镜拉二胡的瞎眼睛的卖艺老头身边，假装听得很认真，实际上眼睛控制不住地瞟向对面不远处的那几家人。

林杨的妈妈摸着他的脑袋，笑眯眯地和对面的两个家长说着什么话。蒋川正低头踢林杨的屁股，林杨则转过身回踢蒋川，凌翔茜站在一边笑，而周沈然则对着正蹲下身嘱咐他什么话的妈妈，摆出一脸不耐烦的表情。

在灰败的背景色的衬托下，这群人和背后三辆黑色的轿车围成了一个强大的结界，带着十足的压迫感。

余周周愣愣地看了好半天，心里面说不清楚是什么感觉。

"丫头，你也没好好听我拉琴啊。"

余周周吓了一跳，那个老头低下头，透过墨镜上方的空隙朝她翻了个白眼，沙哑的嗓音在空旷的桥洞下久久回荡。

余周周驴唇不对马嘴地回了一句："你不是瞎子啊。"

老头被气得又翻了好几个白眼："我说我是瞎子了吗？"

余周周想起阿炳，刚想回一句"只有瞎子才会拉二胡"，突然觉得自己很白痴，于是嘿嘿笑着挠了挠后脑勺，伸手从裤兜里面掏出了五角钱硬币，弯下身轻轻放进老头面前脏兮兮的茶缸里面。

她转过身再去看站在校门口的那群人，发现他们竟然齐刷刷地看着自己的方向——肯定是被刚才老头子的那声大吼给招来的。

她一下子木了，好像被踩住了尾巴的小狐狸，整个人僵在那里，不知道应该对上谁的眼神。那七八个人组成了一个整体，却只能让余周周目光涣散。

就在这一刻，背后二胡声大作，好像给这尴尬的一幕谱上了荒唐的背景音乐。余周周被惊醒，回过头，老头子又仓促地停下了，尾音戛然而止，憋得人难受。

"爷爷，你……"

"这就是五角钱的份儿，你再多给点儿，我就接着拉琴。"

余周周知道这只是卖艺老头在开玩笑，甚至很有可能对方是在故意给自己解围，可她还是郑重地掏出了五元钱，再次弯腰放进茶缸里面。

"五元钱够不够？"

老头子咧嘴一笑，二话不说重新拉开架势演奏。荒腔走板的演绎，在空荡荡的桥洞下，伴随着冷冽的寒风一起飘到远方。余周周站在原地，盯着随二胡琴弦飘落的阵阵雪白松香，心情渐渐平静下来，甚至有种比琴声还荒谬的旋律在心间回荡。

一曲终了，老头抬起眼，摘下墨镜，露出大眼袋。

"这曲子是我自己谱的，好听不？"

余周周面无表情："你想听实话吗？"

老头子再次翻白眼，余周周转过身，校门口此时已经空荡荡，她刚好看见最后一辆轿车在路口转弯留下的半个车屁股，还有一串黑烟。

她朝卖艺老头笑笑，说："谢谢爷爷。"

然后戴好帽子，重新走入铅灰色的阴沉天空下。

8

倦鸟不知还

余周周后来总是会在不经意间哼出那首二胡曲，的确很难听。可是那二胡曲仿佛缠绕进记忆中一样，拽都拽不出来，只留下一个线头，让她回忆起那个难堪的中午。

十二月刚刚开始的一个上午，突然下起了一场极大的雪。体育课，老师格外开恩说不再跑步，改成自由活动课。余周周穿得很厚，费了好大劲才独自翻上了单杠，小心翼翼地坐好，看着操场上跑来跑去的同学们。

"周周，下来打雪仗啊！"单洁洁跑过来，举着雪球朝她张牙舞爪地喊。

余周周摇摇头。

单洁洁看了看她，嘟囔了两句就跑远了。她并不能理解余周周最近到底为什么这样沉默。

这个世界上，朋友很少，玩伴很多，只要喊上一嗓子，就会有许多人举着雪球陪伴奔跑。

余周周看到不远处，许迪他们几个男孩正在一本正经地堆着雪人，旁边放着铁锹和水桶，堆出一点儿，就在上面淋些水，让它冻得更结实。

雪人初具规模之后，大家都不再打雪仗，纷纷围绕在雪人附近。许迪他们更加得意起来，但是故意板着脸，煞有介事地指挥着围观的女同学们："躲开，都躲开点儿，碰倒了的话，小心让你们吃不了兜着走！"

余周周哈出一口白气，都没发现自己的笑容不知道什么时候已经和这些同龄的小伙伴有了些微妙的区别。

她喜欢坐在高处，带着一种那个年纪自以为是的清高和疏离来俯视所有快乐的小孩子。尽管许多年后，回忆起这种姿态，会觉得好笑，然而此刻，她是真心地感到一种寂寞，一种从前因为光环照耀而遁形，又因为重归低谷而滋生攀缘的寂寞。

跌落是为了攀爬，又或者攀爬只是为了跌落。

余周周抬头看天，有太多的事情她想不明白，却又不再像小时候一样单纯热血地幻想着，只要我努力，总有一天会重新爬到最高处，因为她已经开始有些怀疑这种套路的意义所在。

星矢被打倒，又站起来，又被打倒，再站起来。

星矢的存在，到底是为了被打倒还是站起来？或者，他还有更多的使命？

玛丽贝尔是为了世界的美丽、自然永远和谐而存在；星矢是为了保护雅典娜；美少女战士要替月行道，维护世界和平；上杉和也是为了甲子园而训练；湘北是为了在大赛里称霸全国而拼搏；那么，余周周女侠究竟是为了什么而活着呢？

这个问题从奥数和升初中引发的忧郁情绪中生长出来，让她心慌。

为了扬名江湖？

余周周的江湖，太深太深。

毕业的情绪感染了很多人，这一年的圣诞卡片和元旦祝福被大家早早地提上了日程，所有的祝福里都提到了"毕业后还是好朋友"，提到了"我们永远是好朋友"，提到了"祝愿你前程似锦"——是的，前程似锦，一个对小学生来说十分玄妙却又缺乏意义的词语。

前程是什么？学不会奥数的孩子，也有前程吗？余周周发现，即使天空远比大地要广阔得多，其实站在地上如此渺小的自己能看到的，也只有头顶上方被楼群分割出来的这样狭小而不规则的一块。这就是每个人的前程，只有这样一小块，小得似乎连一个奥数都能把它遮去一大半。

余周周呆坐在单杠上，一动不动。

林杨走出教学楼，第一眼看到的，是单杠上坐着一个安静的雪人。

他在门口呆立了半天，直到后背被同学推了一下："干吗呢你，怎么还不出去？一起来踢球吧，早就说要踢雪地足球了。上次下的那点儿雪，塞牙缝都不够！"

有女生在一旁笑："你喝西北风就行了，干吗拿雪塞牙缝啊！"

他们打打闹闹斗着嘴，林杨才醒过来了一般，别别扭扭地朝余周周走去，可是站到了单杠旁边，又不知道是不是应该开口打破这份宁静。

"周周？"

太久没说过话，连名字念出来都很生涩。

甚至这一次的疏远隔离，远比那四年小孩子过家家一般的"恩断义绝"还要惨烈。林杨说不清为什么，总之那天，当妈妈气得直哆嗦，指着他说："你能不能听我的话，能不能不给我惹事，能不能让我消停两天，能不能……"

他哭着点头，说"能"。

大人的世界，远比他所见到的复杂。他不喜欢对着周沈然父母笑得如此迎合虚假的妈妈，但是又不能讨厌自己最最温柔美丽的妈妈，他想不通，非常想不通。

自从三年级周沈然跳了一级升到林杨的班级开始，他就觉得爸爸妈妈的态度很不对劲。或许是习惯于看到妈妈在面对别人的谄媚做出轻描淡写的回应，所以一旦在妈妈的脸上看到同样的小心翼翼，他很不忍，很难过。

所以他说"妈妈我错了"。

余周周低下头："是林杨啊。有事吗？"

林杨低头："没事。"

挠挠后脑勺，他又觉得自己这种行为很白痴。班里面一大半的同学都去打疫苗了，只剩下他们几个接种过疫苗的同学被放出来上体活课，所以他才觉得现在跟余周周说几句话，应该不会被老师发现，不会被凌翔茜打小报告。

只好随便找个话题。

"周周，你上个星期的考试……考得怎么样啊？"

"不好，我都不会做。"

林杨愣住，仰起脸，零星的雪花落在脸上，凉丝丝的。

"那……"他不知道应该怎么安慰余周周，也实在是不明白，奥数到底有什么难的，余周周这样聪明，为什么她总是学不会。

"其实，我记得我上的那个奥数班的老师说，不学奥数也没关系，奥数……奥数一点儿用处都没有……"

"那你为什么要学呢？"余周周歪头看他。

林杨对这场莫名其妙的谈话毫无准备，被噎得没话说。他有些窘迫地看着余周周，发现余周周只是紧盯着远处围成一圈堆雪人的众人，丝毫没有关注他。

他沉默了。余周周看着别人的雪人，他却看着自己的雪人。

雪人忽然展颜一笑，脸上再次盛开了月牙。

"林杨，上次，我还没来得及谢谢你。"

"……什么事？"

"你知道我没有爸爸这件事吧。"

这个问题冷不防冒出来，林杨惊讶得几乎要跳起来，他慌张地看着被雪覆盖的鞋面，斟酌着应该怎样回答。没想到，余周周突然从单杠上面跳下来，溅起一片积雪，肩膀上堆积的雪花也纷纷扬扬地飘落下来。

"林杨，你以后想做什么呢？你为什么要学奥数？为什么要当大队长呢？你会上师大附中的吧，然后考到好学校去。我听说全省最好的高中是振华，全国最好的大学在北京，你要去北京吗？然后你想做什么呢？"

余周周从来没有语速这样快地对他提一大串问题，林杨连一个问题都没有想清楚，余周周就已经站到了他面前，笑眯眯地拍拍他的头——甚至还需要踮起脚，他才发现自己竟然已经比她高了。

"我随便问问。"

他松口气。

"所以，我们可能再也见不到了。"

她继续笑眯眯地说。

林杨傻乎乎地站在原地，看着他的雪人背着手，一步步地朝着人群走过去。

"周周！"林杨焦急地喊起来，"你没事吧，你怎么了？"

余周周没有回头。

走近人群，余周周才发现，堆雪人的同学们情绪有些激愤。

"我说了不是我！"

詹燕飞的嗓子几乎都要喊破了，可是刚下过雪的操场上，她的喊声似乎被不知名的怪物吸走了，声嘶力竭，听起来仍然很没有底气。

"不就是不带你一起堆雪人吗，你至于吗？"许迪哼了一声，把铁锹往地上狠狠一撇。

"怎么了？"余周周推了推身边的李晓智。

李晓智有些为难地看了看纠纷中心的几个人："雪人马上就堆好了，

冻得特别结实，可是有人发现雪人背后印上了一个脚印，不知道是谁踩的，大家一开始没注意，浇上了水，现在都抹不平了。"

"那跟詹燕飞有什么关系？"

"不知道是谁说的……反正有人说是詹燕飞踩的。刚才她还在雪人旁边转了半天，许迪说她不干活就离远点儿，她还跟许迪吵架来着。"

"谁说是她踩的？"

"不知道。反正有人这么说。"

"有人"是世界上最神奇最强大的人。

余周周看着詹燕飞徒劳地跟一群男生女生对峙着。在詹燕飞的对手中，她甚至看到了徐艳艳幸灾乐祸的笑脸。她有些难过，可是也没有勇气与这么多人为敌，去站到詹燕飞身边为她争辩什么，只好低下头，狠狠地鄙视自己。

"算了算了，都堆完了，好赖都这样了。大家快点儿手拉手围个圈，然后我就拿铁锹把雪人拍碎了啊！"

大家终于嘟囔着散去，然后手拉手扯起一个不扁不圆的大圈。余周周左边站着李晓智，右边站着单洁洁，一点点张开双臂拉开距离。当这个圆初具规模的时候，大家赫然发现站在中间的除了许迪和雪人，还有詹燕飞。

詹燕飞愣愣地看着这个大圆，觉得被围在其中非常尴尬，于是急急忙忙跑到某两个人中间去，想要让他们分开手给自己一个位置，可是那两个人攥紧了不撒手，看也不看她。

好像被游街示众的罪人。

詹燕飞尝试了三四次，余周周似乎已经看见她的额头在大冷天渗出了细密的汗珠。

余周周并不知道，此刻自己看着詹燕飞的眼神，几乎就是她在五年前的课堂上拿着打满了红叉的拼音卷子走回座位时，詹燕飞投向她的目光的翻版。

怜悯。

然而又有一丝丝不同。

"詹燕飞！"

余周周下意识喊了出来，自己先愣了一下。在李晓智惊讶的目光下，她松开了李晓智的手。

"到这儿来吧。"

所有人都看着她，而她只是悲壮莫名地看着詹燕飞。

看着一只折翼的小燕子，疲倦地，一步步走到她身边。

9

大骗子

铁锹狠狠地拍向雪人的后脑勺，它四分五裂瘫倒在地的时候，所有人都爆发出尖叫和笑声。许迪擦擦鼻子，非常开心地笑了，然后装作绅士的模样把左手放在胃部的位置，朝四周鞠躬致意，引来阵阵笑骂声。

余周周却透过厚厚的手套感觉到詹燕飞在颤抖，好像被拍碎的不是雪人而是她。

人群散去的时候，单洁洁看着余周周，不知道要说什么。余周周朝她安抚地笑笑说："你先跟她们去玩吧。"

于是单洁洁一步三回头地跑掉了。余周周拉着詹燕飞一起爬单杠，可是她无论如何都爬不上去。

"你是怎么坐上去的？"詹燕飞放弃了尝试，无奈地看着高高在上晃荡着双腿的余周周。

"很难爬吗？"她睁大了眼睛。

詹燕飞低下头："可能是我太胖了。"

余周周愣了一下，觉得很难过。她知道很多人都在笑詹燕飞，她的脸上开始长痘痘，她变胖了，电视台不要她了……

"我也穿得很多啊。"她拍拍自己厚重的外套和圆滚滚的腹部，"其实是你没掌握技巧，这次我在下面扶着你！"

"不要了。"詹燕飞摇摇头，好奇地看着余周周，"你怎么像小龙女一样，居然能爬到单杠上面？"

"小龙女是谁？她也喜欢爬单杠吗？"余周周像只熊一样从单杠上跳下来。

"小龙女睡在绳子上。小时候在省台录节目的时候我总哭，有个导播姐姐给我讲过小龙女的故事，说她是世界上最美的女人。对了，电视上面演过这部电视剧啊，你难道没看过？叫《神雕侠侣》。哦，对了，小龙女还认识郭靖和黄蓉，不过她比他们年龄小很多，而且她喜欢杨康的儿子。"

"杨康的儿子？可杨康是坏人啊。"余周周很惊讶。

虽然她小时候很喜欢 83 版《射雕英雄传》中，饰演完颜康小王爷的那个好看的演员。

詹燕飞耸耸肩："坏人的儿子不一定是坏人啊。"

余周周愣了愣，她突然想到了自己，想到别人骂自己的妈妈狐狸精，还说她长大以后也是一个狐狸精。小时候她很生气，很不平，然而其实，很多时候她的想法和这些人一样，下意识地做出了一些武断固执却又很伤人的推论。

"那他儿子是好人？"她试探地问。

"杨康的儿子是大侠，非常英俊，武功高强，行侠仗义，而且还养了一只老鹰。"詹燕飞笃定地说。

余周周不知道养老鹰有什么了不起的，不过大侠养老鹰肯定有他的道理，大侠即使左右手各提一只芦花鸡，也一定是很潇洒的。

可是女侠做不出来奥数就很丢脸。

这个男女不平等的万恶社会。

余周周和詹燕飞一同陷入了沉默，天空又开始下起雪，余周周刚刚伸出手想要尝试接一片雪花，突然听见詹燕飞轻声说："谢谢你。"

路见不平一声吼的女侠余周周脸红了。

"没……没什么，"她摇摇头，"他们太过分了。"

詹燕飞笑了。

"其实那个脚印，的确是我踩的。"

余周周石化了几秒钟，才艰难地转过头看着微笑的小燕子。

"你……想……害死我……是不是？"

"我也不知道为什么，反正我就是想踩。"詹燕飞低着头，可是嘴角却在笑。余周周觉得这样的詹燕飞有些让人害怕。

"今天早上上学的时候，我妈把我骂了一顿。她最近老是骂我，还说电视台的人都是势利眼，忘恩负义。我今天早上洗头发的时候，没听见她跟我说让我把热水留下，洗完后就全倒进马桶里面了，然后她就发火了，还甩了我一巴掌。"

余周周惊讶地捂住了嘴，詹燕飞反倒安慰性地拍拍她的脸："没事，我躲得远，一点儿都不疼。你看，连手印都没有，要不然我今天肯定不敢来上学。"

"而且，"她接着说，"又有人提起两年前《少年先锋报》上面刊登的关于我的采访，我的确考得不好，但是那些记者写的内容都是他们自己编的。采访我们这样的小童星，人家那些叔叔阿姨都形成套路了，根本不用采访就可以按照套路往上面写。他们说我一个学期没上课，期末还考了双百，其实都是瞎编的，不是我自己说的。当时大家都说佩服我，可是现在，徐艳艳她们又提起这个报道，还说我吹牛，说我数学考那么点儿分，还敢说自己双百……"

这样的情况，余周周从来都不知道应该说些什么。她还记得小时候当奔奔告诉自己他被爸爸打得很惨时，她总是会提起自己更糟糕的情况来宽慰他，让他觉得自己不是孤单的，也并不是最倒霉最悲惨的。

可是她要对詹燕飞说些什么呢？詹燕飞不是奔奔，即使她是，现在的余周周也不能保证自己能像小时候一样，坦然地讲出自己没有爸爸这一事实。

并不是不信任詹燕飞。

只是，奔奔，还有那个无忧无虑的小时候，都已经是过去的事情了。

"我妈也打我，"余周周开始胡说八道，"而且很疼。我不好好练琴的时候，她就打我。而且，我奥数考得特别差，我可能没办法升入师大附中，考也考不上，也许要去一个很差的初中，然后脑子笨，跟不上进度，然后就考不上高中……你明白吧？"

她说完之后，自己也吓了一跳。一开始是撒谎，说着说着就溜出了实话。

曾经安慰奔奔的时候，她需要绞尽脑汁寻找悲伤的事情来充数，所以"没有爸爸""妈妈被人嫌弃"这两件事情常常被拿出来展示。然而恍然几年过去，余周周愕然看到，自己已经拥有了这么多可以用来宽慰别人的悲伤。

这么多。

随便挑一件，就可以讲上很久很久。

然而最开始的那两件，仍然是杀伤力最大的。她曾经不懂，现在却把这两个事实领会到了让自己都恐惧的地步，所以深深地埋起来，不再提起。

没想到，詹燕飞笑眯眯地对她说："我也是啊。"

"什么？"

"我小时候是被特招进师大附小的，我家户口也不在这里，所以升初中的时候，我得回到城西去。而且，"詹燕飞一直在笑，"估计这回师大附中是不会特招我的。"

余周周紧紧握着单杠的铁管，紧紧地，却不知道怎么回应这样的"同病相怜"。

"我记得台里大人以前老是夸我，说我聪明漂亮，还说我以后能成为大明星。"

"都是大骗子。"

詹燕飞笑着说，余周周猛地抬起头。

"大人都是大骗子。"

小燕子靠在单杠上，低着头，还在笑。

余周周摘下手套，用手指戳戳她左脸上的酒窝。

"你还是别笑了。"余周周叹口气。

大雪中弥漫着化不开的忧伤。

上课铃打响了，余周周和詹燕飞还靠着单杠发呆。林杨跑过她们身边，不住地回头，最后还是别扭地走过来。

"上课了，你们班同学都回班了。"

余周周看看林杨："你回去上课啊。"

"那你们为什么不走？"

余周周抬头看看天，又把目光投向詹燕飞，忽然嘴角勾起一丝有点儿使坏的笑容。

"喂，咱们逃课吧。"

詹燕飞大骇："那怎么行？"

"怎么不行？"余周周一个翻身就稳稳地坐在了单杠上，居高临下气势如虹地说，"老师要问，我们就说被大队辅导员找去了。大队辅导员要是说她没找我们，我们就说是有人这么告诉我们的，她要是问到底'有人'是哪个人，我们就说我们不认识，可能是恶作剧。总之，反正不是我们的错！"

林杨赞叹不已地张大了嘴："余周周，你可真能撒谎。"

余周周心底蔓延起一种肆无忌惮的狂妄。

既然已经这样，低眉顺眼给谁看？

反正这个世界是没有办法被讨好的。

她笑眯眯地劈手一指林杨："现在，杀了他灭口。"

10

时间轴上的暂停键

林杨被她吓了一跳，余周周的情绪转变如此之快，他有点儿反应不过来。刚刚那个坐在单杠上目光空茫语气平静的雪人，好像一下子被不知道哪儿来的激情给点着了。

不过他很开心。他不喜欢余周周摸着自己的脑袋说些奇奇怪怪的话，那些话就像一道道屏障，把他和她隔得很远。

"快动手啊！"余周周催促詹燕飞，而对方只是窘迫地看着林杨。

"干吗要灭口？"林杨气鼓鼓地抬头望着单杠上气势汹汹的余周周。

余周周愣了一下，学着电视中某个大叔阴沉的嗓音说："因为，只有死人才能保守秘密。"

林杨喊起来："胡扯！你只知道灭口这一种办法吗？"

詹燕飞在一边很实在地问："那要怎么办？"

林杨突然上前一步，伸手拉住余周周的袖子，一把将她从单杠上拖进雪堆里。在积雪飞扬中，他绽开一脸灿烂的笑容——一脸他自己都以为早就已经枯萎了的笑容。

"你可以拉我下水啊！"

余周周傻了，神采飞扬的林杨同学根本不用拉，自己就在水沟里扑腾得很欢实。

刚刚还因为胆怯而懦懦懂懂的詹燕飞也笑了出来："大队长，你真堕落。"

林杨甫一投诚，就占据了绝对的领导地位，他拉着余周周的手，兴奋地环顾操场："咱们得出去，否则会被其他同学看见的。现在是下午第三节课，咱们可以逃两节，然后直接回教室拿书包。别人要问，就说大队辅导员让我们去对面的复印室取校报，等了半天发现没有，被要了。大门没关，走吧走吧，出去玩！"

余周周彻底被震撼了。

"林杨，你是第一次逃课吗……"

詹燕飞关注的则是另一件事。

"大队长，你好激动啊……"

林杨这才发现自己刚才血一热就连珠炮似的说了一大堆话，他不好意思地摸摸后脑勺，憋了半天才说："有次逃了一节美术课……回家看球赛……"

余周周这时候开始担心，最后需要被灭口的，可能是自己。

她长叹一声，呼出的白气像一架盘旋翔翔的小飞机。

"所以，"她伸出左手牵住詹燕飞，右手……正被林杨紧紧攥着，深深地吸了一口气，大声喊，"现在——我们逃吧!!!"

在松软深厚的雪地中奔跑不是一件容易事，可是余周周撒欢地向前冲，左右两边因为没有反应过来所以迟了一步的两个人就像是缰绳，勉强牵制住了她的速度。余周周忽然想起小时候天空中常常能看见的飞机，总是三架三架排成一个等边三角形一起向前飞——就像他们现在一样。

跑出大铁门之后，她才缓缓停了下来，弯着腰喘着粗气，松开了詹燕飞的手。

詹燕飞一歪头，笑了："大队长，你怎么还抓着周周？"

林杨这才像被烫了一样，一激灵撒开了余周周的手。余周周也愣了一下，低下头，不自觉地脸红起来。

小燕子身上也落满了雪，她胖乎乎的脸颊上浮现出两个小小的酒窝，看着面前窘迫的两个人，笑得颇有些意味深长。

林杨连忙转移话题："附近有个烂尾楼，上次我爸爸开车经过小道的时候告诉我的，去那儿打雪仗吧。"

余周周摇头，很记仇地说："我可打不过你。"

詹燕飞却很赞同地点头："走吧，我们两个一伙，二对一！"

那栋烂尾楼几乎是个天然游乐场。林杨不知道从哪里拖过来一只大轮胎，费劲地推上了残土堆的顶端。铺着一层厚厚积雪的残土堆变成了一座小雪山，他站在山顶朝余周周挥手："上来，我推你下去。"

余周周黯然，果然，他要对自己下杀手了。

而且还要求自己主动送死。

她脸上畏惧谨慎的表情让林杨哭笑不得："我是说，你坐在轮胎里，我从坡上把你推下去，很好玩的。你要是不信的话——詹燕飞詹燕飞，你先来！"

詹燕飞往后一撤："大队长你太偏心了吧，凭什么她害怕，你就拿我做实验？"

林杨又有些脸红，气急败坏地指着她们说："瞧你们这点儿胆，看我的！"

话音刚落，他就跳起来，一屁股坐进轮胎里面。冲力让整个轮胎从高高的雪堆上转着圈地急速滑下来，伴着余周周和詹燕飞的尖叫声，他平安地滑到地面上，刚好那一段路是冰面，所以他慢慢减速，最终滑行到她们两个脚边。

"怎么样？好玩吧？"林杨笑嘻嘻地抬头看着余周周，带着一脸献宝的表情。

余周周面无表情，右脚踩住轮胎的边缘，狠狠地往前方一踢，林杨就坐着轮胎顺着冰面冲向了水泥管，撞了个人仰马翻。

"的确挺好玩的。"她笑眯眯地说。

下一分钟，她就被林杨用拖死尸的方式拽上了雪堆。

林杨把她扔进轮胎里，右脚踩着轮胎边缘，让轮胎保持着摇摇欲坠的状态，看着吓得面色苍白的余周周，笑得一脸邪恶。

"让我也玩玩嘛。"他说完，就一脚把她踢了下去。

等到连詹燕飞都不再害怕这个轮胎版雪地"激流勇进"的时候，他们终于玩累了，七扭八歪地躺在雪地上，任凭纷纷扬扬的雪花将自己掩埋。

"时间要是停在这里就好了。"

詹燕飞的声音像小时候一样甜美柔和，余周周忽然想起初见她的时候，也是隔着人墙看不到脸，只能听见那温柔美好的嗓音，就像一只手抚到了心底。

她摩挲着抓住了詹燕飞的手，紧紧地握住。

林杨却笑了："可是我想长大啊，长大了多好，周周你呢？"

詹燕飞在一边很八卦地笑了："周周，周周，周周，周周……大队长，你喜欢周周吧？"

她并没有听到自己意料之中的反驳，就像平常那样，男孩女孩被周围人带着笑意揣测起哄，然后红着脸大声否认，同时补充上对方的几条缺点罪状来佐证自己"绝对不可能喜欢他／她那样的人"，迎来周围人的第二轮攻击和哄笑……

什么都没有。旁边的两个人好像连呼吸都一并停止了，仿佛生怕惊吓到簌簌的落雪声，整个世界安静苍白，柔软而美好。

詹燕飞屏住呼吸很久，久到几乎忘记自己刚才说了什么。

"……嗯。"

"嗯？"她愣了一下，不自觉地单音节反问。

"……嗯。"再一次。

羞涩的轻声的，却温和笃定。

"大队长，你喜欢周周吧？"

"嗯。"

好像这是世界上最简单的事实，就像地球绕着太阳转。

詹燕飞觉得很难坐起身子笑嘻嘻地八卦下去，或者尖叫起来说"大队长你说得真的假的"……她觉得此刻的气氛难以言说，紧张，微妙，又让人不自觉地想要微笑。

你看，时间的确停住了。

不知道沉默了多久，余周周突然惊醒了一般跳起来，使劲地拍打着后背和屁股上沾着的残雪，大声叫起来："完了完了，几点了？"

詹燕飞心往下一沉，连忙费劲地从袖口里拽出电子表看了一眼："四点，四点十分。"

私自把时间拨停是有罪的，它会加倍地飞速流逝，余周周和詹燕飞手忙脚乱地互相拍打着身上的残雪。林杨则呆呆地站在一边，好像魂魄的一部分还没回来。

"你傻站着干吗，快点儿整理一下，别让老师看出来咱们去打雪仗了！"

林杨"哦"了一声，还是站着没动。他并不知道余周周在刚才寂静无声的时刻究竟在想些什么，但是很显然，此刻恐惧已经把余周周和詹燕飞一起点燃了，刚才说要逃课的豪情灰飞烟灭了。自己还在愣着的时候，余周周已经冲过来，对着他的后背开始疯狂拍打。

"疼！"他的屁股上狠狠地挨了她一巴掌，"你报复我？"

"我报复你什么？"

"报复我说我喜……"他停住，窘得满脸通红。

对面的余周周睁大了眼睛，毛茸茸的睫毛上还沾着几片雪花，随着她惊慌地眨眼，像一只上下翻飞的白色蝴蝶在林杨眼前扑闪扑闪。

"那怎么能是报复呢？那是报答吧？"詹燕飞在旁边不知所谓地接了一句，然后三个人集体石化。

…………

"快跑吧！"还是女侠余周周最有大局观念，她再一次左手扯起詹燕飞，右手抓住林杨，撒腿朝学校的方向跑了起来。

冷风吹在面颊上有些痛，余周周惴惴不安的心底却有一丝兴奋和甜蜜。她能隐隐地感觉到，却来不及想，又似乎是自己刻意压抑着暂时不去想。

"周周！"刚跑进院子里面，詹燕飞忽然带着哭腔喊起来，"不行，我得上厕所，我憋不住了！"

余周周此刻已经听见了放学的铃声，她心里咚咚咚打着鼓，再不走，就要跟背着书包的同学们狭路相逢了，那个场面可想而知。逃课是多么严重的事情，再恶劣的差生都很少有逃课出去玩的，他们现在这副狼狈的样子，怎么解释都解释不清了。

可余周周是女侠，一直都是。她沉下心，朝詹燕飞笑了一下："快去吧，我在门口等你。"

詹燕飞一溜烟跑到女厕所门口，又突然回头，夹紧双腿，微微弯着腰强忍着，还是没忘委委屈屈地喊一句："周周，你别扔下我！"

余周周愣了一下，难道这种情况下，詹燕飞不应该说一声"你先走，不要管我"吗？

"快去吧，我要是先走了，我，我就是这个！"她大声喊着，举起右手竖起小指。

詹燕飞感激地一笑，放心地奔进了女厕所。

一边的林杨盯着余周周的小手指，轻轻地说："你都多大了，还用这个发誓。"

余周周却没有争辩，她认真地看着林杨说："你赶紧回班，千万别说刚才咱们一起去玩了，反正你自己一个人，随便编个什么理由都行。大队辅导员那个理由……你让给我们俩行不行？"

林杨一歪头："我不走。"

余周周气极，刚想要说点儿什么，突然被林杨说完"我不走"之后安然坚定的眼神击中，低下头盯着自己还沾着残雪的脚尖，脑子里乱成了一锅粥。

詹燕飞不在，只剩下他俩并肩而立，余周周几乎能清晰地听见林杨的呼吸声。她的心每跳五下，他就呼吸一次。

有个问题在心里，不知道怎么提起，然而越是紧要关头，那个问题在心里蹦跳得越欢。

"林杨？"

"嗯？"

"……没什么。"

她不知道自己想问什么，也不知道自己在等待什么，她只是觉得，林杨是不是应该说点儿什么。

可是余周周不知道，对林杨来说，"我喜欢你"的含义就是"我喜欢你"，他还不懂得，在成人世界中"我喜欢你"或者"我爱你"的背后，永远包含着"在一起"的引申义。

"在一起"是很复杂的，牵涉方方面面，牵涉其他许多人。"在一起"是很脆弱、很难长久的，但它能让人变得更脆弱，并带来更长久的伤害。

所以大人想要说一句"我爱你"，总要思前想后，因为它代表太多。

然而对林杨来说，詹燕飞问他："你喜欢周周吗？"——答案是喜欢。

这只是一个问题，所以也只需要一个答案。

最最简单的答案。

甚至不需要知道余周周的想法。

十二岁的林杨，有着最最黑白分明的喜欢，只需要说一声："嗯。"

他轻轻地在自己的时间轴上按下暂停键，雪落无声，身边的女孩子寂静无言。

洁白的世界一片安详——虽然他们很煞风景地面对着女厕所的门口。

不过，那又有什么关系。

11

迷宫的十字路口

余周周始终不明白为什么林杨一定要站在自己旁边，后来当他们三个人一起仰头面对于老师的时候，余周周才体会到林杨的重要性。

于老师眉开眼笑，林杨信誓旦旦口若悬河，把神秘的陌生小孩如何把他们三个骗走的过程讲得让人身临其境，并细致描绘了三个人站在印刷厂外面进行激烈的思想斗争的过程：余周周坚持这是一场骗局，而林杨和詹燕飞则半信半疑决定再等一等，于是一直等到了放学。

詹燕飞一直害怕地低着头，余周周则嘴角抽搐许久。

林杨，咱俩谁是撒谎精？

其实余周周知道，撒谎的成功率并不完全取决于口才和临场应变能力——一个谎言是否高明，其实根本上取决于撒谎的人是谁。

即使林杨说他们三个实际上是被外星人抓走后又被月野兔营救下来的，可能于老师也会说一句"哎呀，月野兔真是好心人哪"，并且无视他们三个狼狈潮湿泄露天机的外套，还要笑眯眯地摸着林杨的脑袋夸他真聪明。

余周周微微侧过脸看着神采飞扬镇定自若的林杨，浅浅地笑了一下。

他并不像自己想象中那么简单，他始终知道自己天然的影响力和亲和力，并且一直在学习和摸索着如何去运用它。就像很小的时候无赖地笑着向值周生姐姐为自己求情，又或者此刻，明明白白地将她们两个的慌张看在眼里，所以留下来，挺身而出，胡说八道。

林杨和于老师的谈话早就已经超越了逃课这件事，已经进入了"升初中""考奥数""以后肯定能上清华北大""你们小张老师一提到你就特别骄傲"等话题了。林杨乖巧地笑着，余周周和詹燕飞尴尬地立在一边，已经成了沉默的背景色。

"你看你多聪明，又懂事，我儿子要是像你一样我就烧高香了！哪像我们班这些，比赛结果一出来，就许迪一个人进复赛了。这帮孩子，死笨死笨的，全都被淘汰了。"

余周周猛地抬起头。

比赛结果已经出来了吗？这么快。

她早就知道考砸了，可是心情再灰暗，至少还抱有一丝渺茫的希望，就像被逼入绝境的主角期待着一个奇迹。然而现在，她不再惴惴不安，也不再心慌得难受，重归一片死寂。

雪地里面的狂妄和飞扬被教学楼铅灰色的大理石地砖和雪白的墙面挤压成了粉末，纷纷扬扬地飘进雪地里面消失不见了。

时间是不会静止的，它冷酷无情地一步步向前，逼着你做决定。

上星期的星期天，沈老师正式对她提起了去考上海音乐学院附中的事情。

"谷老师跟我说过很多次，虽然你手指的条件不是特别得天独厚，不过很有灵气，又肯努力，他希望你一边准备今年夏天的十级考试，一边准备去考音乐学院附中，这也算是他的遗愿了。"

余周周一直没有和妈妈谈过这件事情，她不知道自己在逃避什么。

恍惚间想起那天，抱着小提琴不停地往琴弓上面打松香的小姐姐已眉目模糊，声音却还在脑海中徘徊。

"我早就知道我不是莫扎特。"

"学这行，有几个能成为大师？"

"反正我学习也不好，要是考不上好高中，还不如去艺校或者音乐学院附中，最差也能考个音乐学院。学几年毕业出来进一个乐团，工作稳定，而且还能当老师收学生。你可不知道，当乐器老师很赚钱的！我妈说我好好努力，这辈子至少不会没得没落的。"

余周周伏在大提琴上，轻轻地问："就这样？"

"那你还想怎么样？"女孩上下打量了一下她和她的大提琴，"这样就不错了，你以为你是谁？世界上有几个马友友？"

余周周摇摇头，没有跟她争辩。

那条路固然好，可是她不喜欢。

谷老师不会给她领错路，可是对的路不止一条，至少这一条，她不想要。

她不是不喜欢大提琴，可是也并不热爱。考音乐学院附中这一条路，好像一眼就望到了底。她的未来一直是一片迷雾，可她从来没有惊慌过，反而充满了憧憬。

尽管曾经，她幻想进入《灌篮高手》的世界，幻想有一天能穿上美少女战士那身有点儿让人害羞的水手服，幻想拉起西米克的手一起坐着彩虹去挑战魔界山……然而这所有的一切，其实都完全比不过余周周自己的世界。

她的故事还没有拉开序幕。奔奔说过，周周，你一定会成为最了不起的人。

最了不起的人是什么样子，她不知道。

但一定不是现在这样。

有人用胳膊肘狠狠地拐了她一下，余周周瞬间惊醒，抬头看到于老师正面无表情地盯着她。想得太入迷，刚才发生了什么一无所知，她低头，詹燕飞在一边很小声地说："老师就是喊了你一声，没问什么。"

林杨笑起来，用余周周从来没听过的语气对于老师说："余周周一定冻傻了，刚才在门外站岗的时候，就她穿得最少。"

于老师好像丝毫没有在意林杨的解围，她换了一种声调，冷淡地说："余周周，什么时候让你妈妈到学校来一趟吧。我打她留给我的手机号，总是占线，不知道在忙什么。再怎么花时间赚钱，孩子的教育才是最重要的，我一个人管五六十个孩子，累得要死，肯定照顾不过来。人家其他孩子的家长早就来找我谈过升学的问题了，上次家长会我也说过这个问题了，你妈妈连点儿反应都没有。你的前途是你自己的事情，家长要是不往心里去，那我也没法说什么，你不上心，我说什么不都是废话吗？"

这一大通话把林杨绕得有点儿晕，他仰起脸，看到余周周倔强地抿紧了嘴巴站在一边，神色冷淡，好像班级里面不受待见又冥顽不灵的差生，但是脸上有他们所不具有的镇定。

那是余周周吗？

跨过四五年的光鲜辉煌，他好像又回到了一年级的某天下午，他远远地看见她抓着一本田字方格本，欲哭无泪地低声求着看似铁面无私的高年级值周生，可怜巴巴的，让人心疼。

很相似，又很不同。余周周低头听着老师的抱怨，脸上的神情很冷漠，不再带有小时候的乞怜和憧憬，注意力好像又不知道飘去了哪里。此刻，眼前的女孩子已经又成了单杠上面的雪人，跟他隔着千山万水，无法触及。

"周周，一起回家吧。"

他想都没想就喊出来了。余周周好像终于被拉出了自己的小世界，瞪圆了眼睛看着他。詹燕飞倒是反应很快，转身就跑掉了，一边跑一边喊："放心，我立刻就走，我肯定不告诉别人！"

林杨咽了一下口水，心想今天就豁出去了——虽然他爸爸妈妈早就不接送他了，可他每天还是要和蒋川、凌翔茜他们一起走。他早就敏感地知道他们都不喜欢余周周，最近也隐约知道了原因，所以说出"一起走"这种话，心里不是不害怕的。

害怕，好像瞒着爸爸妈妈做了什么坏事一样。

余周周歪头看他，眼睛里面的神采让他看不懂。

林杨狠狠心，非常认真非常大声地说："周周，一起回家吧。"

"一起回家吧。"

说得那么轻松自然，好像昨天、前天、去年、前年……他们一直一同回家，今天只是例行打个招呼。

别忘了今天一起回家。

余周周低头认真地踩着雪，避开所有已经有了行人脚印的部分，专门踏向安静平整的处女地。

"……周周？"

"嗯？"

"刚才你们于老师说，你升学的事情……"

"没什么。"余周周很快地偏过头，沉默了几秒钟之后开口问，"林杨，你长大了想做什么？"

林杨愣住了。余周周又问了一遍她在单杠上面问的问题，而这种问题，只有他的爸爸妈妈叔叔阿姨和小张老师才会问，而且仅限于他很小的时候。

那时候，他大声地回答："我要做天文学家！"

一边的蒋川则吸吸鼻涕，小声说："我要做联合国秘书长。"

联合国秘书长是蒋川能想到的世界上最大的官，可是他们长大了之后才知道，其实这是世界上最没有用的官。

面对余周周的问题，林杨只能摇摇头："我不知道。"他说完很不好意思地补上一句，"可是，只要一路往前走就好了呀。"

"一路往前走？"

"嗯，"他脸上露出自信的笑容，"我爸爸说，如果我没有想好，那就一路往前走，努力做到最好，上最好的中学，学最多的本领，考最好的大学，看最多的书，学最多的知识，他说这些都是……资本。"林杨揣摩了一下，确定资本这个词没有用错，"这样，等到我有一天有了想做的事情，那么我手里有足够的本领，就可以朝着那个方向努力了，也不会后悔。"

余周周抬眼看着林杨，他笑容明朗，好像一株雪地里的白杨树，嫩绿的枝条迎风招展，仿佛春天已经提前到来。

"那很好呀。"她笑了。

"周周，你呢？"

"我？"余周周没有看他，低头把方圆一米的新雪都踩遍，才抬起头，"我也不知道。"

"那就和我一样呀！"林杨很高兴地拽住余周周垂下来的书包带，摇了又摇。

余周周笑着摇摇头。

"不，林杨，我们不一样。"

12

救命

"哪里不一样？"

余周周说不清。

她已经开始尝试着去触摸这个世界背后的神经脉络，可是面对纵横交错的命运线，她什么都看不清。

林杨不再问，转而呼出一口白气，踢了一脚积雪，有些茫然地问：

"周周，你想长大吗？"

余周周摇摇头："不。"

曾经很想。

"你不会也和詹燕飞一样……"

"不，"余周周继续摇头，"我想……我想回到小时候。"

"小时候？"林杨伸手揪了她的小辫子一下。他已经很久没有像以前一样揪余周周的马尾辫了。她的头发冰凉柔顺，从指缝中溜走，像一尾调皮的鱼。林杨再次伸出手，玩得不亦乐乎，丝毫没有注意到余周周略微忧伤的表情。

"因为小时候很开心，我什么都不懂。"余周周闭上眼睛，无奈地发现，她已经想不起格里格里公爵和克里克里子爵的脸。

你们不要女王陛下了吗？还是修好了飞船回到了自己的星球？

她都来不及道别。

睁开眼睛的时候，余周周愣了一下，顿住脚步，然后迅速地拐弯跑了起来，在深厚的雪地中，她略微笨拙的背影将林杨远远地甩开。林杨的手还停在半空，那条黑色的鲤鱼就这样从他手中倏忽游走，再也抓不回来。

"周……"他完全没有反应过来，望着余周周跑远的方向呆望了半天，才听到远处的喊声。

"林杨！"他转过头，在几十米开外的街角看到了蒋川瘦小的身影，他朝林杨跑过来，后面跟着凌翔茜。

"你的事情处理完了？你让我们先走，但是凌翔茜说我们走慢点儿，说不定能等到你呢，你看，果然。"

"哦，哦……"林杨失魂落魄地点着头。

余周周躲在三轮车和残土堆后面，过了很久才侧过头悄悄地看向刚才他们站立的地方——林杨已经不见了。

她走回去，地上的脚印纷乱，分不清哪个是他的。

余周周不知道自己为什么跑掉。

也许只是不希望再看到他被自己的妈妈狠狠地一掌拍到后脑勺上面，红着眼睛无比狼狈的样子。

263

只是这样而已。

余周周已经记不清自己的妈妈到底有多久没有回家吃过晚饭了。

他们刚开饭，就听见保险门外传来高跟鞋清脆的声响。

"周周，你妈妈今晚回来吃饭。"外婆说话的声音很虚弱，她每天都只喝清粥，菜也和大家分开盛放。

"妈，我刚才路过路欧百货，正好看到电暖风在搞特价，今年咱家暖气烧得不太好，你膝盖是不是又疼了？我直接就捎回来一个，摆到你屋里，晚上就试试。屋子暖和点儿，估计膝盖能好转点儿。"

余周周看着妈妈弯下腰将一个白色的包装盒立在客厅角落里，黑色羊绒大衣勾勒出她美好的腰部曲线。她脱下大衣挂在衣架上，头也不抬地说："你们先吃，我去洗洗手。"

余周周低头往嘴里扒饭，无意中看到舅妈也低着头，却一直斜眼盯着妈妈。

她把眼珠对焦在鼻子底下的白米饭上，用力过猛有点儿对眼，额头生疼。

"周周，今天不看动画片了吗？"

妈妈正对着梳妆镜用化妆棉蘸着卸妆油擦拭脸颊，余周周安静地坐在床沿上，摇摇头。

"嗯，不想看了。"

她已经很久不看六点钟的省台动画片了，也不再看《大风车》，可是妈妈都不知道。

她们好像就这样错失了彼此的人生。余周周想不起来妈妈是什么时候开始由那个温婉的美人变成了一个干练而锋利的职业女性，和她的高跟鞋一样有着极快的步伐节奏。而妈妈恐怕早就已经不可能再像以前一样，端着高乐高站在门外给自己的小剧场提词。

余周周知道妈妈很累，曾经很多次她都装睡，一直等到妈妈很晚回家躺在自己身边后才安心地睡过去，却在睡意蒙眬中听见妈妈压抑的哭声。

她已经很努力地做个乖孩子了，可是好像丝毫不能舒缓妈妈心底那根紧绷的弦。

"作业写完了？最近是不是又要交什么费用？"

"什么都不交。"

妈妈终于放下手中的化妆棉，转过身看着她："周周，怎么了？"

话音未落，银白色的新款摩托罗拉手机就响了起来，妈妈接起来，语气严厉地"嗯"了几声，就合上手机，神色匆匆地开始补妆，然后抓起包和大衣冲出了门。

余周周愣愣地坐在床上，盯着空荡荡的化妆镜发呆许久，低下头，忽然很想哭。

她准备了许久，甚至很害怕当妈妈得知自己失败的奥数考试和于老师的批评后，会朝自己发火或者对自己失望，鼓励了自己很久很久才忐忑不安地走进门打算和妈妈"谈一谈"——关于自己的前途的"谈话"。

然后胎死腹中。

余周周前所未有地想念谷爷爷。

死亡是一把匕首，然而流血负伤的是活着的人。

余周周坐在房间里面，把自己短短十二年生活中所有能想得到的熟人都回顾了一遍，发现自己竟然一无所有。

她茫然地环顾房间，最后把目光落在了电话分机上。

13

Fly Away

江边的这条小路格外长，略微有点儿斜坡，很滑。余周周小心地一步步蹭过去，抬起左手费劲地找到手表——还有五分钟。

快走！她小心翼翼地跑起来，偶尔一个趔趄，差点儿飞出去。

终于走到小路的尽头，拐个弯，抬起头。

摆脱了行道树的遮挡，视野豁然开朗，广阔的冰封的江面像一条雪白的龙，安静地伏在那里，伏在陈桉的背后。

穿着白色羽绒服的陈桉，依旧冻得耳朵通红，一如初见。

他站在白色的世界里，绽放出白色的笑容。

"久等了。"余周周忽然有些拘谨，礼貌地欠欠身，一刹那，甚至想要提起不存在的裙角，屈膝行礼。

余周周后来每每想起那天晚上，总会感慨，陈桉永远可以给她带来奇迹般的时刻。

她盯着电话许久，突然哭起来。

余周周一步步走到电话分机前，轻轻拿起听筒，贴到耳边，哽咽到无法说话。

谁都可以，能不能告诉我？

"我应该怎么办……"浓浓的哭腔钻进话筒中，伴随着抽抽噎噎的呼吸声，余周周能感觉到眼泪滚烫，像岩浆般从脸颊上滚落。

"什么怎么办？"

听筒那边带着笑意和诧异的声音让余周周吓得几乎跳起来。

"你是……你是……"余周周说出了一句非常对不起她的年龄的话，"你是……神仙吗？"

电话那边哈哈大笑声终止了余周周的哭意。

"对啊，我是神仙，你要许愿吗？"

余周周哆哆嗦嗦，不知道是不是应该相信电话那边的神秘人。难堪的空白过后，余周周深深吸了一口气，大声地说："我……"

我想要什么？余周周愣了半天。上师大附中？学会奥数？还是……

"你什么？"

"我……"余周周急得都快哭了，她知道神仙都很忙，好不容易连线了，自己这样磨磨蹭蹭，会把人家惹得不耐烦的。

"我许愿……你，你能不能再给我三个愿望……"

神仙笑得要岔气了。

"余周周，你还真是不客气啊……"

后来余周周才知道，世界上的大多数神迹其实不过是巧合。陈桉的电话号码刚刚拨完，等待的拨号音还没来得及响起，另一边的余周周已经涕泪涟涟地把电话接了起来。

"原来你不是神仙。"

"哦？"陈桉的笑容隔着电话线都能感觉得到，"谁说我不是？"

"其实晚上更好玩，有了彩灯会很漂亮。不过白天人少，不会有人跟我们抢冰滑梯。"

余周周直到现在仍然觉得脑袋蒙蒙的，是的，她哆哆嗦嗦含含糊糊地对神仙说她很害怕他不开心，神仙并没有问她具体的原因，反而邀请她周六一起去江边的冰雪游乐场玩。

"陈桉，"余周周还是鼓起勇气问了一句，"你都多大了，还玩冰滑梯……"

陈桉搓搓耳朵，仿佛刚刚想起什么一样从黑色背包里面拿出耳包戴上，然后摸摸鼻子说："哈，小时候没玩过。"竟然是有些怅然的口气。

余周周跟着他进门，门票不便宜，可是陈桉说神仙都很有钱，所以一定要请客。

"我们先玩什么？"陈桉双手插兜环视着广阔的游乐场。天空碧蓝如洗，一望无际，仰头的时候，深吸一口气，冰冷的空气灌满整个肺部，让人胸口都会有丝丝的疼，然而却那么舒畅，再缓缓地吐出来，就好像伤口一点一滴地痊愈了一样。

余周周仍然挂着一副略带沉重和担忧的表情。游乐场广袤无垠的白雪世界让她新奇兴奋，可是这种快乐始终戴着枷锁，她自己解不开。

陈桉似乎发现了这一点，他拉起她的小书包，将她倒着拖到了冰滑梯的高高的顶点。

"我们坐这个。"他不知从哪里变出了一张巨大的棕色纸壳，好像是把纸箱拆开压扁了一样。陈桉按着余周周的肩膀让她坐在纸壳的前端，然后自己坐在她背后，搂紧了她的肩膀，轻轻地说："一二三，走啦！"

余周周几乎来不及呼喊和闭眼睛，迎面而来的风冲进眼里，好像洗清了所有迷雾。她的背后是坚实的胸膛，她就这样张开双臂，以难以想象的速度冲向雪白苍茫的大地。她不再沉重，因为她失重了。

和林杨带领她和詹燕飞游玩的小土坡不同，和那种小快乐不同，当纸壳到达底部滑行出很远慢慢停下来的时候，她感觉自己就像一只刚刚完成滑翔的候鸟，轻轻落地，痛快异常。

"还玩吗？"

"玩！"

余周周几乎是立刻跳起来，从陈桉屁股底下拽过纸壳，差点儿把他掀翻。

"喂，你倒是带上我啊！"

"这次不带你玩！"余周周恢复了无产阶级无神论接班人的本性，把神仙甩在背后，拖着比她大一倍的纸壳笨拙地攀爬着冰滑梯。

飞翔是会让人上瘾的，余周周在下落的过程中几乎忘记了自己是谁。她只是一只鸟，只是一只无意路过的候鸟，稍事休息后就会飞向远方。

很遥远很遥远的地方。

余周周终于累了，她擦了一下额头上冒出的细密的汗，抬头看见陈桉正靠着灯柱在笑。

她连忙站起来，捡起纸壳，不好意思地递过去："你……你玩吗？"

余周周真心地感到愧疚，人家神仙小时候都没玩过这些，自己居然还和他抢。

"谢谢，你真大方。"

陈桉带着笑意的揶揄让余周周深深地低下头去。

"走吧，去坐狗拉雪橇！"

"你确定这是狗拉雪橇吗，神仙？"

陈桉哭笑不得，面对挑着眉毛一脸欠扁表情的余周周，只好赔不是。

余周周和陈桉各拉着一根缰绳，小心翼翼地在冰面上缓慢前行，而雪橇上面则坐着一只脏兮兮的灰狗，旁边还跟着一只耷拉着脑袋的黑狗。

他们坐着狗拉雪橇走到远处之后，那只始终跟不上黑狗速度导致整个雪橇一直在朝右边转圈的灰狗，终于颤巍巍地倒下了。

他们一起把呜呜哀号的灰狗推到雪橇上，然后拉起缰绳，跟着那只参加葬礼一般沉痛的黑狗一起，朝着远方的大本营前进。

"真倒霉。"陈桉无奈地说。

"是因为你太重了。"余周周一本正经。

陈桉于是回头狠狠地瞪了灰狗一眼。

然后看到余周周正在瞪着他。

"你就这样对待神仙？"

余周周这次却没有回嘴，她低下头，努力地拉着缰绳，脚下略微打滑。

"你要真是神仙就好了。"

14

你到底相信谁

"陈桉，你要考大学了吧？"余周周很快地转换了话题。

"嗯，明年七月。"

"不需要复习吗？我姐姐也要考大学，她每天除了吃饭、睡觉、上厕所，其他时间都要复习，而且总和家长吵架，好像很烦的样子。"

"谁说我不复习？"陈桉挑起眉毛笑。

"那你怎么还跑来坐滑梯？"

陈桉大笑："这都哪儿跟哪儿啊。没完没了地做卷子，人会变傻的。"

"那为什么找我出来玩呢？"

陈桉用空着的左手摸摸鼻子："暂时不告诉你，一会儿再说。"

余周周忽然想起一件事："对了，你以前离开乐团的时候，不是说要参加比赛然后保送大学的吗？"

"哦，你说物理联赛啊。"陈桉笑了，好像那是一件很久远的事情一样，轻描淡写地说，"复赛的时候拉肚子，没考好，只拿了二等奖，可以选择的大学都不是很理想，所以打算参加高考自己考。"

余周周直觉感到那是关乎命运的一件事情，这样倒霉的陈桉，脸上竟然没有一丝尴尬或者遗憾。她肃然起敬，陈桉是有希望拿到一等奖的，他都没有抱怨，那么，一直以来就奥数无能的余周周，还有什么资格为了一次原本就不属于她的初赛而难过呢？

她侧过脸看着陈桉，在蓝天白雪的背景下，少年温和沉静的侧脸让人心生安定，他拖着背后沉重的雪橇，一直是一副轻松的样子。他的音乐天赋，他在振华读书，他家是内置楼梯的宫殿般的大房子……这一切都让人不自觉地羡慕起这个男孩的优秀和幸运。然而，余周周在这一刻窥视到其中的某些奥妙，似乎并不是那样顺理成章，陈桉笑容的背后，仿佛另有天机。

"你会考上清华的。"余周周一百二十分认真地看着他说。

陈桉笑了："完了，我想上北大，这可怎么办哪？通融一下吧，你能批准吗？"

余周周一下子红了脸，低头小声说："……北大也凑合吧……"

陈桉哈哈大笑起来："好，那就委屈我了，去北大凑合一下。"

余周周抬起头去看天空，蓝到极致的世界尽头，到底有多远呢？她一直相信陈桉是可以飞到很远很远的地方的，他是她见过的所有人中最最像主角的一个，保送失利只是大结局前的小挫折，所有的不幸都只是垫脚石，把他送上顶端，然后飞起来。

"真好，这样你就可以去北京。"她出神地说。

"你很喜欢北京？"陈桉有些好奇的样子。

"不是，"余周周笑了，"我都没去过北京，我从小就没离开过家。暑假的时候，好多同学都去黄山、泰山或者海边玩，可是我一直都没有离开过这座城市。不过，我很羡慕你，可以到离家很远的地方，不是去旅游几天，而是……而是彻底离开。"

陈桉不再笑，他认真地看着旁边这个目光茫然、一脸憧憬的小姑娘，然后也偏过头去遥望天际。

"对，我就是想离开。"

很短的一句话，可是余周周很讶异地看着他，因为陈桉很少提起自己，他总是笑，总是在安慰别人，帮忙分析别人的事情，却没有主动说过任何一句以"我喜欢""我讨厌""我想要"开头的话。

"为什么？"

他转过来捏捏余周周的脸："不为什么。"

于是余周周也不再问。她向来善解人意，不会像单洁洁她们一样追问别人他们不想说的事情。

"周周，你为什么不开心呢？"

余周周有点儿惊讶，但是她没有习惯性地否认，只是问："你怎么知道？"

陈桉眨眨眼，笑了："我是神仙啊。"

看到余周周像名侦探柯南一样耷拉下来的眼皮，陈桉打了个哈欠说："其实是冬至的时候家里面聚会，我跟洁洁打听了一下你的情况。她说你最近有些奇怪，不过你不告诉她为什么，她猜你可能是被奥数折磨疯了。"

这样的答案在情理之中，可是余周周不免有些失望。

那一刻她忽然发现了自己的改变。曾经只要对着两只兔子贵族就能排遣那些小小的心事，然而现在，她的心事越来越纷杂硕大，她丢失了兔子，却在期盼有一个人能像它们一样，装下自己所有的恐惧和烦恼。而且，那个人必须像神仙一样，她什么都不用说，对方就会明白，省却在倾诉过程中所有的尴尬和难堪的沉默。

陈桉的确不是神仙。

她还是礼貌地回答了一句："竞赛考得不好。我一直很笨，学不会奥数。"

陈桉并没有像别人那样安慰她"只要努力，总有一天会学明白"，他一脸古怪地问："你为什么非要学奥数不可呢？你那么喜欢奥数吗？单洁洁也不学奥数啊，为什么你……"

余周周连忙摇头，却又无法解释清楚自己非学奥数不可的原因。那些原因都太世俗、太卑微了，在陈桉面前，在即将考大学的如此优秀的陈桉面前，她不好意思展示自己那些小小的危机和创伤。

何况，单洁洁不学奥数，但是她提前学了英语，很多孩子都在三四年级的时候开始在外面补习英语。林杨有时候也会在跟同学聊天时，略带炫耀地摇着头说"I don't think so"（我不这样认为）；单洁洁也曾经指着余周周正在用的圆珠笔笔杆，惊讶地说，这个 banana 拼错了啊！

Banana（香蕉）拼得是对是错余周周不知道，但是从那之后她就收起了那支圆珠笔，不敢再用了。

刚才随着冰滑梯飞走的忧郁又粘到了身上。

终于，余周周还是鼓起勇气说了实话。

"我不能直升师大附中，我得自己考，考试的话要考奥数的……而且，不光是这样，老师说……"余周周深吸一口气，"说我们女孩子上初中很容易跟不上，如果不受奥数训练，或者学不明白奥数的话，就说明脑子笨，上了初中也……而且我考不上师大附中，就要去非重点，还有，还有……"她发现自己说话有些颠三倒四，到最后自己也不知道那些理由的背后究竟埋藏着什么，只好住嘴，低着头盯着冰面发呆。

陈桉很久没说话，余周周以为他在酝酿一些不咸不淡的安慰自己的话，没想到，他竟然一直在微笑，就像看着一只困惑的小狗。

"笑什么？"

"你非学奥数不可？非考师大附中不可？他们说不学奥数上初中就会跟不上，上初中跟不上就上不了好高中，上不了好高中就考不上好大学……"陈桉一口气说完，歇了几秒钟，"于是你就相信了？"

余周周呆住了。

"难道……不是吗？"

陈桉指指自己的鼻子："我没学过奥数，我也没上师大附中，虽然可能北大不想凑合我，但是我凑凑合合地上了振华，你相信他们，还是相信我？"

余周周呆愣愣地看着陈桉笑出一口白牙，他大声地对自己说："你到底相信谁？我可是活的例子哟。"

那一刻，余周周抹了抹因为惊喜和讶异而涌出的眼泪，不得不承认，陈桉的确是神仙。

至少是她一个人的神仙。

15

主角的游戏

余周周做梦一般地微笑起来，她胸中垂坠的那块大石头就这样被陈桉取了出来，朝着天边远远地丢走，她甚至能听到它"扑通"一声砸入江面中。

说来说去，还是害怕走一条没有人相信的道路。然而现在余周周知道，这条路，陈桉曾经走过，也走出了柳暗花明，她为什么不相信呢？

"难道，只有这些吗？"

陈桉翘起嘴角，并没有让余周周更长时间地沉浸在突如其来的喜悦中。

"什么？"

"你不开心，只是因为这个吗？"

余周周突然感觉到有一片羽毛在自己心尖上轻轻扫过。

她有很多悲伤可以用来安慰别人，只有那两件不可以。

她有很多困难需要向神仙求助，只有那两件不可以。

也许陈桉只是随便问问，可是他无意中"更进一步"的问题，让余周周感慨非常。

我可以告诉你吗，神仙？

她还在犹豫，就听见背后的黑狗呜呜低吠了几声，撒腿朝前方跑去，出租狗拉雪橇的摊主这才看到他们俩，连忙迎了上来。

摊主似乎是生怕陈桉他们会退钱，所以赔着笑脸没完没了地道歉，甚至还踢了那只不中用的灰狗一脚，好像希望他俩看到这一幕能解气。陈桉摆摆手说没关系，余周周在一边加了一句"你不许欺负它"，然后才在摊主谄媚的笑容的陪护下转身离开。

"看到没，"陈桉摇头，"做条狗也不容易。"

周围的游人越来越多了，冰滑梯旁边也开始排队，热闹的人间气息让余周周从刚才苍茫天地仙侣并行的豪迈气势中醒了过来，她开始思考很多很实际的问题。也许陈桉没学过奥数，也没上什么重点初中，然而他毕竟是陈桉。

"……我不光学不会奥数，而且我也没有提前学英语，我……"她还没说完，突然看到陈桉轻蔑地一笑。

"小学的时候提前学初中的课程，初中的时候提前学高中的课程，搞竞赛的时候还要用几堂课把大学课程稀里糊涂过一遍……为什么一定要提前起跑呢？今天做明天的事，明天做后天的事，急什么？赶着去死然后早点儿投胎吗？"

余周周被吓到了，陈桉的语气仍然轻柔，可是有着很强烈的愤世嫉俗的味道。她从来没见过这样的陈桉，就好像一个什么都看不惯的愤怒少年，微皱着眉头盯着远处的某一个点，不知道在想什么。

她拉拉他的袖子，陈桉才恢复了一脸笑容，拍拍她的头："吓到你了？"

"没有，"余周周摇头，"说得好。"

余周周第一次吃到了比萨饼。他们在冰雪乐园冻得几乎说不出话来，终于恋恋不舍地离开了游乐设施。陈桉突然问余周周有没有吃过比萨。

那时候，比萨店刚刚进入这个城市，像当初的肯德基一样，让所有孩子都很向往。余周周喜欢上肯德基的时候，妈妈曾经每天晚上给她外带香辣鸡翅和土豆泥回家，直到她吃得想吐。

在物质上，妈妈竭尽所能地对她补偿，余周周不是感觉不到。

周围其他客人都拿着刀叉轻轻地切割着比萨饼，然而他们这一桌的奶油比萨刚刚上桌的时候，余周周就伸手抓起了一块，浓浓的奶酪拖着长长的丝，极为诱人。

陈桉笑了。

"你也喜欢用手抓？"

"怎么了？"余周周环顾四周，才发现自己是唯一抓着比萨往嘴里送的人。她有些不好意思地放下了那块三角形的饼。

"……忍者神龟就是这么吃的啊……"

陈桉笑得极开心，也伸出右手抓起了一块："说得太对了。"

难过的时候就吃东西，因为胃和心的距离很近，当你吃饱了的时候，暖暖的胃会挤占心脏的位置，这样心里就不会觉得那么冷清，那么空落落的。

"周周，不考上海音乐学院附中了？"

"不想考。"余周周嘴里塞着洋葱圈，她心情好了很多，说话也直率起来，终于有些小孩子的样子了，"我觉得没意思。"

"没意思？"

"我不喜欢。我喜欢大提琴，但是没有那么喜欢。我……我说不明白。"

"那你想要做什么呢？"

余周周吮了一下手指，看着远方很认真地想了想："我不知道，我真的不知道。不过，我希望有一天能让我妈妈不再那么辛苦，我可以赚好多好多的钱，然后买一栋特别大的房子，然后我们就能变得像以前一样了。我还想……还想……"还想别人不要再瞧不起我，再也不想看到于老师、周沈然和凌翔茜，再也不……

她愣住了，含着手指头发了一会儿呆，抬起头看到陈桉温柔的眼神。

她说愿望的时候并没有太多的情绪，可是看到这样的目光，突然鼻子
很酸。

"为什么只有妈妈呢？"

他的话就像一把刀，光泽温柔，却有锋利的刃。

余周周抬起头，咽了四五次口水，陈桉的眼神一直是坚定而鼓励的。

她放下叉子，擦了擦嘴，深深地吸了一口气。

"因为我的确只有妈妈。"

终于说出来了。

余周周人生第一次完整而平静地对一个人说起自己的事情。她的妈
妈和爸爸年轻的时候是恋人，爸爸另娶了家里很有钱很有背景的人家的
女儿，妈妈却坚持生下了她，又或者说，是因为太晚了，打胎实在太危
险了。

其实她对那时候的事情也不是很清楚，只是从小"爸爸"和妈妈吵
架的时候说过的只言片语、邻居们的闲言碎语，以及妈妈喝醉的时候抱
着她哭泣着说出的那些"悔不当初"和"念念不忘"。

所以她只能告诉陈桉，他们是如何不愿意跟她玩，林杨是如何被她
连累，还有奥数。她学不会奥数，不仅仅是因为笨，更是因为她太迫切
地想要一步登天，想要做到最好，想要像动画片中一样大反转，把所有
的反派踩在脚下，结局一片光明。

"其实我一直特别想要报复他们。我想要变得特别特别好，我讨厌
他们。"

恨可以让人变得强大。

"不过我太笨了。我以为我当了大队委员，又学了大提琴，他们说我
多才多艺，但是现在我才知道，其实都没有用。"

陈桉一直什么都没有说，等到余周周沉默了很久，他才轻轻抓住了
她的手。

"周周，我们玩个游戏吧。"

"嗯？"

"我们来玩主角的游戏。"

"主角的游戏？"

"就是那种主角被很多人嘲笑，瞧不起，陷害，然后突然掉下山崖，所有人都不知道他是生是死，他去了哪里。可是山崖下面总是有洞穴，洞穴里面总是有秘籍。等他重出江湖，大家都发现他已经成了天下第一，无人能敌……"他好像被自己的说法窘到了，所以笑起来，"就是这种游戏。"

余周周好像明白，又好像不明白。

"到没有人认识你的学校，给自己重新画一条起跑线吧。没有人在旁边干扰，你可以跑得更快。三年的时间，足够你成为一个小女侠。"

余周周感觉到眼前仿佛打开了一扇窗，看到了不一样的世界。日子还可以这样过，愤怒和仇恨也可以用这种方式排遣。

而且，他竟然知道她是女侠。

余周周笑了，许久没有这样开心地笑过了，她在陈桉的眼睛里面看到了自己脸上弯弯的月牙。

"嗯，"余周周重重地点头，"这个游戏我一定能通关！"想了想又说，"我也会考上你们振华的！"

最后还是没底气地加上一句："……考振华……不用考奥数吧？"

陈桉大笑着拍她的头，余周周不好意思地刮了刮自己的鼻头，突然想起什么似的抬头问："可是山崖下面没有洞穴和秘籍怎么办？摔死了怎么办？"

陈桉伸出小手指，跟她拉钩："周周，我就是你的秘籍啊。"

"嗯，"余周周微笑，"我相信。"

在外婆家门口，余周周跟陈桉挥手道别，陈桉突然叫住了她。

"周周，这个东西早就想给你了，结果每次见你都想不起来，总觉得以后有的是机会。这次终于想起来了。"

余周周接过一个厚厚的信封，低下头疑惑地打开。

照片上的小姑娘，独自站在舞台上，抱着大大的奖杯，脸上的笑容灿烂到难以想象。

余周周几乎都忘记了，自己曾经这样笑过。

"那次故事比赛，本来带着相机是准备给洁洁照相的，但是她后来没拿到名次，在台上哭丧个脸，我就没有照，所有的胶卷都奉献给你了。照片洗出来后一直想给你，但是总忘记。可能我也是觉得照片太可爱了，想多留几天吧。"

余周周眼睛有些湿，轻轻地用手指抚摸着照片上的那个小丫头。

"周周，以后都要像照片上那样笑哟，"陈桉俯下身看着她，"一定要笑得那样灿烂才好看。"

余周周把照片塞回信封，然后递还到陈桉手里。

"你留着吧，你要是喜欢就留着。"

陈桉惊讶了："你不要吗？照片上笑得多好看。"

余周周摇摇头，仰起脸，绽放了一脸比照片上还要灿烂的笑容，在夕阳温柔地映照下，甚至浮现了几分属于少女的清丽美好。

"你留着做纪念吧。"她说，"至于我……你看，我照镜子就可以了。"

16

你和别人不一样

余周周的变化，就像一夜春雨过后突然绿起来的行道树一般。某天早晨，当她背着书包睡眼惺忪地走出大门，一抬头，就被眼前的景象惊得合不拢嘴。

她越来越喜欢笑，却很少说话，好像拥抱着一个天大的秘密在等待什么一样。

等不及一般的蠢蠢欲动，还有快乐，从心里往外散发的快乐，并不是以一种兴高采烈的方式发散出来，而是变得更内敛、更沉静，仿佛身边同龄人的一切悲喜和在意都是小儿科。她在自己毫无意识的情况下，已经一步迈入了另一个世界，一个更成熟也更神秘的世界。

不再像个小丫头，而是一个少女。

她继续准备着每年夏天的大提琴考级，最后的十级，就像是一个句号，对某个人和某个世界的完满告别。然而奥数班再也不去上，甚至能够做到无视于老师的白眼。单洁洁终于忍不住，在某天悄悄地问她："周周，你怎么了？"

余周周摆正笔袋，把从书店租来的《名侦探柯南》往书桌里一推，歪头一笑："没怎么啊。"

"我觉得你有点儿怪。"单洁洁低声嘟囔，看余周周不打算解释，才别别扭扭地说出真正的意图。

"你怎么跟詹燕飞那么好啊？"

"你不喜欢她？"

"没！"单洁洁发现余周周越来越擅长乾坤大挪移，越来越像……自己那个表哥，她连忙笑了笑，"我怎么不喜欢她了？我就是……你看你都不理我了。"

单洁洁说话的声音越来越小，余周周笑起来，拉拉她的手："我怎么不理你了？"

"昨天说大家一起去批发市场买同学录，你都不和我们一起去。"

"哦……"余周周挠挠后脑勺笑了起来，"因为我不买同学录，所以不想去。"

"难道你已经买好了？"单洁洁惊讶万分，"你都不告诉我！"

余周周摇头："我没买，也不想买。"

"你不写同学录？"单洁洁几乎感觉自己看到了怪物。

这一年的初夏，几乎所有人都疯狂地在私底下传递着同学录。女孩子们挤在一起，为不同的款式而左右为难：大本还是小本，粉色还是蓝色，风景还是动漫，活页还是档案夹，内容是否齐全，必填项目里面有没有星座、血型、有没有座右铭和喜欢的明星、热爱的食物……

同学录的丰厚程度代表了这六年的人缘，大家都非常重视。余周周手里积攒了一堆活页纸，上面都用铅笔在右上角标注了主人的姓名。她一张一张迅速地填写着自己的姓名、昵称、星座、生日……然后在每一张背后"毕业赠言"的部分认真地写上"祝前程似锦，时时开心，事事顺利，万事如意"。

搞怪的、煽情的、亲昵的……大家都忙于开发各种各样更有个性的留言，更重要的是，很多没有捅破窗户纸的暧昧对象都把这张同学录看得很重很重。大家都在犯愁，因为究竟能升入师大附中还是八中始终是压在这些男孩女孩心上的大石头，可是又不能多说什么，只能点到为止地说一句"我们永远是好朋友"。

余周周始终写着那几句话，只有在单洁洁、李晓智和詹燕飞三个人的同学录上面多写了几句回忆过往的话。

谁都不知道，她只是不想留下任何痕迹。余周周的生活中经历了许多分离，她似乎已经比同龄人更早地预见了这些所谓"永远是好朋友"的承诺是多么脆弱——他们所有人在时间和距离面前都是无能为力的，甚至都无法对抗自己的健忘和无情。成长的道路上总有更新奇的事情、更有趣的新朋友，但人的心灵很小，根本装不下那么多，所以一路前行，一路抛弃。

直到六月中旬的星期二，林杨在放学路上堵住了她。

四年级的鼓号队和花束队要参加共青团的庆祝大会，下午要集训，会很吵闹，所以全校下午放假。余周周背着书包路过操场，看到那些穿着鲜绿色鼓号队服装，顶着日头排队的孩子，突然抬起头看向灰色的教学楼，有种轮回的滑稽感。

生命就像陀螺，转来转去，于是生生不息。

她刚刚结束了感慨，就看到林杨拎着书包靠着围墙正在瞪她。

"有事吗？"

林杨从背后拽出一张浅绿色的纸："你还好意思问？你看看你给我写的这都是什么啊？"

"林杨，祝你前程似锦，时时开心，事事顺利。"

余周周来回看了好几遍，"这怎么了？"也没有错别字啊。

"你怎么能……怎么能……"他急了半天也说不出来。

他托詹燕飞把同学录交给余周周，殷殷期待了好久，终于在今天收回来，结果就看到这么一句毫无特点的话。

而且，更重要的是，他知道余周周在很多人的同学录上面都写了这样一句话。

写给我的话怎么能和写给他们的一样？林杨觉得特别委屈，可他只是捏着纸在半空中抖了半天，最后才咬牙切齿地说："你给我写的，和给别人写的一样，甚至……甚至……还少了一句！！！"

余周周这才发现，她把"万事如意"那句给落下了。

"对不起，我现在就给你加上。"

林杨几乎让她气得鼻子冒烟："重点不在这儿！你给我重写！"

"重写？"余周周低头看着那张纸，很为难。林杨的同学录格外大，她为了让留言区看起来不那么空，于是把那几句话竖着写，特意把每个字都撑大，所以现在根本没有补救的余地了。

"我给你一张空白的，你重新写！"林杨说完就开始在书包里面翻翻找找，掏了个底朝天，也没有找到。

"要不明天再说吧。"余周周抬起手挡在额头上，躲避初夏渐渐开始毒烈的太阳。

"不行，你拖拖拉拉的，这张就十几个字你都写了两个星期，等明天？说不定毕业了你也没办法给我！"

余周周无奈摊手："那你要我怎么办？"

林杨站在原地想了半天，忽然脸红了，支支吾吾半天才僵硬地说："……你去我家吧。"

爸爸妈妈去上班了，所以他们不会知道的。下午的时间，让她在自己家里面好好写，写不好再重写。林杨迅速地谋划着，一瞬间几乎想要跑回班，朝小张老师借教鞭来下午备用。

"我不去。"余周周摇头。

其实，她是故意给林杨写了和别人一样的毕业赠言。面对着那张画着一只小狐狸、好像碧绿麦浪一般的同学录，她手足无措了好多天，才下定决心在上面下笔。

写了和赠给别人一样的话，就是因为，他和别人不一样。

余周周也不知道自己究竟在慌什么，慌到竟然落下一句话的地步。

"不去不行！"林杨彻底被她的态度给激怒了，又或者说，是因为自己期待万分最后当头被泼冷水的事实而恼羞成怒了，甚至都忘记了去害怕自己的爸爸妈妈。他直接扯起她的手，拽着她就往门外跑。

"你要干什么？"余周周费了半天劲想要把手抽出来，可是眼看着手腕都红了，就是拽不出来。她从来都不知道林杨竟然有这么大的力气。

林杨跑出操场之后，怒火一点点消失了，心中突然有些异样。

他一点点地放松了手上的力道，却不敢回头看身后的女孩子究竟是什么表情。然而现在，即使是松松地拉着她，对方也不再挣扎，沉默无声地任由他牵着她回家。

他们就这样保持着奇怪的姿势，一前一后，胳膊扭着，脑袋低着，脚步飘忽，手心发烫。

周围的景物渐渐淡化成毫无意义的布景板，林杨喉咙发紧，而且胳膊扭得很疼，背后的女孩子彻底成了甜蜜的负担。他想松手让胳膊缓解一下，却又舍不得，骑虎难下的时候，身后一直钝钝的脚步声突然加快了，林杨的心跳漏跳了一拍，侧过脸，发现余周周竟然就这样走到了自己的身边。

而且，没有松开他的手。

林杨脚步飘忽，好像在做梦，却不知道这个梦境究竟是什么时候开始的，就像人永远不能意识到自己是什么时候睡着的。

"周周？"

"嗯？"

"没事。"

林杨低着头，嘴角缓缓上扬，漫溢出难以言说的甜。

17

万事胜意

余周周在门口换下鞋，走进客厅。林杨的家里好像比以前有了一些小变化，但是哪里变了，她记不清了。

小时候的记忆实在很有选择性，她能记得林杨在省政府幼儿园滑梯前的别扭表情，还有被饭盒砸了之后身上狼狈的汤汤水水，却记不住他家当年用的是什么颜色的墙纸。

"你吃什么水果吗？我给你倒杯果汁吧，你喝水蜜桃还是猕猴桃还是菠萝？对了，还有巧克力派和话梅，你等一下，我给你拿过来！"

林杨完全把教鞭的事情抛在脑后，转而投入了"喂猪"大业中。

当他端着盘子小心翼翼地走到自己房间门口的时候，抬起头就看见余周周微微前倾着身子，正聚精会神地望着自己的书柜，目光沿着排列好的书脊一点点地移动。

略显单薄的腰身凸显出刚刚发育的青涩，余周周今天没有梳马尾辫，而是梳成了公主头，只把一部分头发在脑后用浅蓝色的贝壳发卡固定住，剩下的柔软长发都披散在肩上，随着她的动作绸缎一般流泻下来。林杨的目光追着发丝的踪迹，不经意间落在她瘦削的肩上。学校粗制滥造的白色校服在夏天总是有点儿透视作用，他不经意地捕捉到了领口附近的浅蓝色胸罩肩带……

"林杨？"

这一声突然的召唤让心虚的林杨差点儿被自己的口水呛死，余周周从剧烈咳嗽的林杨手里接过盘子，放在学习桌上面，转过身疑惑地盯着他："你没事吧？"

"没！"林杨连忙低下头，在书桌底下的柜子里面翻找起来，然后拽出一个淡蓝色的卡通文件夹，从里面抽出一张活页纸，递给余周周，"嗯，给你，重写一张吧。"

余周周接过那张纸，迅速地把第一面上的基本信息填好了，然后面对背后的一大片空白发呆。

"好好写啊，写不好我还要你重写，反正活页纸我有的是！"

"我写不出来。"

林杨七窍生烟："你到底想干吗？"

"给我看看别人给你写的同学录好不好？"

林杨愣了一下，就把手里那一大本都递给了余周周，然后坐在她旁边，饶有兴致地看着她用修长雪白的手指一页页地翻动着同学录——那里面都是让他很骄傲的成果。

每个人都给他写得满满的，很高的评价，很美好的祝福，丝毫没有敷衍——除了余周周。

前程似锦，事事顺利。好土，亏她想得出来。

余周周看到凌翔茜的那页，背后的赠言几乎没有任何伤感的祝愿语句，只有细碎的回忆，字里行间的熟稔和亲密无间丝毫不是装出来的。那是一种天生的自信，好像从来没有怀疑过，未来他们还是会在一起。

那么自然亲近，就像蒋川在同学录的背面错字连篇不知所云的所谓赠言，最后还要加上一句："林杨你去吃大便吧！趁热！"

然后她看到了余婷婷的。

中规中矩的赠言，娟秀的字迹，乍看上去没有一丁点儿特别。

然而最后一句话，平平静静地放在那里：

"你永远是我心里最优秀的大队长。"

只是这一次，少了一句"生日快乐"。余周周侧过脸去看林杨，他正读得津津有味，好像根本忘记了当年那个没有署名的玻璃苹果的存在。

余周周合上本子："好吧，我给你写。"

林杨兴高采烈地把纸铺展在桌子上，同时很狗腿地递上了蓝色的水笔。

没想到，余周周根本没有长篇大论的打算，她大笔一挥，只唰唰写了四个字：万事胜意。

林杨都快吐血了："你干吗，我让你过来，难道就是把那四个字补上？"

余周周摇头："你看仔细了，这四个字跟那四个字不一样！"

万事胜意，不是万事如意。

"你已经万事如意了，什么事情都如你的意，我就不祝你这个了。这四个字是我外婆告诉我的，我一直觉得这是最好的祝福，我只送给你。"

余周周十二分认真，林杨忽然不敢抬头直视她明亮的眼睛，只是盯着脚下浅灰色的拖鞋，仍然有点儿不高兴地问："哪里好？"

"万事胜意的意思就是，一切的结果，都比你当初想象的，还要好一点点。"

她举起右手，用食指和拇指在他眼前比量出"一点点"的含义。林杨的目光却从她食指和拇指之间的空隙穿了过去，直接对上了余周周笑意盈盈的眼睛。

他低下头，从她手中抽走那张纸，别扭地说："哦，好吧，那就这样吧。"

说完后，林杨就开始后悔。完成任务的余周周自然就可以离开了，他舍不得，然而又不知道找什么借口才能留住她。

然而今天的余周周格外地配合，一点儿都不和他对着干，也不……也不欺负他。

"你家里面有迪士尼动画的全集？"

"嗯，小时候看过。"林杨费力地踩在凳子上，把它们从衣柜上拿下来，"你要看吗？"

"好啊，我没看过。"余周周随手抽出一盒，"就看《白雪公主》吧！"

"真够傻的。"林杨把这句评价咽进肚子里面，笑嘻嘻地打开电视。电影开演之后，他从托盘里拿起一个苹果狠狠地咬了一口，又递给余周周一袋旺旺仙贝。

余周周很沉默地看着，在林杨无聊到几乎要睡着的时候，突然冒出一句："不对，不对。"

"哪里不对？"林杨啃着苹果，扬眉问她。

"她长得不像白雪公主。"

"哈，"林杨笑了，"难道你见过活的？"

"你不懂。"她摇摇头，"不看了，没意思。"

林杨关掉电视，有点儿无助地看着余周周。她坐在自己家的沙发上，不知道在想些什么，样子竟然有些忧伤。

"林杨，你最喜欢的童话是哪篇？"

他被这个问题弄得很意外，想了半天才回答："《灰姑娘》……你呢？"

余周周笑了："我喜欢《夜莺》，是安徒生的，讲一个国王和夜莺的故事。"

"我没看过。"林杨对余周周感兴趣的一切都很好奇，"给我讲讲。"

"以后吧。"余周周说完之后自己都愣了一下，有些不自然地偏过头看了看林杨的书桌，"哦，你家买了电脑？"

"嗯，"林杨点头，"咱们学校的微机课用的系统实在太破了，居然还是 win32。"

可是余周周丝毫不关心 win32 的系统究竟有多么破，林杨觉得她有些心神不宁，不知道她在担心着什么。她的目光又一次落在书柜上，然后呆呆地看了许久。

林杨也抬起头，一眼就望见被放在最高层左边那一格里面的黄色卡带，六十四合一。他曾经万分小心地踩着椅子把它放在那里，可是一次都没有玩过。

"周周，你以前，为什么不想跟我玩了？"连他自己都觉得这种问题很幼稚，可是他很想知道。

"不为什么。"余周周摇头，突然笑了，"林杨，一起打游戏吧！就坑那盘带。"

可怜的六十四合一，这么多年，包括余乔哥哥在内的三个人谁都没有玩过。

又是魂斗罗，又是第三关，余周周似乎从来就没进步过，不过她毫不焦躁，心安理得地拖累着林杨。林杨也什么都没说，就站在一边开枪替她打掩护，等待着她笨拙地追上自己。

一个简单的游戏，打得很漫长。

玩松鼠大作战的时候，余周周总是操纵自己的那只戴帽子的松鼠从背后偷袭同伴林杨，把他的松鼠举起来，然后朝着眼镜蛇扔过去。林杨最终忍无可忍，放下手柄朝她大喊："你能不能别再欺负我？"

余周周白了他一眼："你乐意！谁让你不躲开？"

林杨被噎得没话说。的确，他乐意，他从来就不躲开，无论游戏里面还是游戏外面。

他俯下身，用右手托着下巴，盯着 GAME OVER（游戏结束）的屏幕微笑起来。

"好吧，是我乐意。"

那天，余周周迎着满天红霞走在回家的路上。转过身，就能看见林杨家的阳台，他还站在阳台上朝她挥着手，几乎都能想象到对方脸上傻乎乎的笑容。

她低下头，鼻子有点儿酸，头也不回地大步离开。

冗长的毕业典礼终于结束，无论如何，詹燕飞和余周周都算是这一届的风云人物，她们和林杨、凌翔茜等人仍然在典礼上出现了，诗朗诵或者作为学生代表发言，各司其职，演了最后一场戏。

"你要回城西念书？"

"嗯，三十五中学。周周，你到底决定去哪个初中？"

余周周神秘地摇头："不告诉你，不过以后我会给你写信的。"

詹燕飞眼睛里面含着泪花："周周，你是我见过的最好的女孩子。"

余周周微笑："你是我心里永远的小燕子。"

还好，她们谁都没有说，我们永远是好朋友。

余周周远远地看到被一群学生和家长围在中间怀抱鲜花的于老师，她站在外围看了许久。

于老师几次三番说要跟余周周家长谈一谈，然而妈妈总是冷笑一声说"贪得无厌"。几个月前，妈妈终于空出时间和余周周认真地就升学问题谈了很久。

"你们老师能帮上什么忙？她不过就是想趁最后的机会再收点儿礼。去师大附中的事情，我都帮你打听好了，放心吧周周。"

"什么？"余周周惊讶万分，"我可以去师大附中？"

"怎么不可以？"妈妈不解地看她，"师大附中也招收议价生啊，托关系再交两万元钱建校费就可以了，还能找人进最好的班级呢，有什么难的？我前一阵子太忙，明天就去给你跑这件事情。"

之前所有关于奥数和前途的纠结，其实竟然只需要关系和钱就能迎刃而解，她却以为自己已经被抛入绝境。

余周周的脸上浮现出一种荒谬的惊喜。

然后很快就消失了。

"可是，妈妈，我不想去师大附中。"她一字一顿，清凌凌地说。

没有人逼她。

女侠余周周是自愿从悬崖上跳下去的。

为了一个陌生的美丽新世界。

当人群略微散去的时候，她鼓起勇气走到于老师面前。正在低头整理领花的于老师抬起头才看到面前的女孩清秀的面容，她并没有说出任何临别赠言，反而皱皱眉头，再次提及升学的事情。

"余周周啊，你最后到底怎么想的啊？我就没见过你这么不着调的学生，你的学籍档案最后调到——"

"于老师。"余周周第一次打断了她的话。

"丁老师，其实你可以做个好老师的。"

于老师讶异地愣住了，不知所措地看着余周周。

"可是你根本就不想。"

余周周终于替一年级的自己说出了郁积在心底的话，义无反顾地转身离开。

林杨终于逃离了挤满家长学生的后台，他奔出剧场的大门口，刚好看到余周周背着书包离开的背影。

"周周！"他大声喊起来，毫无顾忌，因为爸妈一起出差了。

余周周回头，他兴高采烈地拽着她的书包带："周周，一起回家吗？"

"今天我有事。"余周周低头不看他。

林杨很失望地叹了口气："这样啊，那我们再见面就要等到开学了。我暑假的时候会和爸爸妈妈一起去欧洲，爸爸去谈生意，正好带我和妈妈旅游，可能要去一阵子，假期就不能见面了。不过，开学的时候咱们就能见面了，我会给你带礼物的，我要去好多个国家呢。"

余周周勉强地笑了笑："哦，好好玩，一路顺风。"

林杨丝毫没有注意到她的反常，还在一边自说自话。

"你说，这回咱们能不能分到同一个班？"

余周周抬眼，眼底有他看不懂的情绪流动。她动动唇，好像要说什么，最终还是只化为一个笑容。

"嗯，说不定呢，说不定……能分到同一个班级呢。"

到时候见。

林杨摸着后脑勺，好像小学一年级入学时被饭盒砸到的地方还在隐隐作痛。

九月一日的天空格外阴沉。

他倔强地等到校园中的人都快走光了，才把墙上张贴的分班名单一张张地看完。

根本就没有余周周。

你骗我。林杨沉默地盯着墙上的红纸黑字，好像要把它盯出个窟窿来。

她一直在骗他。

当年四皇妃告诉皇帝，我明天还过来。

可她同样没有来。

十三岁的林杨，已经是个小小男子汉了，却在下雨天的围墙边哭得一塌糊涂。手里拿着的特意给她带回来的法国巧克力早就被秋老虎的天气烤化了，又被雨水浇得更加惨不忍睹。

余周周最后一次用失约和离别狠狠地欺负了他。

她说，你已经万事如意了，所以我祝你万事胜意，就是，一切都比你想象的，还要好一点儿。

大骗子。林杨咬着牙。

他什么时候万事如意了？

在这世界的某个角落里，有一个人，从来就没有如他的意。

18

从告别开始

余周周仰起头，正午炽烈的阳光让她睁不开眼，外婆在阳台上的身影有些模糊，只能看到她花白的头发在阳光下闪着白色的光。

妈妈戴着大墨镜，遮住半张脸，靠在副驾驶一侧的车门边，同样抬着头，却没什么表情，过了几秒钟，才说了一声："走吧，周周。"

余周周用力地招招手，好像看到外婆微微点了点头，就钻进了越野车的后排。

车里的冷气让她一下子从里到外轻松起来。

"就后备厢那点儿东西？没有落下的？"驾驶位上的陌生叔叔问。

"没有。"妈妈说完，叔叔就立即起车，"我们只有一点儿日用品和衣服，还有周周的书，不用搬家具，自然轻松。"

"我记得你动迁之后分下来的那套房子应该空了有两年了吧，一直拖拖拉拉地装修，怎么最近突然要搬家？你不是说在你妈家住得挺好吗？"

"是挺好，周周上学方便，晚上我也不用特意赶回来给她做饭。除了我嫂子翻几个白眼之外，的确很省心。"

"那我上次跟你说周周要去师大附中我有认识的人能帮上忙，后来你怎么没信儿了？"

妈妈摘下墨镜，回头看着周周笑了一下。

"她不去，死活要回北江区读书。"

"那你就由着她？小孩懂什么，北江区重点和师大附中那是一个档次的吗？"

余周周闻声低下头，用手指轻轻地摩挲着怀里那本书的封面。

妈妈摇摇头："她要是那块料，在哪儿读书都能有出息。如果不是那块料，我就是花钱给她供到北大、清华，照样被踢出来。"

余周周透过后视镜，看到那个叔叔不置可否地一笑。

"再说，"妈妈继续补充，"这样我工作也方便得多。我们老总年前就说过，以后滨江路上的办事处就交给我了。去北江住，的确要近得多，我照顾她也方便，搬回去就搬回去吧。"

"不过，"那个叔叔突然想起什么似的，说道，"我老早就跟你说过，动迁那套房子，从房子本身到地段再到物业，各个方面都不行。你卖了那套再买别的算了……"

"那套房子不能卖。"妈妈突然很突兀地打断了叔叔的话，却不解释为什么。叔叔有些讪讪地一笑，接上去："不卖……倒也行，但你手头又不是没钱，买个好点儿的房子住着也舒服。江边新开盘的盛世天华就不错，你这两年拼得这么狠，我听人家说你股市里面也没少捞钱，攒在手里又不能下蛋……"

"我得给周周的未来攒钱啊。"妈妈很自然地截下他的话,"我这辈子就这样了,我女儿一定要过得比别人好。你以为我一天到晚这么忙,都是为了自己?"

余周周的睫毛微微颤动。

然后叔叔有段时间没说话,车里的空气一时有些凝滞,他才缓缓地开口:

"……谁说……谁说你这辈子就这样了?"

声音低沉,语气迟缓,有隐约的怜惜。余周周当时说不清这是种什么感觉,她只能感觉到气氛的异样,空气中能嗅到暧昧的甜。

怜惜,就像很久前的那个说要娶妈妈说要好好疼妈妈,最后突然消失的那位叔叔。

怜惜也许是爱情的开始。

我怜惜你,于是我爱上你。而我更怜惜我自己,于是我离开你。

然而妈妈突然用一声爽利的笑划破了这种气氛,她轻快而毫不在意地说:"都一把年纪了,这辈子还能怎么样?对了,我刚才还想问你呢,嫂子工作调动的事情怎么样了?我之前装修买地板砖的时候就没少麻烦嫂子,你看现在搬个家又要劳动你。本来打个车我们娘儿俩也能把东西搬过去的,结果净给你们添麻烦……"

叔叔眼角闪过一瞬的尴尬,立刻调整了语气,同样笑得很豪爽。

"她一天到晚瞎折腾,更年期。就那工作的事,其实都是她自己闹的……"

仿佛刚才那种诡异的气氛从来没有存在过。

余周周那时候还只能像只小动物一样从眼角眉梢中读出一点儿异样,却无法对自己解释。然而很多年后,当她懂得了一切,站在时间的河畔望着对岸那个把玩着墨镜、笑得轻快坚强的聪明女人,嗅到了一种浓浓的哀伤和酸楚。

她从来没问过妈妈这些叔叔是谁,他们为什么拍拍她的头说"你好",又为什么突然消失。

尽管她知道妈妈不会责怪。

余周周已经悄然成长，更加懂得不去触碰别人心里的禁区。

再亲密也不行，是妈妈也不行。

车缓缓停下，余周周跳下车，帮妈妈把东西搬下来，看她谢绝叔叔"帮你们搬上楼"的好心。

于是自己也微笑着，勉力提起一包衣服说："谢谢叔叔，叔叔辛苦了。"

仰起脸，看到妈妈无懈可击的温婉笑容。

岁月流逝，妈妈不再穿平底鞋，不再说话轻柔，不再看大部头的书。

然而，她永远这样美。

新家没有想象中好，小区里面杂草丛生，建筑残土东一堆西一堆的，好像很多地方还没有完工的样子。可是余周周仍然很满足。

她搬过三次家。从动迁的地方被人赶到大杂院，后来又依依惜别奔奔搬回外婆家。只有这一次，她没有哭。

这是她自己的家，她新世界的起点。

所有新的开始，都是从离别中开出的花。

而一个人的离别，往往是另一个人的开始。

余周周永远是那个离开的人，这一次，她却要站在原地送别陈桉。

余玲玲因为复读的事情和家里吵架的时候，陈桉已经凑合上了北大。余周周从来没有担心过他，因为陈桉是神仙。

从游乐场离别之后，她就没有再看见过他。她终于鼓起勇气打电话给他，他笑着问："愿不愿意来火车站送我？"

余周周抱着玻璃罐子在站前广场挤来挤去，手中黏腻的汗让瓶子变得滑溜溜的。她小心翼翼，紧张兮兮，胳膊都酸了，终于远远看见陈桉和一群人站在火车站的巨大钟楼下。

那个冰天雪地中有些愤世嫉俗的少年，此刻又挂上了一脸月亮般遥不可及的笑容，正和周围人寒暄着。余周周忽然想起很久前的那个故事比赛前的走廊上，也是同样的隔膜，不清不楚地就划分了界限。

他俯下身就可以拍到她的头，而她踮起脚，伸长双臂，也无法触及他世界的边缘。

不过余周周还是硬着头皮溜过去。单洁洁没有来，陈桉的同学都把她当成是亲戚家的小妹妹，丝毫没有注意她的存在。

陈桉也只是惊奇地挑了挑眉，然后低头匆匆说了一句"等一下他们买了站台票给你一张"，然后就忙着去跟别人寒暄了。余周周准备了很久的"恭喜你"根本来不及脱口，噘起的嘴唇最终抚平成了一道弧线，微笑着安静地站在一边。

直到他们上了站台，陈桉已经做好准备上车，他嘴角的笑意终于不再模模糊糊，而是有了一丝志气昂扬的意味。余周周一愣，好不容易捕捉到他的目光，焦急地用眼神示意他："等我一下。"

陈桉果然停下来，走到她身边："周周？"

"给你！"余周周连忙递上玻璃瓶。

里面装了很多千纸鹤，五颜六色，在阳光下泛着温柔的光泽。

余周周的手工并不好，劳技课大多数作品的得分都是"良"。许多女孩子沉迷于用色彩缤纷的塑料管编织幸运星或者用彩纸折叠千纸鹤与风铃的时候，她只有在一边眼巴巴看着的份儿。毕业前，单洁洁教了她好久，她才勉强学会了叠千纸鹤。

不过她折好的千纸鹤，不像别人的那么灵活。真正的千纸鹤，轻轻地朝前后不同方向拉动头和尾，翅膀会轻微扇动起来，就好像真的在飞一样，而余周周折叠出来的全是像尸体一样不会动的笨鸟。

而且，非常丑。

于是她折了很多，放在罐子里遮丑，甚至为了防止露馅儿，把口都封死。

然而陈桉还是不紧不慢地拧开了瓶盖，指着里面的双面胶封口说："这是……"

余周周窘迫极了，低头结结巴巴地说："封……封上好，省得……省得它们跑了……"

陈桉大笑起来："说得对，省得飞走了。"

然后低头用笑意盈盈的眼睛直视她："周周，谢谢你。"

余周周轻声问出了她最想说的话。

"我能给你写信吗？"

陈桉讶异地微张着嘴巴，然后很快地笑了。

"当然，当然，周周……"他眼睛盯着地砖。

余周周长出一口气。

"但是我想我不会回信。"他接着说。

余周周的表情有一瞬间的凝滞，"为什么"的"为"字本能地溜出了唇边，被她硬生生地收回来了。

她几乎能感觉到背后那群不明就里的人的目光，把自己的颈后烤得很烫。

陈桉没有笑，目光中有一丝不忍，但还是没有松口，安静而坚决地望着余周周。

余周周低下头，几秒钟的呆滞后，很快就仰起脸微笑起来。

"没关系。"

余周周不知道陈桉断然说出自己不会回信究竟是出于什么原因，她喜欢观察大人的行为，也喜欢偷偷揣测，像一种孤独的游戏。可是她从来不曾研究过眼前的神仙，或许是觉得自己一定看不懂对方，或许是出于一种敬意或是畏惧。

余周周向来都很懂事地不给别人添麻烦，也很少坚持什么。可是这一次，她还是固执地把自己新家的电话号码折成四方的卡片塞到他手里。

"不用给我回信，但是到了那边一定告诉我你的地址。"

陈桉的神色有些哭笑不得，好像面对的是一个胡搅蛮缠的小孩子。这样的神色让余周周有些失望，甚至有一瞬间的不满，可是她强压下心头萦绕的情绪，鼓励自己把话说清楚。

"你……你……你以后肯定……希望你在那边生活得很好，认识很多陌生人，尝试很多以前不敢尝试的事情。你不用记得我，我只是想给你写信，你不给我回信，那样正好，省得我总得等到你的回信才能写新的一封，而你肯定回得特别慢，这样会耽误我写信的。"

这样的理由让陈桉的表情终于有了一丝解冻，他的目光柔和下来，重新开始盯着地砖。

"所以……所以干脆就不要回信，我可以想写就写，写好多好多，你爱看不看！"

最后一句，其实只是希望陈桉不要拿自己当负担，然而说出来的时候太紧张急躁，反而有了一点儿赌气的意味。余周周自己也感觉到了，她很尴尬地想要挽回一下，却听见陈桉轻轻的笑声。

他把那张纸片握在手心，然后从口袋中掏出钱夹把它塞了进去。

"好。"

没有一句多余的解释，简短有力，让刚刚长篇大论的余周周有些缓不过来。

他点点头，提起放在地上的行李，最后朝同学说了几句话，转身上车。

余周周这才注意到，陈桉的爸爸妈妈一直站在外围，陈桉上车的时候几乎都没有看他们一眼，更不用提道别。他的父亲是个英俊的中年人，微微有些发福，肤色很白，表情凝重。而他的妈妈，始终是一副淡到极致什么都不关心的样子。

她在站台上傻站了一会儿，火车呜呜呜笛，缓缓开动。余周周其实是第一次来火车站，以前只是在电视上看到过。这个庞然大物一点点加速离开，拖着长长的尾巴，渐渐消失在视线尽头。

她一点儿都不悲伤。这完全出乎意料。

余周周第一次知道，炎热的天气，黏腻的汗水，某些眼角眉梢的小细节——比如陈桉眉头微皱似笑非笑的表情——这一切都会一点点瓦解情绪和不切实际的幻想，让一切回归最最平实的那一面。

不过，她还是感觉到了一丝憧憬和跃跃欲试。

有一天，余周周想，我也会坐着这个拖着长尾巴的家伙，去远方。

余周周坐在崭新的浅米色书桌前，展平淡红色格子的原稿纸，摘下英雄钢笔的笔帽，写下陈桉的名字加一个冒号，然后笔尖悬空了许久。

不是她不知道应该写些什么，只是她卡在了一个微不足道的问题上。

记得以前看电视中念家书，似乎总会说一句类似"展信安好"或者"见字如面"一类的话，可是她并不确定是不是自己所理解的那几个汉字，迟迟不敢动笔，最后还是咬咬牙，写上了"你好"。

傻到家了。她揉揉鼻子，决定不再纠缠于这些细节，继续写。

"今天是初中入学报到的日子。我到了北江区十三中读书。白天忙了一天，学校说为了公平起见，各个班要通过抽签来分配班主任。我听说，我们班的班主任是一个刚毕业的师专学生。我站在队伍里面远远地看她走过来，发现……你知道吗？她身上一共穿了七种颜色，我还以为是有人把彩虹打散了之后运过来了呢。其实我觉得小学毕业体检的时候查色盲，应该找她来帮忙。"

余周周停笔，才发现自己写着写着就把脑子里面不着调的想法都写出来了。她愣了一下，赶紧把那页原稿纸扯了下来，可是捏在手里想了想，又重新铺在垫板上。

余周周想给陈桉写信，连她自己都说不清楚为什么，就像一只雏鸟本能地寻找着温暖踏实的所在。可是她从来没想过通过这些信得到什么嘉许或者回报，甚至哪怕是一句"周周最棒，周周一定可以实现梦想"一类的鼓励，她都没有奢望过。

倾诉是一种会让人上瘾的行为。当在比萨店对他说出"我的确只有妈妈"的那一刻，余周周心里的闸口打开了，积蓄多年的潮水般的情绪找到了一条河道奔流入海。

陈桉就是那片海洋。她不能关闭闸口，也不能让河流改道。

余周周接着把那些不靠谱的内容继续写下去——再难听，毕竟也是实话啊。

她坦然地笑起来。

"这个学校比我想象中要好得多，校舍老了点儿，但是有一面墙爬满了爬山虎，天凉起来之后，有点儿泛红，在夕阳下一片灿烂，非常非常美。我原来一直把这个学校想象得很差，这样我就不会失望了。妈妈以前总说事与愿违，我查了《现代汉语词典》才明白这个词的意思。那么你说，如果总是许一些很糟糕的愿望，实际情况是不是就会变得很好？"

又跑题了。余周周的食指不小心碰到笔尖，染上一片蓝。她连忙站起来寻找纸巾，头一低，就看到了桌子上面的那本书，名字叫《十七岁不哭》。

封面有些折损，还带着点儿污渍。

余周周先是挤在人山人海中看完了墙上张贴的分班情况，然后又百无聊赖地等待着漫长的抽签过程结束。无意间晃到角落，看到一个女孩子正坐在花坛边沿看书，低着头，佝偻着后背，像一只肥硕的大虾。

这个比喻不是很厚道，但是绝对贴切。她个子不矮，有些胖，稍微显得有些紧身的粉色 T 恤让她弯腰时腹部的圈圈"轮胎"更明显，黑色短裤下裸露的小腿上有跌倒留下的伤疤，结的痂还没有脱落，凉鞋带也是断裂的，竟然用塑料绳勉强代替，而且……脚趾很脏。

余周周控制不住地呆望着她，突然有种被打动的感觉。浮躁沉闷的阴天午后，周围叽叽喳喳的人群瞬间被静音，女孩子专注地盯着放在腿上的那本书，几乎可以用"贪婪"来形容。

余周周记得某个名人说过，他扑到书上，就像饥饿的人扑到面包上一样。她曾经觉得这句话很傻，可是现在才发现，名人名言永远不能轻视。

不知道站了多久，左脚有些又麻又痒的，她换了个姿势，就听到一声尖利的大叫："你在这儿干吗呢?! 我他妈找你找了半天，你跟你那个死爹一样，就知道祸害我一个，我他妈的上辈子造孽欠你们的啊?!"

人群中杀出来的女人叫喊声虽然高，但是声音沙哑，气息不足，所以几乎没人注意，然而在余周周听来格外刺耳。坐在花坛边的小姑娘吓了一跳，连忙站起来，本能地捂住头，瑟缩了一下，连眼睛都紧紧地闭上了。那本书从她的膝盖上掉落下来，还被她自己踩了一脚。

最终她被她妈妈掐着上臂拖走了，余周周目瞪口呆许久，才缓缓地走过去，从地上捡起了那本脏兮兮的书。

《十七岁不哭》。

为什么呢？她盯着书名想了半天，还是有点儿困惑。

是不能哭，还是不应该哭？

余周周对"十七岁"这三个字无法想象。在十三岁的余周周看来，人的年龄并没有太大的意义，十七岁的余乔哥哥和十七岁的余玲玲，甚至十七岁的陈桉，他们完全不同。

"周周？怎么跑到这儿来了？快过去排队，抽签结束了，你们该见班主任了。"

妈妈走过来，伸手牵住周周的手腕，温暖柔软。余周周仰头看着自己的妈妈，又想起刚才的那一幕，竟然第一次有了一种强烈的同情心，甚至是一种残忍的优越感。

她好惨。余周周想。

"那是什么东西？"妈妈这才注意到余周周手里的书，"哪儿捡的？脏不脏？"

她用食指和拇指捏着书脊，摇摇头："别人的。我……我得找机会还给她。"

余周周把脏兮兮的书放上书架，然后擦干墨水，重新坐到书桌前，在她给陈桉的第一封信上写下最后一段话：

"我今天忽然觉得自己很幸福。原来幸福这个词是需要对比的，和更惨的人对比。虽然我觉得这样不好，很阴暗，可是我必须告诉你，通过对比感受到的幸福，才是实实在在的，看得见摸得着的快乐。"

· 所谓新的开始，不过就是把往事以更高难度重演一遍。

· 时间是伟大的魔法师，从不为任何人停留。

· 十七岁看起来如此美好，那里会有一个清俊优秀的白衣少年，会有真挚的友情、洒脱的生活，甚至那种不得不割舍的朦胧爱情和为考试叫苦不迭的烦恼，在她看来都值得羡慕。

· 报复和追究并不是最好的解决问题的方式。很多事情，你只能忍耐着，让它一点点沉寂下去。

1

所谓新生活

"陈桉，你好！

"我没有和你说过我小时候学拼音的事情吧？"

余周周左手托腮望着黑板上一排排的 Aa、Bb、Cc、Dd、Ee，右手握着钢笔在崭新的本子上面认真地记笔记。身边的同桌早就因为这样无聊的内容趴在桌子上面打哈欠了，她低眉看了一眼对方，然后嘴角微扬。

那一排字母让余周周突然想起了小学一年级的第一堂课，她们开始学习拼音。只是这一次，她没有满心疑惑慌乱地瞪着黑板，也没有用笔杆捅捅李晓智轻声问"这是什么"，她小学前没有学过拼音，初中前也没有提前学过英语，然而心情截然不同。

余周周回过头去默数自己生命中所经历的几次困顿，并第一次模模糊糊地思索着它们带给自己的意义。她已经记不清楚曾经拿着四十分的卷子迎着众人的目光穿过教室回到座位的时候，究竟是什么心情。但是她知道，如果没有那一刻的尴尬无措，没有后来瞬间的豁然开朗与后悔不迭，现在的她不会这样平静地面对英语这片未知的领域。

所谓新的开始，不过就是把往事以更高难度重演一遍，她所能做的，就是学会等待。

"你知道吗？我突然发现时间特别特别伟大。虽然以前我就知道，可是那时候我不懂。"

她不知道这句有些做作的话是不是会让陈桉笑话她，不过，她是真心地感激——虽然不知道在感激谁。

墙上的挂钟，嘀嗒嘀嗒，不急不缓，不会因为你处在困境中就快走两步，也不会因为你幸福得意就慢走两步。

时间是最公平的魔法师。

余周周在语文课上听到一声恐怖的号叫，仿佛是一只从楼上奔逃下来的猛兽，紧接着是雷声一般的脚步声。她吓了一跳，回过头去看到后门玻璃外快速扬起又劈下去的一只手，挥着长长的木板，白色的漆面一看就知道是从课桌上拆下来的。多人的高分贝的叫骂声和咣当咣当的撞击声让走廊听起来像是人间地狱，班级里面的同学还在发愣，后排的三个男生已经一跃而起，几乎是扑到了后门上，趴在后窗边兴奋地观望着。

"我×，这不是初三的赵楚吗？"

"我他妈的早就说过他得意不了几天，三职那几个人码了十几个弟兄天天在门口堵他，他翻墙跑了，结果人家今天就找到班里了，跑得了和尚跑不了庙……"

语文老师是个三十多岁的矮个子短发女人，永远挂着冰雕一般的表情，她见怪不怪地扫了一眼门外，就随手拎起数学老师的教具往黑板上狠狠地一拍，巨大的响声让底下的学生集体打了一个寒噤。

"都给我回座位去！都没规矩了是不是?!"

三个男孩子有点儿悻悻然地离开后窗走回座位。余周周也心有余悸地转过头翻开教科书，低头浏览今天要学的那篇文章，莫怀戚的《散步》。

翻了两页，又转过头去。

倒数第二排靠窗的角落，跟小学一年级时的余周周同样的位置，坐着一个穿着深蓝色防雨绸外套的女孩子，深深低着头，仿佛刚才的骚动与她全然无关，她的马尾辫高高地翘着，像张皇凌乱的公鸡尾巴。

那个女孩子，就是《十七岁不哭》的主人。余周周开学第一天看到她和自己同班的时候觉得非常神奇，也很开心，正要走过去对她说"你的书在我这里"，想了想却停住了脚步。

那就等于告诉对方，你被你妈妈又打又骂，我都看见了。

余周周还是忍住了。

开学一个多月了，她还没有和那个女孩子说过一句话。

语文老师用平板的声音继续讲着课："所以这里出现了两个母亲、两个儿子，作者这样做的用意是什么，谁来说说？"

最后四个字明显只是走过场，她并没有期望会有人举起手发言，于是问完之后就低下头去看点名册。

"辛美香？"

"辛美香？"

底下已经有隐约的笑声了。坐在倒数第二排的那个女孩子受了惊吓一般站起身，低着头，一言不发，好像一根木头。

"说话啊！"语文老师拧着眉头叹口气，以为对方是上课开小差没听见自己的问题，于是又重复了一遍，"我刚才问，这里出现了两个母亲、两个儿子，作者这样做的用意是什么？"

时间是伟大的魔法师，从不为任何人停留。然而辛美香是可以和时间一起静止的人，余周周不清楚到底是谁对谁下了咒语。

一分钟过去了，不明就里的语文老师死盯着那个垂着头的女生，班里的笑声渐渐响起来，又被语文老师恐怖的表情压制住，回归到一片死寂。

"她怎么回事？故意的？"她低头询问第一排的余周周。

班主任看了档案之后得知余周周是师大附小的学生，就对她很是高看，排座位的时候让她坐在了第一排。

她摇摇头，小声补上一句："她……她不是故意的。"

余周周并不清楚这种做法有什么故意无意之分。语文老师第一次提问辛美香，觉得不可理喻，然而同样的场景其实已经在英语课上发生过无数次了。

本来应该是班主任的英语老师做了普通科任老师，一位教数学的中年女人成了这个班级的班主任，余周周并不觉得奇怪。抽签这种东西，可以保证一时的公平，事后的一切，还是"好说好商量"的。

依旧穿得仿佛调色板一般的英语老师非常喜欢"开火车"这种提问方法。从第一排的同学开始，后排的同学依次站起来回答问题，走着蛇形，最后再循环到第一排。她会语速很快地把新学的课文内容用这种提问重复许多许多遍，"How are you?""Fine, thank you, and you?"（"你好吗？""谢谢，我很好，你呢？"）……

辛美香是一截损坏的铁轨。

她站起来，堵在那里，一言不发。无论老师怎样对待她——从一开始的循循善诱，满面春风地鼓励劝导，到后来皱着眉头训斥，直到现在这样，引导整列火车绕路而行——辛美香从来就没有过任何表情，难堪、脸红、哭泣……什么都没有。

余周周仰头看着语文老师，他们都领教过语文老师发怒时的恐怖场景，心里甚至替辛美香捏了一把汗。

然而语文老师只是点点头，对她说："你坐下吧。"

然后从余周周的笔袋中抓起一支笔，在点名册上打了一个叉。

让余周周觉得心情不好的，还有另一件事。

北江区重点，在生源和管理上的确与真正的好学校有一定的差距。班级里面已经不复刚开学时那种怯生生的安静，上课时窃窃私语，下课时男生女生打成一团。坐在第一排的余周周倒是没有被波及，可是已经有同学反映坐在后排听不清老师讲课了。

班主任气鼓鼓地把数学课改成了自习课，然后开始点名，把几个很安分的同学挨个儿叫到教室外面谈话。

然而并没有走远，声音也洪亮得很。

"咱们班现在的状况你也知道，老师现在需要你协助我把害群之马找出来。从现在开始，你就算是老师的卧底，别让别人知道。你每天把在别的老师的课上说话的同学的名字都记下来，单独交给我……"

余周周坐在教室里，把头深深地埋进英语书里面，哭笑不得。

"陈桉，有句话我觉得不应该说，因为很不礼貌，可是我真的很想告诉你，你不要批评我——我觉得我们班主任老师有点儿傻。"

教数学的班主任老师姓张，叫张敏。

开学的那天，她大笔一挥将名字写在黑板上，然后正色道："自我介绍一下，我是你们的班主任，教数学，我叫张敏，敏是敏捷的捷。"

她丝毫没有看出下面的同学为什么会笑。

张敏很黑，非常黑，又胖又丑，还不会穿衣打扮。刚开学的第一天训话，就找不到点名册，急急忙忙地把自己那个深蓝色的布口袋倒过来，在讲台上翻了个底朝天，最后洒脱地说了一句："算了，不废话了，咱们开始上课。"

那是余周周初中的第一堂数学课，她自己都没有意识到她盯着黑板的时候目光有多么热切和专注，小心翼翼，诚惶诚恐。那样的目光几乎吓到了张敏。

"我当班长了，而且还被调到了第一排。我原来以为老师因为我是师大附小的学生才对我好，后来才发现她根本就不知道我是谁，后来才看了我的档案，对我更加好。

"她说，我在数学课上的目光太热烈，如果她是个男老师，可能都会以为我爱上他了。

"你说，哪有老师这么说话的啊？

"所以我觉得她有点儿傻。

"不过，我喜欢她。我觉得她是个好人。"

余周周停笔，望着最后一句话，忽然愣住了。她想起某个仿佛梦境一般的深夜里，陈桉对她说，对你好的就是好人，对你不好的就是坏人。

她曾经并不承认这一点。现在才发现，某些做出判断的理由，已经悄然渗入血液。她以为是直觉，其实，背后都有着并不算明智也不算公平的原因。

2

挤破水晶鞋

余周周蹑手蹑脚走到辛美香的位置上，把手中的那本《十七岁不哭》轻轻塞进她的书桌里面。

辛美香的书桌很乱，里面不知道究竟塞了多少东西。余周周不经意一碰就稀里哗啦掉下来一堆杂志和练习册。她吓了一跳，连忙蹲下来手忙脚乱地往里收，突然看到了一堆五颜六色的小东西，不由得停了下来。

《美少女战士》的水晶贴纸，还有《还珠格格》的不干胶。

余周周愣住了，这种花花绿绿粗制滥造的小玩意儿是很多女孩子格外喜欢的，可是"很多女孩子"里面似乎不包括辛美香这样的女生。

人在做亏心事的时候感官总是格外敏锐。余周周突然听见背后有细微的响动，猛地转头，就看见辛美香黑黄的面庞，眼睛直勾勾的，毫无神采，像一个悄然而至的幽灵。

余周周吓得魂都飞出来了。

"我……"她咽了口口水。

体育课，解散之后她一路小跑回到班级，想趁着屋子里面没有人的时候把那本小说塞到辛美香的书桌里面，神不知鬼不觉。

之前是不知所措，后来想要还书的时候，她鬼使神差地翻开了第一页，一直看到昨天晚上才看完，终于下定决心今天物归原主。

没想到被现场捉赃，这些偷偷摸摸的努力都白费了。

辛美香又变成了石像，就仿佛英语课上那一截错位的铁轨，表情中看不出愠怒，却让人心惊胆战。

余周周狠狠心，低头从书桌里面把《十七岁不哭》又使劲拽了出来，各种杂物再次哗啦哗啦掉了一地。

"我是还书的。"她甚至用挂历纸给那本书包上了白书皮，"你记得这本书吗？"

辛美香的表情终于有了一丝松动，她动动唇，伸手接过那本书。

"好看吗？"

"什么？"还在绞尽脑汁编造"捡书"理由的余周周愣了愣，"你说什么？"

"你看了吗？好看吗？"

辛美香的身上有一种诡异的执着，余周周张口结舌了一会儿终于恢复正常。

"好看，"她笑着点头，"特别好看。其实这个还有电视剧的，我跟我妈妈说了，她给我买了VCD呢！你看过吗？"

辛美香摇摇头："书我还没看完呢。简宁和杨宇凌在一起了没？"

余周周咬着嘴唇，有点儿脸红，低下头说："没，没有。他们……他们为了好好学习，所以……"抬眼看到辛美香的神情有些落寞，赶紧补上一句，"不过，以后有可能，我觉得他们有可能——我保证！"

说完自己都有点儿想笑，她保证有什么用？

两个人面面相觑，余周周想了想，轻声问："你喜欢简宁吗？"

那个谨慎自持、聪明勤奋、温文尔雅的白衣少年。

辛美香一下子脸红了，也不回答她的问题，转身就走出了教室后门，把余周周自己一个人扔在了教室里。

余周周低头轻轻摩挲着书皮，恋恋不舍地把书再次塞进了辛美香的书桌。

如果刚才辛美香能回答一句"喜欢"，那么她会立刻接上一句"嗯，我也是"。

余周周站在自己初中的开端，踮脚张望着遥远的高中。十七岁看起来如此美好，那里会有一个清俊优秀的白衣少年，会有真挚的友情、洒脱的生活，甚至那种不得不割舍的朦胧爱情和为考试叫苦不迭的烦恼，在她看来都值得羡慕。

而且那所学校也叫振华。

书里的振华有虚构的简宁，这里的振华有曾经的陈桉。

　　余周周的初中生活顺利得难以想象。张敏对她的优待让她的数学恐惧症一点点痊愈了，她竟然对在黑板前顺利解出计算题的余周周说："你真聪明。"

　　语言方面的天赋也让她在语文和英语两门科目中得到了老师的青睐。

　　而真正把她推向最高点的，是期中考试。

　　她准备了好久好久的期中考试，最终结果是全班第一、全年级第二名。

　　每一科出成绩前都会有同学跑到老师办公室去打探，余周周是最心焦的那一个，偏偏要装作很不在乎，把自己强行钉在座位上，目不斜视，假装听不见自己仿佛咚咚战鼓般的心跳。

　　他们祝贺她："余周周，你真厉害。"

　　余周周扯起一个僵硬的笑容，微红了脸庞，一点儿都不淡定地说："胡说，谁说我厉害……我一点儿都不厉害……"

　　大家继续起哄，佐证是成绩和排名。然后她更僵硬地推辞，大家更起劲了……

　　余周周第一次不排斥被一群不熟悉的同学围在中间起哄，他们的嬉闹声听起来这样甜蜜，她突然觉得他们每个人都长得很好看。

　　"陈桉，我知道我应该戒骄戒躁，这只是第一次考试，以后还会有很多次考试，我一定不会得意忘形的，我的路还长着呢！"

　　笔尖停驻在纸上，她不再摆出一副谦虚得不得了的表情，傻笑起来，摸摸鼻子，又加上一句。

　　"不过……现在让我得意一下吧，我好开心。"

　　陈桉的确一直没有回过信。余周周早已经不再抱希望，第一封信寄出去之后，她的确象征性地等待了一星期，略微失落之后就放开了手脚，信纸也不再专门选择，随手撕一张演算纸都可以写信。

　　即使一直写着不会有回音的信，余周周仍然不会觉得难过。现在，连总是板着脸的语文老师都会在看了她的作文之后面带笑容地摸摸她的头，平均成绩在年级中下游的六班里面，余周周是老师们最大的骄傲。她甚至拥有了很多朋友，喜欢她的人那么多，大家说她漂亮，说她成绩好，说她和气。周末的时候，有小姐妹挎着她的胳膊去文具店挑选漂亮的笔记本和各式圆珠笔；下课的时候，许多人围在她的桌子边询问她课外都做哪些练习册……

命运毫无预兆地单膝跪地，恭恭敬敬地为她穿上了水晶鞋，小小的灰姑娘诚惶诚恐，甚至都来不及谢恩。

"陈桉，你都不知道，我现在有多快乐。"

然而余周周忘记了，命运这个喜怒无常的王子，无论他是想亲吻你、拥抱你，还是要扇一巴掌，都是不会提前打招呼的。

自习课中途，班主任张敏带着警惕而阴险的表情毫无预兆地冲进班级里面的时候，大部分人还在笑嘻嘻地打闹着，最后一排的那三个男生还没来得及把搭在课桌上的脚收回去。

再怎么张狂，面对"找家长"这三个字，还是要发抖的。

"徐志强，你怎么回事？我上次骂完你，你还不长脸？！"

"我他妈怎么了？！"徐志强把脚从课桌上撤下来，扯着嗓门冲着张敏喊。他长了一张马脸，而且不刮胡子，总是穿着一身带亮片的黑衣服，他也是班里面唯一拥有手机的男生，每句话里面都有非常不雅的词。

"你刚才是不是说话了，打扰前后左右的同学学习，你好意思吗？！你跟我喊什么，你能耐了你？！"

班里面一男一女的对骂一时半会儿不分胜负，徐志强嚣张地靠着墙，牢牢咬住一句话："你问问谁看见我说话了？"他朝全班同学努努下巴，"问啊，你问问，谁敢说看见我刚才说话了？"

张敏气得满脸通红，一不做二不休，指着余周周大声说："余周周，你跟老师说，你刚才听没听见徐志强在自习课上骂人，还喊话？"

余周周愣了，她缓缓站起身。张敏的目光充满了信任，而徐志强斜斜的目光里面，威胁的意味不言自明。

所有人都在看她，余周周慌了，她知道自己没有中间道路可以走。

"我……"

从他们上初中开始到现在，教室里面从来没有像此刻一样，"安静得仿佛掉下一根针都听得见"。

余周周轻轻点头。

"是，他说话了。"

张敏总是帮"卧底"亮身份，还逼着她当面打小报告。可是，余周周还是顶住恐惧站在了她这一方，只是因为她对自己说过"你真聪明"。

徐志强张大了嘴，还没反应过来呢，"我×"刚说了一半，就被张敏拧着耳朵拖出了教室。

余周周看到了徐志强瞟她的那一眼里面浓浓的威慑，顿时大脑一片空白。

走廊里面传来张敏单方面的怒斥，徐志强反而不再反驳，可是那种沉默让余周周不寒而栗。不知道过了多久，她听到张敏换了一副口气开始接电话，然后踩着高跟鞋急匆匆地离开了，只留下一句："你先给我回班，等我给你爸打电话！"

几秒钟后，教室后门被撞开，"哐当"一声，连玻璃都在晃。

"我×你祖宗八辈！"

余周周颓然回过头，看到他身边的几个兄弟把他拦住了，在一边七嘴八舌地说"别惹事，打坏了你赔都赔不起，跟娘们一般见识干什么"，好像在谈论一只易碎的花瓶。

她沉默地低着头。

"你知道吗？陈桉，我觉得我特别无能。他骂得很难听，但是我不敢回嘴，是的，我怕他揍我。我从来不知道一个人骂人可以这样难听，但是我哭不出来。他足足骂了十分钟，没有停。也没有人为我说话。我有那么多'好朋友'，谁也没有为我说话。

"谁也没有。

"他们在这个男生离开教室之后很久才敢走过来对我说，别跟他一般见识。

"我不怪他们，你看，连我自己都不敢站出来。

"最难过的是，我还要笑着对他们说，我才不在乎呢，我一点儿都没生气，谁跟流氓一般见识。好像这样说就能挽回一些面子似的。

"其实我知道，我笑得特别假。"

余周周轻轻戳破眼前瑰丽的粉红泡泡，她屈辱地低下头，然后看清了泡泡背后的人心。

"不过，倒是有一件事情，让我觉得很开心。"

余周周停下笔，眼前浮现出辛美香诡异的笑容。

那天做课间操的时候，她突然出现在自己身边，牵起半边嘴角，笑得有些恐怖。

"我在他的凳子上撒了一人把图钉。"她说。

3

英雄不再

辛美香甩下一句话就走，笨拙的背影在余周周眼里竟有了几分潇洒的味道。她一直没有反应过来，直到全班同学做完课间操陆陆续续地走进班级里面的时候，徐志强公鸭般的惨叫声几乎把房顶都掀开。余周周后知后觉，尽管所有人都瞪圆了眼睛望向徐志强，可别人是惊讶，她是惊喜。

徐志强正和兄弟聊着，得意扬扬，看都没看就往椅子上一坐，然后就像火箭一样蹿了起来。

其实只扎上了两个——不过足够了。

班主任张敏正在班里询问整件事情的经过，徐志强已经被人扛走送到了医务室。余周周回过头，朝倒数第二排角落的辛美香轻轻地眨了眨眼睛，无声地说，谢谢你。

辛美香迅速低下头，好像根本没看见一样。

"陈桉，我还是跟以前一样，只是他们再找我出去玩，我会找借口推掉。我把这件事情告诉妈妈了，她却对我说，以后长大了我就会习惯这种'各人自扫门前雪'，也不会再怪他们。妈妈让我不要太理想化，不要太严苛，人际关系差不多就好，否则自己会过得不开心。其实我不大明白她的意思，她是做生意的，只需要合同不需要真心，可是我需要。

"陈桉，你有朋友吗？围着你的人远远比围着我的人多吧？可是你有朋友吗？"

萍水相逢的同窗，几年后匆匆别离各奔前程，是应该感谢他们松松垮垮陪自己一程，还是应该遗憾不能真心相交？

余周周心底升腾起的困惑久久不散，她仍然笑眯眯地对待班级同学，仍然为了振华而认真学习，可是那充满了无耻谩骂的十分钟，像心底关押的一头困兽，时不时闷闷地嘶吼两声。

不过，很快就有另一件事情需要她担心了。

请假三天的徐志强回班上课之后，用拳头教训了一个看到他之后忍不住笑出声的男生，让全班同学都不敢再谈论他屁股上的钉子。

余周周很早开始就不再从后门进出，她在第一排，那些男生在最后一排，楚河汉界，眼不见心不烦。然而体育课下课回班的时候，她还是看到这群男孩子守在前门互相调笑，那个徐志强远远望见她，竟然还笑了一下。

意义不明的笑。

余周周感觉到一股寒气从腰间一路冲上后脑勺，就像一只猫竖起了后背的毛。

二话不说，她转身拐进了后门，穿过半个班级坐回到自己第一排的位置上。但是抬起头，竟然发现他们并没有离开前门，而是齐刷刷地看向自己，偶尔几个小弟样的人物还会用肩膀撞一下徐志强，再朝余周周的方向努努嘴。

余周周闭上眼睛，脑子里面忽然很不着调地浮现出一个场景——旧上海，十里洋场（其实她根本不知道什么是十里洋场），她穿着旗袍摇曳生姿地走在街上，突然围上来几个形容猥琐的小混混儿，敬业地奉上了经典台词："小妞，陪爷几个玩玩？"

这时候，应该出现一个穿着军官制服的帅气男人，三拳两脚把他们踢飞，化作夜空中几颗闪亮闪亮的小星星，伴随着"你们等着，爷饶不了你们"的号叫。然后她抬眼，看到军官英气逼人的脸庞，还有温润如春风拂面的关切问候："你没事吧？"

余周周深深低下头去，脸红了。

"我说多少遍了，谁让你们围着门口转悠的？都打预备铃了，耳朵都聋了啊？！"

尖利的嗓音把她唤回了现实，她抬起头看到班主任张敏晃着臃肿的身体走进了班级，那几个混混儿已经耷拉着脑袋，一脸不情愿地走回了后排座位。

……救美了。虽然英雄是女的。

而且，张敏的毛衣好像穿反了。

余周周摇头，认命地翻开了数学书。各种符号冲进脑海打散了旧上海的十里洋场，有一张面孔突然格外清晰。

一个小小的身影，万分别扭地拧过脸，寻找着"屁股"二字的文雅说法。

又或者和另一个身影扭打在楼梯间，大喊着"她要是野种，你他妈根本就是多余的"。

尽管不自知，但他的确是她的英雄。

余周周盯着笔袋发呆很久，最终只是轻轻地叹了口气。

放学之后，余周周不紧不慢地收拾好书包，就走到讲台前，拧湿抹布开始擦黑板。

"周周，把黑板槽也好好擦干净，上次咱们班就因为黑板槽里面粉笔灰太多被扣分了！"值日组长在远处喊。余周周答应了一声，就卖力地清理起黑板下方接粉笔灰的黑板槽，不一会儿，黑灰色的抹布就布满了雪白的斑点。

"喂，余周周！"

余周周回头，看到徐志强的某个小弟正在她背后贼眉鼠眼地轻声唤她，还时不时偷瞄正在班级前门跟学生家长谈话的张敏。

不用猜都知道，肯定是心里有鬼。

"什么事？"余周周很冷淡地转过头继续擦黑板。

"徐志强有话对你说！你到男厕所门口来一下！"

余周周这只小猫再次炸了毛。

她紧张地咽了一口口水，连手都有些抖。

"我不去。"她也开始瞄着张敏，对方正眉飞色舞地跟家长阐述着自己管理班级的心得体会。

"你躲得了初一，还……躲得了十……十五啊？"男生说话有点儿结巴，明显是刚学会这个俗语，运用得还不大熟练。

余周周不理他，继续低头清理黑板槽。

"跑得了和尚跑不了庙，我告诉你——"男生的嗓门刚刚一抬高，张敏就转过头喊了一声："你吵什么？怎么还不回家？！"

男生吓得立即转身就跑。余周周松了一口气，对张敏的好感又多了几分——她虽然有点儿傻，可关键时刻还是有用处的。

"喂，余周周！"

余周周无奈地回头，这回又换了一个人。

"你别怕，徐哥说了，上次的事就算彻底了结了，你不懂事，他也不怪你给他打小报告。徐哥度量大，你不用担心。"

张敏刚才的举动让余周周心里踏实多了，恐惧渐渐被愤怒的小火苗燃烧殆尽。她站在讲台上居高临下地瞪着那个传话的男生，眼神恶狠狠的。

"有——屁——快——放——"

男生小鸡啄米般点着头："放，立刻就放……你去一趟吧，就男厕所……"

"有话就在后门说。"

男生一溜小跑去传话，又屁颠颠地跑了回来："那就后门，就后门。"

余周周举着黑白相间的抹布，她甚至都想好了，如果这个男生还是执意要找她麻烦，她就用抹布抽他，不论后果。消失很久的豪情又一点点在心间复活，她有什么可怕的？这个世界没有英雄，所以，大胆地举起你的抹布！！

然而女侠的武艺疏于练习，酿成大祸。余周周刚一从后门探头出来，就被人捂住嘴巴拖到拐弯处藏了起来，所在的位置刚好是张敏视线的死角。

余周周吓得大脑一片空白，抹布在右手都被攥出了黑水。

眼前男厕所门口，黑压压一片人。

4

重逢

余周周惊讶地看着眼前的人群——十几个很稚嫩的男孩，表情做作，一看就是初一的。还有三四个貌似是初三的学生，懒洋洋地靠墙站着，嘴角带笑，似乎准备好了看热闹。

她咽了一下口水，攥了攥唯一的武器——抹布。

这架势，一块抹布好像抽不过来。

正对面的徐志强仍然拉长着一张马脸，面色比平时还黑。

余周周下定决心，抽贼先抽王。

她已经感觉到了肩膀在微微发抖，于是打定主意不开口，害怕声音的颤抖会暴露自己的恐慌。

"行不行啊，都几点了？快开始啊！"最后排初三的麻子脸男生扯着嗓子喊了一声，徐志强才有了点儿笑容，转过头去朝学长点头哈腰一阵，才敛起声音，指挥起背后的小弟兄们。

"一，二，三！"徐志强低声喊。

男厕所前的初一小男生们仿佛排练好了一般，全体齐刷刷地单膝跪地，声音整齐划一。

"嫂子！"

余周周措手不及，吓得靠紧了墙壁，张皇地看着徐志强和面前黑压压的一片人。他们都仰着脸，晶亮亮的眼睛里面有着凑热闹的兴奋劲，闪闪发光地投向她。

"平……平身……"

她话音未落，这些男孩子都刷地跳起来，纷纷拍着徐志强的肩膀说恭喜。

这时候，余周周渐渐冷静下来，她用小手指轻轻抠着墙皮，感觉到它碎成一小块一小块掉在脚边，发出簌簌的声响。

必须赶快跑。她侧过脸观察了一下被这些男孩子堵住的走廊，盘算着乘其不备猛地冲出去会有多大胜算，突然感觉右手被人牵了起来。

徐志强小眼睛里面饱含的深情让余周周不寒而栗，他像蹩脚的琼瑶剧男主角一般凝望着余周周，左手牵着她，右手插兜，嚼着口香糖，顺便还在抖脚。

"其实我知道我一直都很虚伪，我也知道我浪迹人生，一直不拿女人当回事，直到我遇见你。"

余周周茫然地看着他，很希望打断眼前男生的告白，诚恳地建议对方，你还是揍我比较好。

"你的逃避，是因为不爱我，还是因为爱我却不信任我？"

余周周很想赶紧把手从他黝黑多毛的手掌中拽出来，却又恐惧于对方人多势众，不敢用力。她知道自己其实仰脖子大吼一声"张老师"，也许能把张敏从远处召唤过来，可是……如果不能呢？

在那一刻，她忽然再一次想起了林杨。在师大附中一定没有这样的"流氓团伙"，即使有，在她挨徐志强辱骂的时候，他一定会站出来，更何况此时此刻？

然而十三中是她自己的选择。

为了盖世武功秘籍而掉在山崖底下的英雄，如果遇到了斑斓猛虎，是不可以退却的。

"那些都是过眼云烟，我想说的只有一句，我爱——"

"徐志强！"余周周终于开口，嗓音并没有想象中那么哆嗦。

"诗朗诵"被打乱的徐志强眼神有些呆滞，他停住，看着她把手从自己的手掌中抽离。

"我不喜欢你。"余周周大声说。周围的人立时神态复杂地开始窃窃私语，徐志强早就褪去了情圣附体时的肉麻劲，那张马脸上横肉暴起。

"谁规定你喜欢我我就一定喜欢你的？不过你要是因为这件事情就报复我，你……你这心胸，根本就不是男人！"

后排几个初三的男生已经笑翻了，他们朝一个清秀白净的男孩努努嘴，那个男孩就笑着走过来，手里拎着一本书，用书脊敲了敲徐志强的头。

"我今天放学要是直接走了，就错过一场好戏啊。赵哥说你看书之后走火入魔了，照着人家的情节排练了好几天？"

看书之后？余周周抬起头，目光紧盯着被男孩拎在手里的书。

封面上是一个穿着日本水手服的女孩子，还有几个粉红色的大字：《爱上调皮优等生》。

她知道这种书，也听那些女生说过，都是"不健康"的书。在余周周还没想明白这之中的关联的时候，男生们已经笑得前仰后合，纷纷走过去对徐志强开玩笑般地拳打脚踢，骂他精神病。

余周周贴着墙边低头小跑，想要趁乱逃出去，结果却被一只手拎住校服的后领拖了回来。

"余周周，我告诉你，我他妈今天是给你面子——"徐志强看来已经结束了"演出"，恢复了本色，而且极为恼羞成怒。

"余周周？"刚才那个拿着书揶揄徐志强的白净少年似乎吃了一惊，余周周正在对着徐志强龇牙咧嘴，并没有注意到那个少年的表情。

"徐志强！"

那个少年朝他们大喊了一声，余周周这才把目光投向他。少年清秀疏朗的眉眼看起来有些面善，不过终归是个陌生人。自然，她怎么可能认识这些不良少年。

"徐志强，我才想起来这个女生我认识，你给我个面子，别跟她一般见识。"

面子受损的徐志强哪里听得进这些话，他面红耳赤，揪住了余周周的领子就不撒手。

"学习好的女生一抓一大把，这个不识抬举，你换一个不就行了？强……强扭的瓜不甜。"说完又笑着指指手里那本花里胡哨的书，"人家亚弥和冬树可是互相喜欢，哪像你这样，跟土匪抢压寨夫人似的。"

再凶悍的小混混儿，说白了也只是十四岁不到的孩子，面子挂不住的徐志强恶狠狠地瞪了余周周一眼："滚！长得又丑又肥，书呆子，谁他妈瞎了眼才喜欢你！"

刚才也不知道是谁瞎了眼。余周周把领子从对方手里拽出来，整了整，轻声说了一句："恭喜你重见光明。"

然后，拔腿就跑，也不管背后多少人在笑她。

跑到班级门口才发现，张敏早就不知去向，虽然背包和卷子还扔在讲台上。组长诧异地看了看气喘吁吁的余周周，看她拎着抹布低头走回黑板槽前，继续一点点地抠着粉笔灰。

其实余周周后背早就被冷汗浸得冰凉。

他们终于扫除完毕，余周周洗干净手，和抹布依依惜别。

抬眼，看到刚才那个白净男生和另一个长得像小耗子的男孩斜挎着书包从班级门口走过去，他们也在朝门里张望。

"你等一下！"余周周拎着书包跑出门，他们两个停下来，小耗子歪着嘴咯咯地笑。

余周周白了那个男生一眼，对刚才替她解围的男孩子鞠了一躬。

"谢谢你。"

男孩展颜一笑："你不记得我啦？"

余周周疑惑地看着他，旁边的小耗子也一脸询问的表情。

"我是……"男孩子急迫的神情一滞，欲言又止，最终还是带着歉意笑了笑。

"走！"他拽着小耗子的领子像拎小鸡一样把他拎走了。余周周望着他们的背影愣了一会儿，才抚着心口长出一口气，靠墙慢慢蹲了下来。

其实，她真的很害怕。

晚上回到家，妈妈已经做好了饭。余周周拿筷子挑着米粒，心神不宁。

"周周，怎么了？"

余周周思前想后，终于开口，"哇"的一声大哭出来。

"妈妈，有人喜欢我……"

余周周的妈妈哭笑不得，连忙抽出纸巾给她擦眼泪："有人喜欢你是好事，哭什么？不是吧，别人喜欢你，就把你激动成这样？"

余周周连忙摇头，刚刚的紧张恐慌终于找到了出口发泄。她抽抽搭搭地哭，根本解释不清楚，当她看到男厕所门口乌泱乌泱的一片不良少年的时候，究竟害怕成了什么样子。

这件事情，余周周并没有写信告诉陈桉。她仍然会把那些琐事和感触写在各种纸的背面寄给他，唯独这件事情，只字未提。

经历了近在身边的恐怖威胁，她才知道，月亮太远。

人间的种种，它只能在天空中远远地看着。余周周拥有的，不过是一块脏兮兮的抹布。

那件事情过去之后的第二天早晨，余周周的妈妈亲自送她上学。在余周周多次用最最委婉的方式解释了张敏的无能之后，妈妈终于放弃了将此事告诉老师的念头。

报复和追究并不是最好的解决问题的方式。很多事情，你只能忍耐着，让它一点点沉寂下去。

不过让余周周宽心的是，徐志强只是瞪了她几眼，并没有继续找她麻烦。没过几天，她就听说徐志强有了女朋友。

隔壁班的女孩，据说是个好学生。

这件爆炸性新闻在初一年级私底下传了好几天，徐志强率领一干兄弟喊嫂子的浪漫举动被捧上了天。余周周嘴角抽动，哭笑不得。

妈妈接送了她几天发现平安无事之后，就任由她独自回家。周五的晚上，余周周路过学校附近那个半地下室的租书屋，看到里面空无一人，突然心血来潮地走了进去。

老板记人的本领很强，看到她进门，就把两大本合订本的漫画《通灵王》摆在柜台上。

"丫头，你上次要的书！"

余周周吓了一大跳，连忙从兜里掏出十元钱押金递给老板，抱起脏兮兮的漫画说了声谢谢。目光巡视一周，幽暗的租书屋里面杂乱不堪，各种书和杂物都摆在一起，书架上，桌子上，地上……

"我再随便看看。"她轻声说完，就低头走到漫画区假装认真地看起了书脊上的名称，同时用眼睛瞟着老板。她很想飘到那个专门摆放言情小说的乱七八糟的书柜前去找一本书，但是又十分难为情。

终于逮到老板转身进里屋，她才快步走到那个"思想不健康"的区域，抬起头飞速浏览着书的名称和花花绿绿的封面。

终于找到了那本《爱上调皮优等生》。

余周周抽出那本书，警惕性极高地再次走回漫画书区才翻开了封面。

用了几分钟快速浏览，她弄清了整个故事的剧情。

小混混儿冬树与优等生亚弥不打不相识，欢喜冤家，喜结良缘。

我呸。余周周不屑地往后翻着，突然看到某一页的插图，吓得差点儿把整本书都扔出去，赶紧合上了，却感觉封面都在烫手。

两个人……在接吻……衣服穿得好少……

余周周恨得牙都痒痒。这个徐志强，真恶心！

不过，一想到他冒着傻气模仿书里的情节告白，甚至还背着蹩脚的台词，她就有种幸灾乐祸的快乐，好像窥视到了黑社会老大不可告人的秘密。

真缺心眼。余周周想。

却忘记了自己私下也没少依照漫画和电视剧做类似缺心眼的事情。

她叹口气，正准备把书放回书架上，突然感觉到后颈有股热热的气息，好像有人在距离自己很近的地方呼吸。

余周周猛地回过头，眼前的人正是那天替自己解围的少年。

"啊，是你——你怎么都不出声啊……你想吓死谁啊……"余周周双手背后，把书藏了起来。

"你在看什么？"少年饶有趣味地往她身后瞟。

"没什么，没什么，我……"她空出一只手，指着被她暂时放在桌面上的《通灵王》，"我来借漫画。"

少年转过身去研究桌子上的《通灵王》，余周周连忙在漫画区找了个空位把那本《爱上调皮优等生》塞了进去。

"我已经付过押金了，我得走了。"余周周假笑着，抄起桌子上的漫画书，"再见！"

少年却拉住了她的袖子，满面笑容地说："周周，你真的不认识我啦？"

"你是谁？"

这一次，他似乎不再像上次一样顾忌着身边的同伴，笑得很开怀地大声说："我是奔奔啊！"

余周周张大嘴巴傻呆呆地望着他。

其实，她早就记不清楚奔奔的长相了，记忆中只是留下模模糊糊的轮廓。但是这都不重要，奔奔长高了也好，变样子了也好，他永远是奔奔。

余周周尖叫起来。

老板急急忙忙从里屋掀开帘子往外一看，只见一个小姑娘眉开眼笑地掐着一个少年的脖子，摇来晃去。他笑了笑，放下帘子重又回屋了。

余周周兴奋了半天才平静下来，有些不好意思地摸摸鼻子问："怎么就我一个人高兴，你怎么也不叫两声……"

奔奔歪头一笑："我好几天前就已经高兴过了啊！"

是替自己解围的那天吧？余周周只顾着傻笑，呵呵呵，呵呵呵，拉着奔奔的袖子摇了又摇，最后连自己都忍不了自己的白痴举动，努力收敛了笑容。

"那……那天，你怎么不告诉我你就是奔奔啊？"

奔奔闻言，有些羞涩地低下了头，那一瞬间，余周周终于又看到了小时候那个安静腼腆的小伙伴。

"我兄弟在旁边呢……我怎么说……"

余周周了然地点头。

一个黑社会老大，名叫奔奔——这无论如何都让人无法接受。

图书在版编目（CIP）数据

你好，旧时光：全三册 / 八月长安著 . -- 长沙：湖南文艺出版社，2022.9（2024.9 重印）
ISBN 978-7-5726-0715-8

Ⅰ．①你… Ⅱ．①八… Ⅲ．①长篇小说－中国－当代 Ⅳ．① I247.5

中国版本图书馆 CIP 数据核字（2022）第 090569 号

上架建议：畅销·小说

NIHAO, JIU SHIGUANG: QUAN SAN CE
你好，旧时光：全三册

著　　者：	八月长安
出 版 人：	陈新文
责任编辑：	匡杨乐
监　　制：	邢越超
策划编辑：	凌草夏　韩　帅
特约编辑：	尹　晶
营销支持：	文刀刀　周　茜
封面设计：	沉　清 Evechan
版式设计：	沉　清 Evechan
插画绘制：	沉　清 Evechan　凌鸭梨
内文排版：	百朗文化
出　　版：	湖南文艺出版社
	（长沙市雨花区东二环一段 508 号　邮编：410014）
网　　址：	www.hnwy.net
印　　刷：	北京天宇万达印刷有限公司
经　　销：	新华书店
开　　本：	875mm×1230mm　1/32
字　　数：	856 千字
印　　张：	28
版　　次：	2022 年 9 月第 1 版
印　　次：	2024 年 9 月第 2 次印刷
书　　号：	ISBN 978-7-5726-0715-8
定　　价：	138.00 元（全三册）

若有质量问题，请致电质量监督电话：010-59096394
团购电话：010-59320018